〉〉〉　　世上多是不能终成眷属的人，我们只是其中平常的
　　　　一对。

〉〉〉　在晨昏拥挤的公共交通里，我有时会想，其实我们就是两个普普通通的平凡人，没有跨越山海的力量和勇气，所以最终只能告别了对方，偏安一隅，过着彼此怀念、满腔遗憾的一生。

〉〉〉　重逢也好啊，我们会有一个把酒畅谈到天明的长夜。我讲完离别里走过的天地，你聊起分开后难耐的困局。然后我们继续各自的人生，分开旅行，直到垂垂老矣，你说留下吧，我说不走了。往后的暮色苍苍，是你我归老的家乡。

〉〉〉　其实能有多大的怨恨啊，无非是当初爱得昏了头，
却落了空。当然会有不期而遇，人生还漫长，总有
机会披着月光就着往事，解下锈迹斑驳的铃铛。

枫停在了鹿岛上

北西 / 作品
Lan Chim / WORKS

台海出版社

图书在版编目（CIP）数据

风停在了鹿岛上 / 北西著. -- 北京 ：台海出版社，
2020.11

　　ISBN 978-7-5168-2746-8

　　Ⅰ．①风… Ⅱ．①北… Ⅲ．①长篇小说－中国－当代

Ⅳ．①I247.5

　　中国版本图书馆 CIP 数据核字（2020）第 178929 号

风停在了鹿岛上

著　　　者：北　西	
出 版 人：蔡　旭	封面设计：陈　梅
责任编辑：俞滟荣	

出版发行 台海出版社
地　　　址：北京市东城区景山东街 20 号　　邮政编码：100009
电　　　话：010-64041652（发行，邮购）
传　　　真：010-84045799（总编室）
网　　　址：www.taimeng.org.cn/thcbs/default.htm
E － mail：thcbs@126.com

经　　　销：全国各地新华书店
印　　　刷：大厂回族自治县德诚印务有限公司
本书如有破损、缺页、装订错误，请与本社联系调换

开　　本：880 毫米 ×1230 毫米	1/32	
字　　数：200 千字	印　　张：8	
版　　次：2020 年 11 月第 1 版	印　　次：2020 年 11 月第 1 次印刷	
书　　号：ISBN 978-7-5168-2746-8		

定　　价：49.80 元

目 录

CONTENT

第一章

樱花，四月

小黎：

　　见信安。近来南京偶尔下雨，雨一场一场地下着，气温却一点一点地升高。再过不久，满城又该飘起恼人的梧桐絮了。蒋介石送了宋美龄满城的爱意，飘絮时节，不知道宋女士会不会也微微皱眉。爱一程，怨一程，恼人时就全然忘记了在秋季满城用梧桐叶涂满的美景。想来，也是甜蜜的烦恼吧。

　　最近，我遇到了一些事情。眼下，那些事情已经过去了，我却不知道该为此觉得幸运，还是不幸。命运讳莫如深，越想深思意图，越觉得糊涂不清。我早想跟你说，但不知道该怎么叙述才能准确。这些事开始得莫名其妙，过程潦潦草草，结局不知所云。就在我动笔写到这里时，钢笔停顿洇开一斑墨迹，我想还是从头跟你说吧，也能让我的思绪跟着捋清楚。

　　平安夜，南京的地铁延长到凌晨两点，玩得过头的我居然还是错过了。和许萌慌慌张张地打车回寝室，寝室楼门毫无疑问地锁上了。许萌抬手就去敲门，敲了半分钟后一点动静都没有，她刚要再敲时我阻止了她。身后传来一连串小跑的脚步声，回头看见两个男生跑过来，其中就有他。他向这边跑来，在他的背后是路口的街灯，他在逆光里变成了剪影，嘴里哈出的气飘上半空，在灯光中迷幻地散开。他逐渐靠近，直到眼前，终于清晰。

小黎，也许我早就见过他千百次了，你知道的，我们寝室楼左侧住男生，右侧住女生，平时都从一个大门进出。他面容清晰的那个瞬间，我的心跳，个中的奇妙绝不会是初见的缘故。

那天真的很冷，一到晚上，冷空气像是雨水一样不断地从天空中倾倒下来。凌晨三点，那冷几乎要达到这一晚的极限了。我和许萌，他和另一个男生，我们互相看着对方，四张嘴巴里哈出来的白气让彼此视线时不时朦胧起来，他眼里的光在这有一阵没一阵的朦胧里忽隐忽现。我唯一能够记住的是，他眼睛里柔软的温和。

他的朋友说："大妈好不容易睡熟了，我们还是别叫醒她了。"

许萌一下就急了，说："那怎么办，外面冷死了。"

他的朋友说："楼后面有个窗子可以翻进去，跟我们走吧。"

他说完转身就往楼一侧的巷子里走，他也跟着走了。许萌犹豫地问我要不要跟过去？他回头浅笑着看了我一眼，于是我说："走吧。"

他们停在一扇大铁窗前，从地上找了根细细的树枝伸到窗子里扒拉了半天，然后推了推，看似牢不可破的铁窗居然被打开了。我和许萌面面相觑。男生说："你们先进去吧，我们殿后。"

窗台不高，我和许萌顺利爬了上去，跳进男生宿舍的公共洗浴间。男生先爬了进来，看到我们还站在原地，笑着说："没事，不用等我们，你先走呗，万一有晚睡的男生来洗漱，碰到就不好了。"许萌低声对他说了声谢谢，拉着我要走。

那个时候，他还站在大楼外，我不大看得清他的表情，我们在走廊快要转弯的地方听到男生说："你跳下来前把窗子关了。"不知是没听到他的回答，还是他没有回答。

小黎，如果你对一个人没有印象，没有注意到他，也许他天天从你眼前经过也未必认得出来。我们每一天跟多少人擦肩而过，多少个他们其实是重合的。我和他住在同一栋楼里，从一个大门进出，在同一所学校上课，在同一间食堂吃饭，也许还在同一间二手书店淘书，在同一家小店吃同样的饭菜，已经遇见了不知道多少次，我对他却没有丝毫能够留下来的印象。经过了那晚，我便能飞快地将他从茫茫人海中分离出来。没有面目的茫茫人海里，他有了清晰的眉眼和暖如清晨的笑容。

我想，他也记得我，否则怎么会在校园里再遇到时，不经意地看过来，定格了眼神。却仅限于此。我以为我们算是认识了的，一同违反规矩、翻墙入室，有一个基础让我们在再度相遇时起码能够寒暄。然而并没有。我们只是隔着两米的距离看了看对方，也许时间比一般陌生人的眼神交织要长，却比我预设中的神情要僵。被动如我没办法主动示笑，他也没有。重逢一样的会面，没有更多剧情。

自那以后，我们时常能够遇到。

我喜欢跟他的相遇，虽然我们的交流一直局限在你看看我、我看看你。每一次眼神碰撞之后，我愈来愈明确一种感觉，也越来越有点怕。小黎，你能理解那种感觉吗？我以为我们正在随着每一次眼神的交流而逐渐靠近，他的眼神温柔如棉，一点点探进我的心。我从没有谈过恋爱，也未曾有过这样的悸动，我几乎以为只要我们愿意，往前一步就能在一起。

有一次，我们在楼里的热水房遇到，他比我先到，已经开始接热水，我们四目交汇，依然如往常一样没有更多表情。我有点紧张，那时热水房里只有我们两个人，我慌张地随便找了个水龙头开始接水。这期间，他的水壶满了，我用余光观察，他塞上了瓶塞，抽回了校园卡，拎起热水瓶晃掉瓶口的积水，就要走了。可是，他却没有立即离开水房，他走到了我眼角的视线探不到的区域，脚步声停住了。我的心跳越来越快，脸好像也红了起来。那个时候，我真的以为，他要开口说话，我真的以为，我要宣告结束单身了。

很可惜，最后他还是什么都没说，就悄然离开了。可明明啊，他停在那里，不止半分钟。

我虽然松了一口气，夹杂着一点失落的情绪，但心里还是狂喜的。他的欲说还休，已经是一种暗示了吧？

哦，我忘了在这之前还发生了一件事，才让我愈加觉得他的停步是有含义的。

在我和他每一次以无言的遇见相互增进了解时，工作室有一部新的微电影在拍，男主角正好住在我和他的那栋宿舍楼。有一天拍戏拍到很晚，剧组的人还要赶去拍一场男主角在女主角楼下大喊的戏，大家兴高采烈地扛着设备往生活区那边走。在快到校门口时，男主角逗我，我笑着看了他一眼，正好看到他从男主角的旁边经过。他如往常我们所有的相遇那样看了过来，也看到了男主角正嘻嘻哈哈地扯我的外套下摆卖萌。他眼神虽然还温和，我以为自己是看得清清楚楚，他眼里起码有一点点不悦和失落。我果断拍掉了男主角的手，不明所以的男主角又抓着我的袖子，不断地喊我安颜姐姐。他回头了，看了一眼，又别过头去，加快脚步离开了。我拉过何青青，说："就是他，就是他。"青青似乎也注意到他，说："就是他啊，不错啊，挺帅的。"我承认我当时心里美翻了天。男主角还在耍无赖，问我们是谁。青青打掉他的手，说："你小心坏了安颜姐姐的好事。"男主角才停止胡闹，说："呃……你们说刚才那个男生吗？好像跟我住同一层。"

得到青青的首肯，我心里莫名地有了底。

第二天，男主角下楼时忘了带要换的衣服，我就在宿舍楼门口等他。男主角下楼时，他也下来了，像是要去洗澡，手里拿着一些洗浴用品。我和男主角并排走，堵住了门口。他走过来，看了一眼，突然又折回去了，走了几步，又往我们这边走。那一刻的他真像是无头苍蝇，不知所措。男主角说："他刚才好哀怨地看了我一眼，前几天在厕所里碰见他，他看到我时愣了一下。"我心里窃喜，也许，一切都被我猜中了。四目相接时，已不同寻常。

那时候我好欢喜啊。

一边忙碌而喜悦地拍戏，一边紧张而兴奋地等他。

后来戏杀青了，没过几天，我就在开水房遇上了他。虽然他最终什么都没说，前后因果，我心有狂喜，却悬而未决。

小黎，是不是所有的暧昧都有一个时限，从暧昧很好，到暧昧很酸，到暧昧终结，长长短短总有一个时限。我一开始并没有多去设想会不会在一起这件事情，只享受着眼神交汇的暧昧，体味这种喜欢，到期待能够遇见他，主动去寻找那个温柔的眼神。我不太懂命运的安排，有一阵子，只要下意识地想着他会不会出现，接下来就真的能够碰见他。他有时骑着自行车出门，有时拎着饭走回来，有时在楼门口，有时在食堂，有时在离学校没多远的地方。我们依然不说话，只在相遇的时候定定地看对方几秒钟，我偶尔回头看他，但他没有再回过头。

我知道他打热水的习惯，早上下楼时把水壶放在热水房，晚上十一点左右下来打完水拎回去。那是我几乎无法克制内心喜欢的一段时期，用笔在他的水壶上写下了不大不小但绝对可以看到的三个"哼"。不知道他有没有看见，我偷偷检查过水壶，那些字一直没有被他擦掉。他没有变化，始终是那个眼神，我几乎快要彻底地掉进那种温柔里去了，我知道，暧昧快要结束了，等不到他开口，我想要先说。

托朋友检索他的信息，却发现他可能是不怎么上网，信息很难被检索到，搞了半天只弄到这栋楼里住户的花名册，几百号人，几乎涵盖每个学院，查无可查。男主角很单纯，直接去问宿管大妈，磨了半天，宿管大妈给他看了寝室的分配。因为男主角知道他住在哪个房间，男主角查到了那个寝室里的住户。大条如他，最后关头竟忘了他的名字，只记得是哪个专业。配合之前检索出来的那张花名册，一个名字一个名字地在社交网络上搜，居然是没有的。再厉害的检索技巧和再坚定的决心，都敌不过不用真人头像的用户。我差点就绝望了，因为不敢开口问，所以想先从网上认识，费尽心思查了半天，结果他不用真人头像，或者是在那几个没有社交网络账户的名字里。

小黎，我当时真担心线索断了，我也不确定再拖下去，时间是否会逼我当面对他说。青青陪着我又一个一个名字地复查了一遍，我们俩同时怀疑上了一个很简单的卡通头像。那是一个黑白的，只画了一双眼睛一个嘴巴的头像，虽然简陋，在刚查到的时候，我险些以为就是他了。青青的怀疑加上我之前的猜测，促使我打开了那个头像后面的主页。他很少玩，最新的一条状态写着：这么近，那么远。

那一刻，我和青青都忍不住兴奋地欢呼了。

后来证实那确实是他，只不过，事情没有如我想象中的，只要我肯主动踏出那一步，就能一脚踏进幸福中。我在他主页后面的留言没有回复，申请添加好友被拒绝了。他只回访过一次，一如他头像那么淡淡的，不清不楚。再访问他的主页时，他设置了非好友不可见。那一瞬间，我明白了自己的误会，有多么可笑。

以为只有一步之遥，其实从来无路可走。

小黎，我虽然有伤心，更多的是无解。我也不至于爱一个完全不了解的人爱到不可自拔，眼神本来就不是具体的东西，看得见却摸不着，含含糊糊，谁说得清楚。没有阴影魔障，没有放不下，只是我依然不解，不明白，如果当真是不喜欢，那些经过该如何自圆其说。

后来我们还偶尔遇见，好像一个游戏玩完了，遇见的频次瞬间下降。他依然那么看我，我却不敢再看他了。他的如常，让我凌乱，我大着胆子在社交网络上问了他的同学，形容了他的样貌，确定他的名字。他的几个同学都向我确认那就是他。我没了怀疑，只剩下不解。

情绪最强烈的那一阵子，我真想揪着他的领子问他怎么回事，必须好好解释清楚。试问你眼睛是不是有毛病，没事不要乱看，会出事的。在下楼打热水时，看到他那只浅绿色的热水壶，我用手蘸了点正在流动的热水，擦掉了那三个"哼"，那么好擦，湿润的手指抹过去就没了，像从来没在那上面写过字一样。心灰意冷的我不觉得烫，只觉得讽刺。

遇见得少了，有时候路上看到了就远远地走开，我们后来没有了眼神的交汇。虽然有时候心里会不舍得，想起他温柔的眼神，还是想去努力试试，会不会有转机。到底是没有做出任何举动。任由我们又一次无意错过，片刻才回神。

小黎，自以为暧昧的这四个月，我沉浸在一种似是而非的幸福里，好像有，又好像没有。如同淡淡的香，太淡了，几乎就要闻不到，但我从干枯的过去走来，这一点点的香，已经明显很受用，很自以为是。给你写信的时候，我回忆起那些事，仍旧是无解，我去访问了一下他的社交网络，他又开放了权限，人人都可以访问，他亦回访了我，最近来访里又出现了他黑白的淡淡的头像。那头像真像极了他，仿佛黑白分明，却又什么内容都没表达。

记得有一次听到他跟可能是他发小的人打电话吧。他说："羡慕你有很多朋友，可以热热闹闹的啊，像我就好孤独。"他不知道当时路过他的我心里近乎咆哮的呐喊，快跟我表白，你就不会孤独了。

最近一次见到他，学校里好多的花都开了，我正用心看花，听到有人喊他的名字，我回头，久别重逢般与他四目相对了，那眼神还是老样子，有欲说还休的优柔。他朋友叫他，他看着我，说："就来。"我想，那会不会就是我最后一次听到他的声音。因为我好像已经放下了。

　　也许，小黎，他其实从来没有过任何情动，也没有过任何过多的表达，是我自己给他添加了颜色，看起来那么美，是浮在水面的色彩。其实，一切都没有，这件事唯一该往前继续的是，单身了二十年，我也该是时候谈恋爱了。这冲动，比以往哪一次都要来得更加强烈。

　　鸡鸣寺的樱花应该开了吧，听说鸡鸣寺求姻缘很灵，我想，明天，去许个愿望吧。

你的　安颜

四月

南京，四月，鸡鸣寺。

雪白的樱花轻轻拂过她的脸颊。

这是安颜在南京的第二个春天。上一个春天的某夜，她被在隔壁大学念书的高中同学邀去聚餐，春宴之中，大家谈起同学中率先谈了恋爱的几个女生，口吻复杂，但不约而同都有羡慕。安颜情窦未开，觉得恋爱离自己还很远。听说别人恋爱了，心轻轻地动了动，她不解那是为何。直到饭毕独自走回相距不远的学校，看到北京东路中央栽种的未名花，繁盛之势，远看竟像是绵绵的白雪落在树枝上。她凑近了看，这花虽开得茂盛却没有香气。纷繁的花层层叠叠，被暖黄色的灯光映照出鲜见的风雅。她那时不知这是樱花，只是突然失落，繁花似锦，遗憾只能独自欣赏，似有些辜负了春光。

这一年，这种失落深深浅浅，偶然出现，每遇到好景，便涌上心头。她渐渐懂了一些，也默默期待，这期待由浅入深，在被几个男生儿戏一般地追求后，变得显然。就好像夏天空气中的水汽，凝成了冬天的冰晶，从无知无觉如影随形，到轮廓分明感知清晰。

她在很喜欢同楼男生的时候，天气很冷。那时候的一个晚上，她外出吃饭，在寝室楼前的小路上感觉有灰尘一样的东西扬下来，她以为是路口那棵树掉的絮，捂着口鼻赶紧绕过去，而那小絮一样的东西好像飘满了一整片空气，她仰头就着灯光看到，星星点点落下来的，好像是很小很小的冰晶。那些细细碎碎的小粒子，被灯光一照，变成了某一种神奇法术的具象，闪闪烁烁，纷纷扬扬，是传说中美好魔法的显形。安颜伸了手掌去接，落在手掌里的小冰晶会有清透的凉，集中注意力时便能感觉。

她以为那是这一年的初雪，其实不是。遇见彼此的那个平安夜里，当他们都翻过了窗户钻进寝室楼，他轻轻合上了窗，之后，天空落下了那个冬天南京的第一场雪。他们无知无觉，只差一点，还是错过了这场小雪。

小雪纷纷扬扬，最终没有能积起皑皑白雪。那些融进土壤的雪，堆在了来年春天的樱花枝头。拐过最后一个弯道，眼前如白雪重现的樱花绵绵连了一路，她第一次见，忍不住小声惊呼。她经历的二十年，从未有见过明明素雅却如此绚烂的花海。

鸡鸣寺附近的樱花更盛，路两旁密匝匝的花竟让这条路一眼望不到头。游人如织，花瓣纷落，安颜伸手接住从枝头掉下拂着她头发滑落的樱花瓣，白色花瓣，就像接住了一片不会融化的雪。那一刻的喜悦货真价实，仰起的脸庞上有笑弯成月的眼，那一刻的失落也是货真价实的，她心里惦念着他，或者不是他，而是那个还不知道在哪里的他。她想起文艺女青年小黎说过的话，她在自我抵抗重度忧郁症时差点自杀，刀刃横在手腕上，终没有划下去。她说："安颜，你知道吗，我那时真想那么一刀下去，一切就都结束了，可是一想到还没有遇到他，我不甘心。"

安颜握着三炷香踏上鸡鸣寺的台阶往高处去时，心如山谷响彻这句话。

没有什么，我只是不甘心，也不愿意辜负彼此的等待。假使有那么一个人，他必定如我这般痴心地等，沿途误会了很多人，但最终都只为了遇见彼此。

香火燃出蓝色的烟，她朝天三拜，眼光穿过烟的蓝，看到清澈的天空。善男信女的人潮中，她微笑又带一些忧愁地许了愿望。

"我并不期望能够马上与他相爱，但起码让我能够先遇到他，让我知道他是存在的，哪怕我们暂时无法相爱，哪怕两年三年甚至更多年之后才能得偿所愿。"

"我只是害怕被命运遗忘了，我只想确定他是会来到的。"

"我可以等，只要有。"

三炷香被整齐地插进香炉里，那里面袅袅的烟随风飘散。悠然的姿态让她突然得到了心安。毗卢宝殿里众尼诵经的声音，如同某种巨大而神圣的福祉，她为此而笃定。

山下左右两旁是几乎一致的樱花海洋，她犹豫不决，不知该往何处去欣赏。游人忙着拍照，每一张看似独照，却都塞进了无数的身影。她不想为自己留念，等她遇到那人，会约他一同来这里。风景因人而异，独自欣赏始终不够尽兴。

霎时风起，扬起来万千粉白花瓣，视野里下起了一场四处纷飞的樱花雨，极致的美让所有人几乎都无法呼吸。那是千万只粉色蝴蝶优雅而盛大的春季圆舞曲，她随着那些蝴蝶飞去的方向而行。蝴蝶带着她，去寻找命中注定。

在这一刻里，安颜相信，她感知到了神祇。

第二章

南京，七月

大二的暑假只剩下半个月。

期末考试结束后家里的西瓜都还没吃几个，安颜便收拾了行李又回到了学校。事情总是一起来的，闲的时候翻来覆去无聊到抠墙纸，忙起来又几乎找不到北。安颜总感叹自己的人生算得上是匪夷所思，简直像过把瘾就死。

学校举办首届"新媒体·大传媒"暑期学校，吸引了全国各大高校的学生来参加，人数过多，连作为主办方学校选派的学生都只能算旁听生，做旁听生还要兼下接待、打杂等事务。安颜太晚接到消息，等老师找到她时，全班已经没剩几个人了，其他人都找了各种理由退出了。她不愿意驳了老师的面子，千般不情愿地应了下来。

"你也真是笨，"许萌穿着吊带裙，脚架着脚躺在凉席上吃苹果，每个吐字都夹带着咀嚼的声音，"都找理由不去，就你傻乎乎地做好人。"

安颜停下手里整理的暑期学员资料，看了看上铺的许萌，她因为脚架得太高太得意，宽松的裙子几乎已经全部盖在了肚皮上，一览无余。她欲言又止地动了动嘴，终于什么都没说，低下头继续整理资料。

许萌吃完了苹果，抬手将苹果核准确无误地扔进桌边的垃圾桶里，拍了拍手，攀在床沿上俯身看安颜手里哗啦啦翻来翻去的各种表格，每张表格上都附着一张一寸的彩色照片，从她的角度不太能看清楚。

"这么多人，有帅哥吗？"

安颜头也没抬地说："有啊，平均质量挺高。"

许萌连忙像猴子一样翻身下床，拿起安颜整理好的一叠表格飞快地翻起来。

"哪里哪里，帅哥在哪里？哇！"许萌的一声惊呼引得安颜疑惑地看了过去，许萌花痴的表情说明了一切。安颜笑了笑，继续整理。许萌不满足于自己独自欣赏，硬伸到安颜面前去给她看。安颜看到那上面的相片，有点印象，但不深，她一直觉得大家的证件照都差不多，要不然就是过分地丑，要不然就是过分地好看，跟真人差距一般较大。

"还是北大的啊，"许萌拿着表格开始花痴，"我当年做梦都想去的大学，我一直暗恋的一个直男就在北大，他说下了雪的未名湖很美，两个人牵着手慢慢地走，好浪漫。"

"直男？你怎么学阿泽讲话，你也弯了吗？"

阿泽是班上的一个男生，几次被人撞破跟男生亲亲，还死不承认自己的性取向，硬说是在给对方抹唇膏。他跟班里的女生关系都特别好，看不惯他的几个男生揶揄他是妇女之友，却又嫉妒他跟女孩子拍拍打打的不会被骂揩油。他和安颜、许萌是同一个微电影工作室的，还是首席摄影，合作第一部片子时跟工作室里的人出了柜，最爱挂在嘴边的就是"我一直暗恋的一个直男……"

"对了，阿泽还没确定《意》的男主角，给他看的都被说丑，一个都看不上，他到底是挑男主还是挑男友啊，"许萌老鸨一样拿手指弹了弹表格上的照片，说，"不如让他来演好了，这么帅，他肯定满意，你明天接待的时候碰到了记得把他拐骗过来。"

"阿泽不是首肯了小黎推荐的男生吗？青青说那个男生明天上午就从上海过来。"安颜笑着说，"据说阿泽满意得不得了，只看了一张照片就点头同意了。"

许萌想了想，发出一个由疑惑过渡到确定的长长的"哦"，说："都怪阿泽挑得太多，我都忘了。好可惜，那你明天记得给我留意一下表格上这个人，争取让他来客串个角色。"

第二天接待各地前来报到的学员时，安颜却没有见到这个从北大过来的男生。本次暑期学校一共有七个北大过来的学生，四男三女，在她手上只登记到了其中的三个女生。接待工作非常繁琐且忙碌，她也没有多余的精力去留意那个男生是不是来了。制片人青青不时地发微信催她忙完了赶紧来剧组帮忙，上午男主角一到，他们吃过了中饭就开拍了。安颜从上午开始就一直在学院里忙接待的事情，中午随便吃了两口盒饭就继续忙，完全没有开溜的可能。好在来报到的人逐渐少了，差不多七点钟应该能赶过去了。

负责接待的学长抱怨了一声没有美女，几个人都笑了。

"学长眼光太高了，我看来了不少美女啊。"一位女生说。

"哪有，我眼光低得不能再低，是个女的就行了。"他嬉皮笑脸地说，"我对喜欢我的女生都有好感。"

"今天来的那些女生可没人想听到这句话。"跟学长同班的男生说，"饿死了，赶紧弄完我要去吃饭了，一天就吃了两口盒饭，我妈知道肯定要心疼死了。"

"伯母并没有那么在意你，请你清醒一点，白天请不要随便做梦。"被怼的学长怼了回去，脸上摆着贱贱的笑容。

大家疲惫又轻松地笑了，眼看着这忙碌的一天就快要结束了。

"你看看这课程安排，晚自习居然也写上去，"学长像捏着张小广告一样抖了抖手里的暑期学校日程安排，"白天的课都不一定来，还晚自习呢。他们这些人啊，根本就是借着食宿全包来南京旅游的。"

"那是你，你去年去武大就是这么干的。"男生毫不犹豫地戳穿了学长。

"哎呀，这种事情就不要说出来了啊。"学长笑起来脸上会有两个酒窝，一瞬间就变得腼腆起来。男生拿手臂勾住学长的脖子笑着闹起来。一旁的女生语气梦幻地感叹了声，好有爱啊。

安颜笑着看着他们，放在桌上的手机响了起来，是青青。

"你几点能过来啊？"

"差不多了吧，马上可以出发了。"

"快点啊，编剧和导演因为剧本掐起来了，气氛好紧张啊。"虽然这样说，但青青的语气一点都不紧张，摆明了是看好戏的口吻。编剧徐林和导演薛芬芬是老搭档，没有哪场戏是不吵架的，每次都争得面红耳赤，越争拍出来的东西就越精细。他们在背后没少诋毁对方，一个说不尊重编剧，一个说不服从导演，可是谁离了谁都出不来好作品。一般他们一吵，大家都做做样子劝着，只有他们吵够了才能达成一致。

"安颜，你有事就先走吧，这边差不多了。"学长开口说。

安颜笑着谢过了学长，对着电话那头的青青说："好了，学长发话我可以走了，那我现在就过来，待会儿见。"

学长目送着安颜走进电梯里，男生拿手掌在他眼前晃了晃，说："别想了，人家安颜是院里五朵金花之一，你呢，是院里五百棵草之后，啊……"话没说完已经被学长伸手勾住了脖子，使劲往下摁。

"哎，同学，学校情况这几栏也是要填的。"女生指着表格上空白的部分，对眼前的高个子男生说。

高个子男生把追随安颜而去的目光收回来，顿了顿，脸上露出夙愿达成一般的美好笑容，说："呃，好的。"

安颜刷卡进图书馆时瞥了一眼电子屏幕上的时间，居然正好七点。打了好几个电话才找到躲在图书馆角落里拍戏的剧组。她刚走过去，导演一声轻喝，往旁边摆了摆手示意她闯进镜头了。安颜连忙闪进书架之间，绕了几个书架走到青青身边。

"不行，林子默的妆花了，青青帮他补一下左脸颊。"

青青"哦"了一声，朝安颜吐了吐舌头，从放在地上的提包里翻出化妆包。

这个工作室由导演薛芬芬一手组建，但名字是后来编剧徐林加入之后取的，叫青木映画，工作室因为拍了一部微电影《青风如沐》而正式成军，所以徐林提议取了这个名字。固定班底有负责拉投资和管理剧组的制片人何青青，导演薛芬芬，编剧徐林，摄影鹿泽，剧务许萌，监制安颜（其实也是剧务）。整个团队属于有啥干啥的性质，只要能帮助到拍摄，任何工种都可以做。工作室里的几个女生虽然平时都能给自己化妆，但能帮别人化妆的只有青青，所以她的名字除了出现在工作人员名单里的制片人之后，造型后面也写着她的名字，一直被阿泽嘲笑明明是化妆硬要说成造型这么高端大气上档次。

青青从粉盒里拿出粉饼，左右端详了两边脸颊的色差后，轻轻地往那个叫林子默的男生脸上拍了两下。安颜的视线被青青挡住，直到青青起身检视着他的脸时，她的视线才得以到达他的脸上。他微微闭着眼，感觉到补妆结束了才缓缓睁开，看着青青，笑了一下。那个瞬间，安颜原本平淡如水的表情凝住了。

也许，他们的五官不甚相像，但睁开眼的那一刹那，她确信自己看到了一双熟悉的眸子。他转过脸，无预警地朝她看了一下，安颜的呼吸一下被扼住，心跳也随之停了。

他们不像，但眼睛极像。眼神里的温和淡然、温柔善良，一模一样。一模一样的两双小鹿一般的眼睛。

时间在他们眼神的交流里一下子被摁停，那短暂的一秒，延展开一整个宇宙。

她掐住自己的衣服，要不然，可能控制不了心里的激动。

芬芬透过镜头看了看，说了声好了，青青连忙收拾收拾就退回了书架之间，发现安颜在出神，用手肘碰了碰她才醒过神来。

"怎么了？"

"没什么啊。"她慌忙掩饰表情，恢复之前的平和，淡淡地笑了笑，说。

"是不是挺帅的？"青青小声地八卦起来，"据说是复旦某个院的院草级人物，以前拍过一个微电影，超多女生追他。黎喃还真靠谱，推荐来的人一下就让挑剔鬼阿泽满意得不行不行的。"

听到议论的阿泽回头瞪了青青一眼，青青傲娇地用鼻子哼了一声。芬芬烦躁地说："小声点，赶紧拍，刚才浪费那么久。"被含沙射影指责的徐林不满地白了芬芬一眼。

青青捂着嘴，贴近了安颜的耳朵，说："人也不错，看了剧本之后，觉得挺合适，就从上海过来了。这一天相处下来，性格没得说，温柔得不得了，要不是我有男朋友了，说不定就爱上他了。安颜，你幸好还没恋爱，抓紧机会，别错过了。"

安颜目不转睛地看着他。今天拍的剧情是男主角在图书馆自习，接到女主角的分手讯息，他木讷而被动，不知道这则讯息是女主角的试探，信以为真，不知所措，只好暗自神伤。林子默的演技很自然，他天然的温柔一旦哀伤起来，让人看着很心疼。剧本出来的时候，试了很多男生，不是导演说不行，就是编剧不看好，摄影阿泽对男生的长相又极为挑剔，上镜不好看的一概不用，选男主就用了快半个月。安颜跟小黎提到过这件事，她一直希望是同楼的那个男生来演，直觉他一定能够演得好。可是剧本出来时，她早已经对他带着疑惑地死了心，已无可能去找他来拍戏。小黎跟她的好朋友、拍微电影拍成复旦名人的叶鲤说了此事，叶鲤便推荐了他。叶鲤直接在上海给他试了戏，把视频发到南京让剧组看了，得到了一致肯定。只不过那时安颜在忙暑期学校的事情，又要联络其他演员，就没管男主角的事情，最后得知上海的那个男生通过了，她心想终于找到了，就没再多管。

这一面，是他们人生中的第一次会面，她有些暗自庆幸第一次看见他，不是照片，也不是视频，而是一个活生生的林子默。

林子默收到了微信，下一个镜头是捕捉他脸部表情的大特写，他的眼睛由一开始看到微信来自于她时的喜悦温柔，慢慢变成落叶一样的哀伤。安颜在一旁静静地看着他，几乎着了迷。

多久了，她从不敢也没有机会这么近距离地看过同楼男生，她还没有认真打量过他，两个人就彻底走散。他无心，她的有意就变得尴尬棘手，只能自讨苦吃地咽下去。可是她能够这么近距离地打量林子默，在一米开外的地方看他演绎多情的样子。有那么几秒混淆，看得久了，看得真切了，他便就是他，不是任何人。

她偷偷地笑了，莫非是老天的补偿，她铭心单恋一场，终于得到了神灵的回应。满足她无法仔细看看他的一怀遗憾。

"好，这场过了。"导演的声音终于有点笑意，她迫不及待地跟身旁的徐林说，"这个过渡真的非常好，对女生试探的不解，让他只能坐在这里伤心，而无法起身去找女生，或者打她电话。应该是非常非常内敛的男生，才会在这样的踌躇里失去爱情。"

徐林含蓄端正地笑了笑，安颜看到这笑容，就知道刚才的争吵他赢了。

"林子默，演得不错啊，果然叶鲤那个死男人挑人好厉害。"阿泽边把相机从三脚架上取下来，边冲林子默笑得一脸谄媚。青青看不下去，上前用手扯着阿泽的脸，两个人笑着闹了起来。安颜连忙嘘了几声，小声提醒："图书馆啊，各位。"

青青和阿泽捂着嘴咯咯地笑了，林子默转过头看着安颜，问道："我演得还行吧？"

安颜对上他的眼睛时突然慌了，心慌得不敢直视，只能把目光放在青青身上，回道："演得很好。"

她不敢看他是不是还在看着，装模作样地看看阿泽又看看青青，脸好像有点要烧起来了，还好导演说了一句走了走了去吃饭，终于解救了这场只有几秒的尴尬。

从图书馆出来时已经八点半了，剧组一行人在学校的主干道上走成一排，阿泽跑到最前面给大家拍合照，连拍了三张，大家围住阿泽看相机里的照片，照片里，安颜站在青青旁边，林子默站在最外侧，安颜特意去看他那部分，却发现照片里他身边多了个人，那身影的眼熟让安颜连忙拿过相机放大那一块，青青以为她是想看林子默，咧着嘴发出"咦"的声音。安颜看了照片，猛地抬头往前看，他正在前方走着，刚才合照时恰好与他们擦肩，现在已经走出了十米开外。

他的背影还是背影，依旧是他，没有回头。他挎着单肩包一个人走着，脚步不快不慢，不逃避也不留恋什么，自自然然。他是坦荡荡没什么要逃避的，他一直都坦荡荡没有心理阴影，更没有魔障。

安颜看着相机屏幕上放大到整个屏幕的他的身影，三张，第一张他看了看她，第二张他看了看林子默，第三张他低着头，三张都看不太清楚他的眼睛。青青凑过来看屏幕，看到被放大的并不是林子默，疑惑地问："这是谁啊？"

青青当然忘了他，除了她，大概没有人把他记得那么清楚，记到差点不能忘的程度。

安颜盯着屏幕略带苦涩地笑了笑，青青开玩笑地把照片里林子默的部分放大，照片里他保持着温和的眼神，笑容如沐春风。三张照片的姿态和神情都差不多，第三张笑容似乎更满更显然，那时，是阿泽提示要喊茄子。

安颜再抬头看时，他已经不见了。

那个晚上，他也像这样就不见了。

阿泽把相机拿回去时发现林子默被放大到整个屏幕，欢快地叫起来："哎呀，安颜啊，啧啧啧。"大家抢了相机传递着看，传到林子默手里，安颜既紧张又害羞地红了脸，林子默淡淡地笑了笑，看了看安颜，安颜眼睛移到阿泽身上说："不是，我是想看看他旁边那个人是谁。"话说完自己都觉得这下欲盖弥彰了。

"好了好了，阿泽你搞什么，是我把林子默放大的，她原本真的是在看林子默旁边那个人啦，都几点了，现在不吵着饿了？"善解人意的青青跳出来缓解尴尬。

阿泽依然奸笑着，把相机盖好放进包里去。

晚饭挨到快九点才吃上，二十分钟后他们全数进了阿泽的寝室，今晚还有一场男主角在寝室里被室友调教怎么追女孩子的戏要拍。薛芬芬向来就是一个以拍摄强度闻名的铁心导演，比起上半年拍的一部叫《遗失》的微电影，剧组破纪录从早到晚拍了十六个小时，今天还不到十个小时的工作量只能说是她的一般水平。薛芬芬素来就有"拍一部戏一定跟其中一个主角闹翻"的名声，基本上合作过的演员一旦对她的工作强度心怀怨念，就绝无可能二度合作。所以虽然薛芬芬拍了很多很不错的作品，演员却一直没有御用人员。

剧组其他工作人员比起演员心理压力要小得多，所以团队一直比较固定，还没出现放下担子不干的人。安颜一直不太理解，同样都在片场，为什么演员对拍摄强度会有强烈的抵触情绪。直到这一晚，她看着林子默一遍一遍地演绎同样的戏码，心里才稍微有些体会了。

他的表演无可挑剔，有经验又有表现力，几乎每一次都可以一条过，但因为各方各面的原因，他被迫需要一遍一遍地演。安颜非常认真地看着他，在不拍摄时眼神松弛，透着显而易见的疲惫，一旦喊了开始，他立即进入到角色应该有的状态里。戏里戏外跳来跳去，似乎比他们这一群在旁边拍摄收音打灯光还小声闲聊的人要得多。

他应该是很累很累了吧，上午才从上海坐火车赶到南京，中间几乎没有休息时间。安颜能想象即使在吃饭的时候，薛芬芬和徐林也一定会一刻不停地跟他讲戏，午饭吃得肯定不轻松。一整天下来，他一直好脾气地不抱怨半句，只是默默地不讲话，在每一次拍摄间隙争取出戏休息。

安颜记得《遗失》的男主角，是学校里公认的演技派，加入剧组后受不了拍摄强度，几乎每天结束后脸色都极不好看，让人看一眼连安慰他的心都凉了。虽然后来凭借《遗失》拿到了好几个表演奖项，但无论角色多么适合，他都决不肯接薛芬芬的戏。薛芬芬背地里好几次嘟囔他是白眼狼。

看着林子默每次松懈下来后眼神里漫起来的疲惫，安颜无可奈何，只得督促大家都尽量不要出岔子，争取早些拍完。帮忙打灯的青青在拍摄中掏出手机看了一眼，导致画面里光也跟着变化了一下，导演立刻就喊了卡，光变了，重来。

"青青，别玩手机了，赶紧拍完吧。"安颜好脾气地说。

青青嘿嘿一笑，说："安监制头回拿出监制的派头了啊。"

一直以来，她都是和稀泥的监制。

拍完一个看起来是夏天场景的室内戏后，导演让林子默换一身秋天的衣服，林子默刚要去包里翻，导演不耐烦地嫌翻来翻去太慢，说："阿泽，找件你的衣服给他吧，翻翻找找不知道要搞到什么时候。"

阿泽拉开衣橱挑了一件紫色的衬衫给林子默，他背着身换好之后转过来，青青忍不住嘲笑说："阿泽，这衣服不会再愿意被你穿了，已经写上了林子默的名字了。"

阿泽满不在乎地抛给青青一个白眼，说："我才不稀罕，这前男友的东西我正愁没地方扔呢。"

青青听到八卦一下兴奋了，跳过来抓着阿泽问："是那个，男模特的？"

"是啊。"阿泽佯装不耐烦地挣开青青的手。

"哇，好帅的那个，"青青回味无穷地说，"是你男友列表里最帅的了，你真不懂得珍惜。"

"太花心了，我可吃不消。"

薛芬芬斜着眼看着他俩，发现气氛不对劲的两个人看到导演冷冰冰的眼神，赶紧摆机位和打灯光。薛芬芬检视屏幕里的构图，嘴里不阴不阳地冒出一句："聊啊，我看你们还能聊出几句来。"

大伙儿都憋着笑，安颜无意中扫到林子默的表情，他的笑很温柔，这一刻看上去比刚才要放松多了。那件紫色衬衫，真的非常适合他。

晚上吃饭的时候，他恰好坐在安颜的旁边，说不上是别人有心还是大家都无意而为。她放下东西走进包厢时，只有他身边剩了一个空位，大家似乎没有捉弄的意思，都在不知情地做各自的事情。她有些心虚地在他旁边坐下来，包厢很小，座位之间略挤，这么近地挨着他，能闻到他身上有淡淡的香水味。班里有些男生也会喷香水，不知道是品种不对还是喷得太多，一靠近就浓得刺鼻，要不然就是味道奇怪。

他的香水味道没闻过，温和、平淡、清新。

用香水的男生，安颜并不喜欢。班里那些喷香水的男生都显得颇为浮夸，连带着，她对"香水男"印象都不怎么好。

浮夸的男生喜欢用香水来彰显个性，但香水只是为了遮蔽疲劳的味道，是种礼貌。人在挑选香水时，常常会不自觉地对与自身契合的那缕味道倾心。散发出去的气味，就是他对自己为人的定义。

林子默选的香水，让安颜闻到时，能肯定他的为人。

他话不多，是她见过的演员里不太爱讲话的，他对事物的反应大多是他程度不一的笑容。自第一次见面之后，安颜一直在思考他像一种什么饮料，牛奶醇厚、红酒优雅、咖啡浓郁、奶茶温和，看起来他跟奶茶最靠近，但少了里面的香醇，他看起来，更像是一杯清雅的绿茶。

对的，绿茶。

突然又觉得这个词用来形容人好像不太好，安颜自己偷偷地笑了起来。青青"哒"的一声关掉了灯光，眼前突然暗了许多，薛芬芬靠在书架上仔细研究着分镜表，嘴里不时发出含义不明的"啧啧"声，一再确认今天要拍的部分全都拍完后，她如释重负地说："好，收工。"

大家都累得没力气欢呼了。

林子默的表情这才真正放松下来，这一天可真是累得够呛。叶鲤找到他时，苦口婆心地劝他接下角色，脸上尽是挖坑下套的笑容，等他答应了去南京参演后，叶鲤竟摆出下套成功的得意神色，将注意事项告知了一番，主要是针对薛导的工作强度。

"其实这个角色并不只有你适合，但只有你的性格是最适合的。"叶鲤摆出智者一样的笑容，说，"至少，你不会跟她闹翻。"

林子默懂他的意思，他知道自己此行绝不会轻松，但他在当时也不会知道，这样一出安排，是老天的意思。他后来遇到的，是从来无法被预知的事情。他现在只是觉得累，累得几乎不愿意去应付谁，只能昏昏地靠在公交车靠背上半梦半醒地入睡。

剧组成员全部在车上，包括安颜。这个暑假，家在南京本地的青青支开了父母，把家里的大房子空出来给剧组做下榻酒店，父母则被她赶到另一套商品房里暂住一阵子。青青爸妈临走时开玩笑说没想到这么快就被女儿扫地出门，但心里绝对是不打折地支持女儿的合理要求，他们家和谐的相处方式一直都让人称羡。每一天收工后，大家都集中到青青家休息以便第二天一同出发继续拍摄。安颜原本是不打算去的，毕竟两头都有事，从宿舍赶去学院要方便得多。此刻，她侧目凝视着林子默微微闭合的眼，窗外的霓虹灯在他的眼睑上投下睫毛的影子，他睡着时轻柔的呼吸，让人安心。自此，她明白自己甘心跟随，而不会再独自离去。虽然她从遇到他至今，还不敢正视他的目光，每每只在他不注意时偷偷打量。

安颜不知道自己在怕什么。

公交车播放着音乐前行，斑斓的霓虹灯光轻轻抚摸着他沉睡的脸庞，她看得着迷，忘了世界。林子默可能睡熟了，车子行驶的颠簸摇晃着他的身体，几次晃动后，终于，他的头轻轻落在了她的肩膀上。那碰撞的一下，在她心里，几乎像两个星球发生了碰撞，在她心里产生巨响，而在真空宇宙里，别人听不到这声音。

因为恋慕着同楼男生而倍感孤独的那段时期，她坐了一辆从城市外环线驶回市区的公交车，车里除了她和女司机，还有一对男女，他们不是同路人，各自坐在自己的座位上，看着窗外的夜色。每个人都各怀心事，恐怕女司机也觉得太寂寞，才会听起广播。

破旧的公交车行驶时全身上下都在剧烈颤动，车厢里响彻汽车部件相互碰撞的声音，她的耳朵被这样轰隆的声音盖住，像是聋了。公交车停在一个红灯前，等待时间太久，司机关闭了发动机，在世界瞬间清静的同时，广播音乐的声音像一股柔和的水雾，漫满了车厢。她听出那是刘若英的声音，但不知道是哪一首歌。

在那么有限的生命中，能被所爱的人深深爱过。
或许不该再奢求再怨什么，世上的遗憾本来就很多。
在艰难地说了再见后，你真的不该再紧紧抱我。
刚才还能体谅地放开你的手，不代表我就够坚强洒脱。
我们曾有过一次幸福的机会，当玫瑰和诺言还没枯萎。
别说抱歉我不后悔，曾经逆风和你一起飞。
我们曾有过一次幸福的机会，似乎就要拥有爱的完美。
你说别哭我说不哭，然后我们都流下了眼泪。

在那个青黄不接、犹豫未决的时期里，她的心因为触不到的爱情变得焦虑忧伤，从没体味过的心酸和孤独一口气尝遍滋味。那样的夜，那样的车，她那时候想，也许这辈子都忘不了了。重新发动的公交车一路颠簸，颠下了她眼睛再也承受不住的眼泪。

那时，她没想拥有太多，只希望有个人在身边，可以时，握一握他的手。

行驶在城市间的公交车，窗外是迷离变幻的灯，不像那天晚上窗外只有凉水般的夜。她也不再像那个夜晚一样独自落泪，身边有他，肩头有他。他睡着时均匀的呼吸起伏在她的肩膀，那种满足，像是特意前来弥补遗憾。

因为可惜，所以珍惜。

小黎说："你一个人孤独寂寞时想要心里有个人做念想，给你；你开始觉得光有念想不够，暧昧太辛苦想要彼此相爱，给你；你跟他相爱了，发现爱情里麻烦事太多，想要回到一个人的省心，给你；周而复始，说到底，爱情就是个恶性循环。"

安颜侧过脸，林子默的头发毛茸茸地摩挲着她的脸颊，车窗外的世界，爱情大同小异，落单的人有，成双的人好像更多。爱情没什么道理可言，这一刻她是心满意足的，不想忧虑未来的变数。

她不想睡，只想仔细体味。

公交车停站，后排睡成一片的剧组成员被青青叫醒，大家揉着眼睛收拾东西准备下车。林子默醒来发现自己靠在安颜的肩膀，连忙说了声不好意思，实在太困了。

"没关系。"她朝他笑了笑，"下车吧。"

这好像是第一次，直面他目光的对话。

"好的。"

他的笑如梦初醒，依然温和如水。

下车后，青青拿手肘撞了一下安颜。安颜看过去，她脸上露出一个奸计得逞的笑容。最开始上车时，他们在公交车最后面坐下来，青青绕开林子默坐到薛芬芬旁边，等安颜走过来时只有林子默身边有个空位，要不然就只能跟剧组分开坐了。她硬着头皮坐下来，回头看见青青吐着舌头朝她扮鬼脸，一切不言自明。一旦你的女伴有意撮合，她就会自动从与你如影随形的位子上离开。

看着青青朝阿泽他们快步走去，把她和林子默落在身后，安颜心怀感激。

身后的林子默走到了安颜身边，说了一声："走吧。"

安颜扭头看他，他的笑容正好在街边灯光的光晕里，不知是有光的衬托还是他休息好之后恢复了精神，那笑容看起来格外温柔。安颜也笑起来，说："嗯。"

他们并肩走向今后的岁月里，停在公交车站边的时光含笑注视着他们越走越远的背影。

次日。

安颜匆匆赶到学院时差几分钟到九点，推开门，教室里已经座无虚席，安颜一眼就看见好几个声称有事不来帮忙却跑来旁听的同学，本来参加人员就过多，他们这些名单之外的人再来凑热闹，教室里立即挤得好像春运的火车。安颜略带尴尬地站在后门一遍一遍地扫视教室，人头密密匝匝，就算有空位估计也被挡住看不见。

干脆翘掉算了，还可以去剧组帮忙，但转念一想，自己是被列在名单里的人，还有一些琐事要负责，第一天上午就翘课好像不太像话啊。可是，她脸上露出为难的神情，总不能像逛菜市场那样边走边找位子吧……

她走到教室后面，再试着仔细寻找，突然注意到视线里一个不认识的男生朝她大力挥着手臂，脸上的笑容如同盛夏阳光，格外灿烂。他看到安颜不敢置信的表情，咧着嘴说："这里这里！"

安颜疑惑地指了指自己的鼻子，让他确定自己没看错人。

突然铃声响起，铃铃铃得特别刺耳，九点整，上课时间到了。

男生双手捂着嘴，声音不大但足以听到，说："对啊，就是你，这里有位子。"在他和自己之间大概四五排的同学都回过头来看，其中几个安颜班上的男生居然还起哄。真是幼稚。

安颜心存疑惑地走过去，男生拍了拍空着的位子，说："给你占好的。"她看着他脸上那毋庸置疑的笑容，一再怀疑自己是不是人脸识别障碍发作忘了认识的人，尴尬地坐下来后，犹豫再三，说："同学，我好像不认识你吧。"

"这不就认识了吗？"他说完咧着嘴笑起来，特别像个大孩子。

安颜在他带出来的氛围里安下心来。

还没来得及再聊些什么,几个老师从教室外走了进来。第一天开课前半段时间是开幕式,学校领导、学院领导、总负责人、教师代表要发表讲话。整个过程全场都很安静,但讲话内容很无聊,都是些场面话。

安颜正盯着黏在黑板上方用塑料泡沫做的"新媒体·大传媒"几个大字发呆,男生用手指"嗒嗒嗒"地敲了敲桌面,安颜低头看见他递过来一张白纸,手指正敲在写了字的地方。安颜看了一眼男生,他依旧是那副大大咧咧的笑容,很孩童气,让人看着特别放心,感觉不是什么坏人。她把纸移过来,看到上面写着:我叫连珏,从北大来的,你叫什么名字?

安颜笑了笑,正要从笔袋里翻笔出来,男生立即递过来一支银白色的钢笔。她接过来,在纸上写:不告诉你。

男生看到回答,无语地笑着,继续写道:求求你,告诉我。

看在你帮我占位子的份上,我叫安颜,就是这个大学的。对了,你本来是要帮谁占座的?

就是帮你啊。

可是,我不认识你啊。

以前不认识不要紧,现在你总认识了吧。

好吧。

我第一次来南京,请多多关照啊。

呃,我是这次暑假学校的工作人员之一,理应要照顾到大家的。

那我就找对人了,不用怕会被卖掉了。

这……同学你是在卖萌吗?

是啊。

总负责人老师宣布了一些注意事项后说到了这次活动的工作人员,

先是喊了几个学长的名字，他们都一一站起来向大家示意，三四个名字之后，喊到了安颜。安颜站起来有点不好意思地朝大家笑了笑，旁边的连珏突然鼓起了掌，很多不明所以的同学被带动着也跟着鼓掌，稀稀拉拉的掌声让节奏一下子乱了，老师幽默地说："果然美女比男生要受欢迎得多啊。"

安颜坐下来后微微埋怨地瞪了连珏一眼，连珏表情无辜地吐了吐舌头，耸了耸肩。不得不说，这些幼稚的动作他都处理得有点可爱。被他这样逗一逗，安颜心里那丁点的不满也就不见了。

正式开始上课后连珏没有玩，很认真地听老师讲的内容。安颜心想，果然从其他地方赶过来的学生就是不一样，人家真的是带着学习知识的目的来的。安颜盯着讲台上那个她已经看厌了的脸有些出神，他的课她听了足足一个学期，这一次也没带来什么新的东西，只是把他上一个学期的授课内容浓缩了一下。安颜看着那些因为需要应付期末考试而背得滚瓜烂熟的 PPT 忍不住捂着嘴小小地打了个呵欠。

昨晚几乎没怎么睡。到青青家时已经十一点多，大家陆续洗澡什么的都快到一点了。在公交车上忙着打盹的众人洗完澡之后反倒不困了，除了林子默外每个人都敷着阿泽的面膜，然后一起三国杀了一个多小时。阿泽因为面膜被瓜分很不满，不守规矩非要锁定貂蝉这个角色，一直使用离间的技能，害得在场都没人敢选男性角色。

安颜玩三国杀一直不太在行，是菜鸟级的玩家，每次当主公都会把忠臣给弄死。林子默当她的忠臣，默默为她收拾反贼和内奸，结果最后慷慨赴死。青青笑着说："这场面还真是感人，安颜你要不要跟着殉情算了。"

苦苦维持了几轮，安颜实在技术有限，最终被薛导了结。她绝杀安颜时，口里念叨着："那就让我来成全你们，去黄泉路上做一对鬼鸳鸯吧。"亲手盖上安颜的最后一滴血，还带头哼起了《非诚勿扰》里男嘉宾失败退场时那雄壮哀怨的配乐。

他们互相对视，幸好脸上还盖着面膜，没人看到她脸上已经红成一片。

快三点时终于有人熬不住要去睡了，阿泽向半空天女散花一样撒掉手里的牌、揭了面膜走进了卧室，徐林跟着也进去了，青青和芬芬进了男生卧室隔壁的女生卧室，客厅里就剩下安颜和林子默面对着一桌狼藉。

林子默把牌具装好后，开始收拾桌上的垃圾，安颜跟着收拾桌上的零食和他们乱扔的枕头。一阵沉默。不一会儿收拾好了，安颜说："我进去了。"

"安颜。"林子默叫她。

安颜的心顿时怦怦跳动。她在转过身的时间里努力压抑住情绪，问了声："怎么了？"

林子默笑着指了指自己的脸，又指了指她的脸。安颜才意识到自己还没把面膜揭下来。她胡乱往脸上一抹，尴尬地说："呃……晚安。"

林子默在三米开外的地方看着她，温和如春风地笑了，点了点头，说："晚安。"

安颜关上门，背靠在门上，努力平息着内心的狂跳。那一瞬间的感觉，好像，好像当时在热水房碰见同楼男生，他站在她背后似欲言又止的停顿引起的慌乱心跳。不一会儿，她听见隔壁房门关上的声音，才慢慢地走到床边，巨大的床上，青青和芬芬已经入睡，此起彼伏地打着香甜的鼾声。

她躺下来，一整夜几乎没睡，睁着眼想心事，直到感觉天有些微亮时才昏昏沉沉地有了困意。

下课铃响起，连珏"喂喂喂"了几声才让安颜回过神来。

"想什么呢，不好好听课。"

安颜瞥了一眼他笔记本上写得满满的笔记，说："这些东西他讲了一学期，所以，你懂的。"

许萌走过来拍了拍她的肩膀，问："安颜，走不走？"她早上给安颜占了位子，只不过她跟从武汉赶来的高中同学聊天聊得太忘我了，直到班里男生起哄她才发现安颜被那个从北大来的帅哥邀请过去坐，她也就不破坏人家的美意了。

"第一天上午就翘课，好吗？"

"反正又不记考勤，而且我们只算旁听生，这么较真干什么。"许萌瞥了一眼坐在一边正撑着下巴饶有兴致看着她俩的连珏，说，"他们外地来的包吃包住还包车费，我们可什么都没捞着，走吧走吧，我昨天没去都怕被薛导骂。"

剧组这个关键词帮她下了决心，许萌手忙脚乱地和她飞快地收拾东西，趁着还没上课赶紧开溜。

"你就要走了啊？"安颜回头看见连珏一脸不舍并且装出可怜兮兮的样子，抱歉地说："我那边还有点事，你如果有疑问就找其他工作人员吧，我其实也就是打个酱油。"安颜刚要走，想起来还没致谢，又回头补上一句，"谢谢你今天帮我占座儿。"

"那你下午来吗？"

"不一定。"

"明天呢？"

安颜想了想，说："应该会过来看一下。"

"那我明天还帮你占座儿呗。"

"啊，不用了吧，估计明天没这么多人。"连珏被安颜拒绝，立即露出猫那样泪光闪闪、楚楚可怜的眼神，安颜实在不忍心，说："那好吧，谢谢你了。"

许萌拉了拉正跟连珏十八相送的安颜，催促道："快点快点，等下就打上课铃了。"话音刚落，上课铃像隔断别离的火车警铃般响了起来。安颜冲连珏抱歉地笑了笑，跟着许萌踩着铃声一溜烟跑出了教室。连珏目送着她消失在教室后门，就好像她昨天消失在合拢的电梯门后，脸上的笑一点点收了起来。

她是第一次见到他，但他并不是。

也许她忘掉了吧，一年前，在北大的一次学术交流会上，她跟着南大的老师一起出席了会议。会议上她一直专心地做着笔记，偶尔跟身边的老师交谈几句，可能是聊到了什么好笑的事情，她笑起来特别好看。大多数时间，她都扬着一双认真的眼睛听着会议发言人的报告。他当时，坐在她右手边相隔四个位子的地方，因为她的出现，他无法专心，着了魔一样只能盯着她看，看着她脸上带着微笑、目光炯炯有神，看着她时而皱眉思考，时而露出茅塞顿开的神情，看着低着头写字时头发垂在笔记本上，被她轻轻用手指捋到耳后。蜿蜿蜒蜒的，美不胜收。

安颜出现在连珏世界里的第一眼，美好到无法形容。

会议短暂，但日程很满。之后他在几次活动中偶然远远地见到她，换了几身衣服，依然漂亮清纯。可是直到会议结束，他都没有机会跟她说上话。

来南京参加暑期学校，他是带着必须遇见她的目的来的，庆幸来报道的第一天就遇上了，她摇身一变成了东道主，是暑期学校的工作人员。千里迢迢，总算不负所望。

她总是来去匆匆，然而现在已经不是一年前了，他现在有足够多的时间，看起来，老天似乎也给足了他机会。不可以再错过她了，还能再遇到，已经不容易。久别重逢的遇见，本身已是暗示。

他翻开笔记本的第一页，上面模拟着各种各样的字体写着安颜两个字。

你以为是初次的遇见，其实是我按图索骥的一路追随。

世间所有的相遇，都是久别重逢。

"今天跟你坐一块的那个就是我跟你说的北大帅哥，我今天一大早看到他，激动得都快要窒息了，"许萌死死抓着安颜的手臂说，"真人比照片帅一万倍。"

"有没有这么夸张啊，我觉得还好吧，看起来特别阳光倒是真的。"

"超级无敌帅啊，不过人家好像喜欢上你了，我，唉……"许萌装模作样叹了口气，说，"我就没办法了，真可惜，不能跟好姐妹抢。"

安颜笑着去捏她的脸，说："你少来了，而且人家也没有喜欢我，好吗？"

"都帮你占座了，还不喜欢呢，你别装天真无知少女啊。"许萌斜了安颜一眼，说，"说真的啦，你觉得怎么样？"

"做朋友是没问题，应该是性格不错的男生。"

"这么说你就是不喜欢咯，好的，这样我就又有机会了。"

"你一直都有机会……啊！"

话没说完，电梯"哐当"一声停住了，灯一闪一闪的，她俩吓了一跳，赶紧牵着对方的手，贴在电梯门上，安颜眼疾手快将楼层按钮全部按了一遍，几乎在她的手指离开那些按钮的同时，电梯开始飞速地往下坠落。许萌立即尖叫了出来。

安颜闭上眼时，忽然看到了连珏的笑脸，一脸灿烂地朝她挥着手。

电梯在某一层楼停住了，门缓缓打开，耳朵半聋的安颜拖着吓虚脱的许萌赶紧跑出了电梯。许萌吓得腿软，靠在墙壁上大哭了起来。

"好了好了，没事了。"安颜抱着她，轻轻拍着她的背。

许萌哭着抱住安颜，说："刚才吓死我了，我闭上眼就看见我妈了，我还以为我再也见不到她了。"

生死一瞬，冲出脑海的画面，才是你最明确的在意。

安颜清醒之后想起刚才那一瞬间的反应，是连珏，怎么会是他？明明才认识不过三个小时。兴许是许萌一直在说他，所以才有那样的反应吧。她内心慌张地只能这样自圆其说。

两个人不敢再坐电梯，从楼梯走下去，走到快接近地面时，安颜的手机响了，是一个陌生号码，她犹豫是不是诈骗集团的电话，看它响了一阵才接起来。

"您好，您是？"

"你没事吧。"

"呃？什么事？"

"我是连珏，刚才电梯里有女孩子的尖叫，然后他们说是电梯坠落了，我想起你就是刚下去的。"

"哦，没事，刚才确实是我们俩在电梯里，那电梯三不五时就会坠落，但每次都是虚惊一场，不过我们都吓得够呛。"安颜说，"在三楼停住的，好险，我们就从三楼走楼梯下来了。"

"这么不安全，什么破电梯啊。"

"我第一次遇到这种事，还挺刺激的，这下圆满了，"安颜无所谓地笑了，说，"对了，你怎么会有我的号码？"

"在学员手册上找到的。"连珏想了想，把刚才要吓死他了之类的话都咽了下去，"呃，你没事就好，以后别坐那电梯了，那你去忙吧，路上小心。"

"嗯，好的，拜拜。"

"拜拜。"

　　挂了电话后的连珏虚惊之后忍不住咧了咧嘴笑了，这安颜，看着柔柔弱弱不禁风雨的样子，碰到这种事还说挺刺激，真是挺有意思的一女孩。

　　安颜看了看手机屏幕，画面从通话结束退回到主页面。

　　"谁的消息这么快？"

　　"连珏，刚被你那声尖叫吓坏了。"安颜说，"话说我刚才耳朵差点聋了，出来的时候还嗡嗡响呢。"

　　许萌没在意她后面的话，自顾自地感叹："唉，看来我真没机会了。"

　　安颜不置可否地笑笑，盯着屏幕上连珏的手机号码看了许久，不知道在犹豫些什么，停顿了几秒钟之后才将其存进了电话簿里。

小黎：

　　见信安。跟你说一件这样的事情。

　　有一次游泳的时候遇见了同楼男生，那时我们已经见过几次面，算是在我还没有察觉自己喜欢他的那段时期。很多人不愿意去学校澡堂洗澡，就会来游泳池先游个泳再去游泳池旁边的浴室冲个澡，所以很多来游泳的人都带着洗浴用具。他也一样。我到游泳馆的时候他已经洗好了澡准备要走了，临走前他端着淡绿色脸盆去热水龙头那接了一点热水走到下水口，撩起裤腿冲脚。不知道为什么，我觉得他那个动作特别可爱。可能那时候，我已经不知不觉地喜欢上了他。

　　今天，我认识了一个男生，从北大来的，叫连珏，人很阳光，留着现在男生都爱挑战但一不小心就会失败的圆寸。他是很适合这个发型的人，不像我们班上有些男生勇敢挑战，结果把自己弄得跟劳改犯一样。其实到今天为止，我并不完全了解他是怎样的人，有些做派看起来浮夸，像个纨绔子弟。卖萌大笑装可怜，这些样子放在别的男生身上可能会让人觉得做作、幼稚、不靠谱，但他自然地做了，却并不让人觉得讨厌，反而，会感觉很舒服。你会觉得，他大概就是这么天真可爱单纯吧，他笑起来，像个孩子。我不了解他，但唯一我敢确定的是，他是个好人。换了从前，我一定会喜欢上他，只可惜，他好像来晚了一点。在他之前，我遇到了林子默。如果说连珏是口感刺激、提神醒脑的可乐，那么林子默就是清澈见底、气质清新温和的绿茶。我既喜欢绿茶，也喜欢可乐，而老天让我先遇到了绿茶，并且他是带着我对同楼男生的遗憾而来，有着同样一双小鹿一样的眼睛，温柔如春暖的风，我没有办法无视，反而感觉像是上天对我的弥补，是上天的意思。

有时候觉得老天的安排真有趣，在你连个思念的对象都没有时就放任你独自品尝孤独和心酸，仿佛永无天日的困境，当它决定要结束你的这种状态时，却一口气给了你难以抉择的两个。连珏很好，但我更喜欢林子默。

也许之前我还带着心防，毕竟他没有连珏那么热情主动，那么容易相处，但当他举起反光板为我挡雨的时候，我知道自己已经无处可躲了。他撑起的不光是没有雨的保护，更像是要圈住我的一个结界。我心甘情愿地被他圈住。

可能越说越糊涂了，原谅我此刻太激动。我现在在青青家里，今天女主角也来这边过夜了，许萌也在，阿泽还带了一个帮手来，还有一个明明只有几场戏却一直强调自己是男二号的男生也来了，晚上很热闹，现在已经凌晨四点了，大家都睡了，可我睡不着，所以坐下来给你写这封信。

有些事情不需要讲得太清楚相信你也能够懂。

我和许萌逃了课赶到片场时，天就开始变阴了，大家都担心下雨会影响拍摄，所以都有些着急了。那场戏很重要，是男女主被流言伤害后的首次碰面，却偏偏女主角跟传闻中她劈腿的男二号一起出现了，三个人在半米宽的小巷子里遇见。拍了很多遍，换了很多机位，导演都觉得无法表达出那种隐忍的伤心，阿泽觉得情节不对劲，认为男女主角擦身而过后应该要一前一后都回头看看，导演觉得应该同时回头，编剧则执意认为男主角被伤得那么重，不应该再回头。三个人各持己见，局面慢慢僵持住了。

眼看着要下雨了，却没有任何一个人可以说服其他人。徐林随后同意了阿泽的说法，一前一后回头，但都没看到对方，他的态度是反正不能同时回头，都回头就知道是误会了，后面的情节就说不通了。导演很认真地思考这个情节，她觉得其他电影里好像都是这么拍的，两个人同时回头，那样才有虐心的效果出来，她想表现明明相爱却不能再走向对方的不舍得。小黎，看到这里你肯定猜到了，编剧和导演又吵了起来。

这次争吵比以往任何一次都严重，编剧大声抱怨导演一意孤行，为了追求镜头不顾故事逻辑，导演指责编剧不懂构图不懂镜头表达，吵着吵着几滴雨就掉下来了，导演一着急，心一横就冲编剧大吼了一声，就按我说的拍，不拍就走人！编剧听到这话气急了，直接回她，走就走！

当然，他们也就是吵吵，编剧没走，只是换到了另一个地方站着，不跟导演站在一起。导演宣布开机，拍到他们相遇的一个全景时，停了停，然后让林子默先回头，女主暂时不要回。换个机位，林子默把头转回来，女主又回了头，他们到底是没有看到对方。说实话，这样的处理，比两个人同时回头要更加的虐心。在讲故事上，徐林作为编剧还是更专业一点，也只有他能容忍导演发脾气而不尥蹶子。每次看到他们吵架，吵完了又尊重对方的意见，打心底里觉得这样才像是多年的老搭档。

林子默的戏份拍完了，雨下得有点大了，还好暂时有树挡着，雨滴被树叶过滤了一遍掉下来得不多。下面就是拍女主角被男二号扶着慢慢离开，他们要停一下，男二号和女主角有两个回合的对话，说完男二号放开女主角，让女主角一个人先离开了。

我站在树下面架着麦克风，雨滴滴答答地落在头顶上，在一边打灯光的许萌笑着抱怨恶劣的拍摄环境。没事做的林子默手里拿着暂时不用补光的反光板向我走过来，我以为他是过来躲躲雨，就没多想，依旧专心盯着正在演戏的那两个人。

女主角说："谢谢你陪我演这场戏。"

男二号说："也许我们可以假戏真做。"

女主角说："我很爱他。"

男二号说："我知道了，其实，一切都不算太晚。"

我看得入神，据说其实女主角在现实生活中真的喜欢男二号，可是男二号有女朋友了，所以她只能作罢，只能坚守在朋友的位置上，这一次是听说男二号会出演她才最终确定接这个角色。女主角对他用了真情，他们说这些台词时，看得人很心酸。

林子默毫无征兆地举起了手里的反光板，遮在了我俩的头顶上方。小黎，从感觉到有东西从后背升上头顶，到雨停止落下的那一瞬间，我的全部注意力立即从演戏的那俩人身上移开了。我没有回头去看他，是我不敢在那个情绪下与他四目相对。他也许是无心之举，我却明明白白听到了心破裂的声音。一声脆响，我再无法对他设防。

他今天拍戏，穿着阿泽借给他的紫色衬衫，很好看，靠得如此之近，我能闻到他身上散发的淡淡的香水味。比以前，似更好闻，更亲切，更熟悉。我想，如果之前只是喜欢，这一刻之后，我对他的感觉正式到达了爱情。

小黎，我好欢喜。

我以为一切开始有了变化，拍完了戏，收拾东西，他的每一个看似寻常的举动都似有其他端倪。他让我拿轻便一点的反光板或者麦克风，自己接过我手上的灯箱和三脚架，拉开我，自己走到人行道外侧……我不想去做任何推诿，只想着顺着其发展，渴望能到达我心念的地方。

坐下来吃晚饭时接到连珏的短信，他说："等了一下午你没来，好伤心啊，现在一个人吃晚饭，更伤心了，食不知味，味同嚼蜡，混着伤心的眼泪勉强下咽。"我那时脑子里却没有半点空余可以去设想他经过了怎样的一个下午，大概心里满了就无法腾出空间去关心其他。思来想去，不知如何回复。

心里却好像有些乱了。

有些事情不去想不代表能不想，在沉默时，总忍不住想到他一个下午的傻等。或许是感同身受，或许是不忍伤害，他那样的男孩子，没人能够残忍对待。重新解锁手机，回复他："好好吃饭，明天见。"

片刻，他回："说好的啊，明天一定要来啊。"

小黎，我这样子做，会不会很贱，很不上道，很过分？

我以善良的名义避免伤害，却好像迟早会造成伤害。

小黎，路口左右，我该如何选择？

你的 安颜

七月

安颜手里的钢笔停顿在七月的最后一画，良久，才盖上了钢笔帽，将钢笔轻轻搁在写满字迹的信纸上。自从工作室第一次与复旦大学的叶鲤联合拍片认识了当时来探班的小黎，她们之间不定期会来往一封手写信。小黎是非常文艺的女生，手写信的提议开始于她，安颜时隔快十年才又收到手写信，很惊喜。后来，每当有需要付诸笔端的事情，她们都会用信件交流。虽然很多大大小小的事会透过电话和微信联络，手写在信纸上的内容，都是不寻常的深刻。比如小黎打算远走高飞，比如安颜渴望获得爱情。

她把信纸折好，放进晚上吃完饭后买的信封里，轻轻封好，夹进书里。

手机上显示时间已到五点，再有不久天就要亮了，她一夜无眠，现在也仍然不想睡。

林子默和连珏的先后出现彻底打乱了安颜的生活。

她确信自己对林子默已经是爱情，不然怎么会被他的那句"我多希望自己是只袋鼠，这样就可以永远把你抱在怀里"轰然击碎。不是爱情，怎么会有这样的反应。虽然，那只是他说给女主角的一句台词。

晚上的时候，他们赶往教学楼顶层一间常年无人的教室里拍摄，阿泽进到教室里就神神道道地说这个地方不干净啊之类的话，起先大家都以为他说的是灰尘太多了。

要拍的这一场戏是男女主角确定相爱后的第一次拥抱，女主角在教室里自习遭遇停电，男主角带着蜡烛来找她，两个人在烛光中依偎。这是拍片几天来，第一出他们的亲密戏。

由于要拍全景，麦克风和灯光有可能会穿帮，徐林和男二号两个男生站到桌子上去收音和打灯，青青帮他们补了妆后跟安颜站在一起看他们的表演。

林子默冲开教室的门，却发现没有停电，迟疑了片刻，说："来电了？"

女主角有点尴尬地笑了笑，说："刚来，就是有点冷了。"

林子默走向她，解下围巾一圈圈地绕在她的脖子上，然后刮了刮她的鼻子说："傻瓜。"

场面太甜蜜，青青忍不住想要尖叫，使劲儿揪着安颜的袖子。

女主角笑得很甜很满足，回嘴道："那你就是笨蛋。"

两个人相拥在了一起，林子默抱着她，喃喃地说："我多希望自己是只袋鼠，这样就可以永远把你抱在怀里。"

青青再也忍不了了，抓着安颜的手，说："好感人，好感人。"

她无暇注意安颜的表情，她一路为林子默的表演倾倒，最后那句话，瞬间将她的心化成了水。戏是假的，但人是真的。

拍完这一段所有人都围上来看回放，画面很美，却没有声音，像一出默剧，效果顿时差了很多。

阿泽检查了线路确定没问题，脸色凝重地说："还真是不干净。"

"没什么大不了的，录音吧。"导演不以为然。

大家都心无旁骛地一个镜头一个镜头地完成拍摄，等到所有戏份拍完导演宣布收工时，青青看了一眼时间，"哇"了一声，已经十一点半了。阿泽脸色瞬时变得铁青，口气不容置疑地让大家赶紧收拾赶快走。

整栋楼的灯已经熄灭了，从扶栏望下去黑漆漆的什么都看不清楚，回过神的女生们开始有点害怕了。将教室里的灯关掉，锁上门后，只能靠手机屏幕和楼梯窗透进来的一点路灯光照明。一行人慌慌张张地下楼，女主角差点扭到脚。

"别慌啊。"殿后的男二号说。

"好可怕的，下面的门肯定也关了。"青青不无担心地说。

安颜害怕得出了一头冷汗，连着几个台阶都踩空了，心慌意乱时被人一把抓住手臂，她吓了一跳，直到林子默轻柔如常的声音飘到耳边："别怕。"黑暗中她看不清他的脸，那只手传来的温度给了她令人放心的安全。

心惊肉跳地下到一楼，果不其然所有门都关上了。通宵教室的门从里面锁上了，自习的人疑惑地看着这群不知道从哪里冒出来的人，想帮忙开门却发现那门被锁死打不开，只能无能为力地摇了摇头。

"从窗子爬出去。"阿泽当机立断，一行人鱼贯进入一间教室，拉开窗户，外面的高度足够一个成年人跳下去。他让徐林先跳出去，把器材都接应出去，然后女生一个一个地跳出去。女主角没跳过这么高，做了半天心理建设仍是不敢，男二号只得先跳下去然后接应她跳下来，女主角这才鼓起勇气跳下去，扑进男二号的怀里。已经站在窗外的导演、青青和许萌都暧昧地"哦"了起来。

林子默最后一个跳，阿泽催促他快一点。

"万一被抓到了，这个可说不清楚，快点。"

林子默说："没事，有人来了你们就赶紧跑，反正我不是这个学校的。"

安颜一句"那怎么行"脱口而出。

导演、青青和许萌再度暧昧地"哦"了起来。

这一晚上，好几组暧昧对象浮出水面了。

回去的公交车肯定是没有了，导演、青青、许萌以八卦组的名义誓死不分离地同坐一辆出租车，还拉上了徐林，两组暧昧对象一辆车，剩下阿泽和阿泽带的帮手坐一辆车。八卦组一路都在八卦另一辆车上的两对暧昧对象，安颜和林子默是怎么个发展目前不太确定，但男二号和女主角之间显然有个跨不过去的现女友，情况比较复杂。

"子琦追了严辰很久了，人家好歹是女神榜里的人物，严辰那个现女友长得像个男生似的。"青青想到那个女生很不屑地撇了撇嘴。

"就是，当时确定严辰的对象就是那个女的，大家都呼喊严辰赶紧承认自己其实是喜欢男生算了。"许萌忍不住吐槽，"子琦对他感情很深，看他俩演戏就看得出来，完全无视林子默这个男主角了，严辰对子琦好像也不是完全没有意思啊，会不会是有什么难言之隐啊。"

"严辰和子琦这种情况，祝福他们好像感觉怪怪的，"青青接过话，说，"但我觉得林子默和安颜能成，你们看呢？"

薛芬芬讳莫如深地笑了笑，摇了摇头。

"你摇头干什么，他们俩挺般配的啊，我已经感觉到了恋爱的粉红泡泡。"

"我也是我也是！"

青青和许萌激动地握住对方的手。

"他们应该没戏……"芬芬说出了她知道的事情，青青和许萌都"啊"了出来。坐在副驾驶座上的徐林回头说："那真是太可惜了，他们俩真的挺登对的，所以说啊，两个人在一起的时机真的太重要了。"

"反正我的意见是没你们那么多深明大义道德捆绑，什么宁拆一座庙不毁一门婚啊，顺其自然吧，万一成了呢。"薛芬芬笃定地做了个总结，"况且人生还长，最后谁跟谁会在一起，现在怎么说得准。"

这些对话，安颜都不知道。

她是知道男二号和女主角之间过往的人，车来了后主动拉开了副驾驶座的门，林子默拉开后座的门示意她坐后面，他来坐副驾驶的位置。一路上他们的谈话很少，每个人都有一肚子话，碍于别人都不好开口，算是最沉默的一辆车。

坐在桌前的安颜双手交叠握住，支在下巴上，窗外天色渐明，天亮了。

在黑夜里结束的昨天，带着隐喻在时光里的沉默。

一大早，安颜刚进教室便看见连珏朝她大力挥着手臂，开心的样子溢于言表，安颜停顿了一步，只得向他走去。迎着他一脸单纯无害的笑容，安颜不知如何应答，只得淡淡地冲他笑笑，说声早啊。

"早啊。"他的青春那么明媚耀眼，就算能够搭建心防，面对他也只能自动打开城门。连珏真是让人没有办法抗拒，真是让人硬不下心来回避的大男孩。

"你吃早饭了吗？"

安颜点了点头，说："吃过了。"

"那就好。"他说完就低着头从书包里翻了翻，掏出一盒红色包装的红枣牛奶，插上吸管，笑嘻嘻地递给安颜。安颜惊讶了一下，想拒绝但知道那会是徒劳，并且还会显得矫情，只能接受。

那盒红枣牛奶有暖暖入心的温度。

"好喝吗？"

安颜点点头，问："你自己没喝吗？"

"我一般都喝纯牛奶，没喝过带味道的。"他说，"很多人不喜欢纯牛奶，所以给你买的红枣牛奶，如果不喜欢的话，其实我还买了芦荟、花生、巧克力啊。"他从书包里一一拿出他买好、温好、各种口味的牛奶，像摆放货物一样摆在桌面上。"还有大麦味道的。"他把最后一个口味的牛奶摆出来后，看着安颜，傻乎乎地咧着嘴笑了。

"如果你喝了一口不喜欢，还有其他选择，包您找到最合适的口味。"

有的柔情可以致命，安颜面对他无害的脸孔，不知如何应对。

她很感动，却什么都做不了。稍稍定了定神，假装无所谓地问："买这么多，那你自己喝吗？"

"我不喝啊，我早上喝了一个纯牛奶了。"

"那剩下这些怎么办？"

"你那个红枣口味的好喝吗？"

"还行。"

"那就好。"连珏满意地笑了笑，然后开始把牛奶分发给他认识的几个同学，大家拿到牛奶都很开心，跟他打趣了起来，场面很热闹。在这样的热闹之中，安颜心乱如麻，这样的男生早一点遇见，她不会有任何心理障碍，只要随着自己的心去接纳就好。她一定会喜欢上他，虽然认识不过两天而已，安颜是对爱情极为敏感的女生，只要有讯息，她会在第一时间捕捉到。可惜她先遇到了林子默，几乎算是一见钟情，相处后越来越肯定，至今已深陷在对他的爱情里，暂时没有可能逃脱出去。她知道她对林子默的爱，深刻而确定，既然有幸遇到他，就非他不可了。

抱歉只能做朋友。

爱情讲究时机，先遇到的，也许是老天的安排。

安颜看着连珏一会儿抬头一会儿低头十分认真地听着课，感觉到她的目光时就突然转过来冲着安颜淘气地张开嘴吐了吐舌头。安颜实在不忍心伤害他的天真无邪。该怎么处理，她发自内心地不知道。

看她皱眉，连珏问："怎么了？"

"没什么。"

"有心事哦。"连珏假装坏坏地笑了起来，露出一副邪魅狂狷的表情。

"哪个女孩子还没点心事，女孩的心事你别瞎猜。"

"猜不明白也得猜。"

说完他自己笑了，世界安静了。她眉头开了。

第二节课刚开始，安颜睡着了，迟到了一整夜的睡意这个时候才袭上来，被夏天的风热乎乎地吹着，在桌上趴了一会儿就闭上了眼。连珏做笔记之余瞄到睡着的安颜，伸手去拉了拉窗帘，挡住落在她脸上的大片阳光。她在梦里撇了撇嘴，睡得很安稳。有一些阳光透过窗帘上的小孔落在她脸上，那样子特别美。

她那么美，以至于让他忍不住放下了手里的笔，去仔细端详，关掉手机照相快门的声音，偷偷拍下她睡着的样子。她大概永远不会知道，睡着的她有多美，卸下了所有的防备，让人有想要保护的冲动。他没办法再听什么课，撑着脑袋歪着头目不转睛地看着她。

就算不能在一起那又怎样，他知道自己从与她重逢的那一刻起，就暗自决定再也不会容忍失去她的消息。人海茫茫中找到她，她若是爱上了别人，他的守护也不会停止。无法放心别人对她的方式，除了自己，不放心任何人对她的爱。

我是多想永远陪着你啊，只要看到你开心，我什么都愿意。

如果我有那个福气被你喜欢，大千世界再神秘迷人，也比不上陪你看平淡风景。

你出现过，我怎么可能再爱上别人。

他伸出手，影子落在她的脸上，像捧着她的脸那样。

安颜的手机突然响了一下，她模模糊糊地睁开眼，连珏吓了一跳，连忙拿起笔装作一直在认真听课，心虚地说："你醒了啊？"

她掏出手机，是青青，催她没事就赶紧来剧组帮忙。青青发过来一条语音信息，安颜弯下身躲在桌子下去听，青青抱怨许萌今天来了大姨妈，啥事都做不了，阿泽的帮手也有事走了，剧组各种忙乱，快点过来。

"你又要走了吗？"安颜从桌子底下爬起来的时候连珏问。

"嗯，"她一边回复青青，一边说，"那边人手不够。"

"带我去吧！"

与此同时，青青补充过来一条信息，可以的话带个人来帮忙。

连珏又露出猫似的眼神，安颜没辙，说："你不听课确定没关系？"

"我回去看他的课件吧。"

考虑到剧组人手确实不够，安颜一咬牙，说："那好吧，下课跟我一起溜掉吧。"

话刚说完下课铃就响了起来，两个人连忙收拾好东西，老师宣布休息的话音刚落就猫着腰从后门溜出去了。

今天的片场在明孝陵附近的一面湖水那里。

正在跟男朋友打电话的青青看到安颜带着一个高个子帅哥走来，兴奋地连声说："哎呀，不说了不说了，帮忙的人来了，要开工了。"挂了电话就冲过去抓住安颜，兴奋得直跺脚。

"你怎么了？"安颜疑惑地问。

碍于连珏也好奇地看过来，青青只好先按捺住内心的激动，拉着安颜碎步快速往前走，小声地说："好帅啊，哪儿找来的？"

"暑期班，北大来的。"

"真的好帅，帅死了！"

"要不要这样，你比许萌还夸张。"

"我为什么要这么早谈恋爱啊，原来好的都在后面啊。"青青捶胸顿足地叫，"我当时还那么着急怕不抓住眼前这个，不咋地的也要被瓜分完了，我当时到底在着什么急啊！"说罢，还懊恼地使劲儿跺脚。

为这些弱女子举不起打灯设备而烦得上火的导演看到安颜带来个

魁梧男生，冲他招招手，问："来帮忙的？"不等连珏点头，接着说，
"扛下灯光。没个男人就是不行啊。"

青青笑着说："导演比我们有见识多了，阅人无数，看到帅哥也
毫不客气。"

"帅有什么用，能把脸撕下来做成麻辣兔丁吃吗？"导演白了青
青一眼，张罗着确定机位，不时让林子默和女主角这边那边地挪挪。
林子默分身无暇，安颜始终没能跟他打到照面。青青心情大好，纠缠
着导演说怎么可以吃兔兔，导演气得让她滚开。青青大笑着拉着安颜
跑开了。

这里的戏都是一些零碎镜头，拍摄时要不断地换位置换服装，演
员会很忙，光衣服就要来来回回换三次。安颜虽然一直注视着林子默，
却到底是没办法说上一句话。连珏很殷勤，演员换下来的衣服要收拾，
导演嫌太慢，他二话不说就帮林子默收拾起了衣服，安颜和青青蹲在
他旁边帮女主角收拾衣服。

青青的收拾有一搭没一搭，一件衣服折了半天才折好，安颜瞅她
一眼，她用肘子撞了撞安颜，两个女孩子拱来拱去终于跌坐在了草地
上。青青索性躺下来，把手里折好的衣服又抛向空中，说："这里真好，
天气也好，风景也好，好想在这里野餐啊。"

"今天是不是还有夜戏？"

"是啊，好累，忙死忙活的，也不知道在图个啥。"

连珏把林子默的服装收拾好，走过来躺到安颜旁边，夸张地说："好
舒服啊。"

青青侧过脸朝着连珏笑了一下，说："是吧。"

"你也躺下来呗。"连珏从背后拉了拉安颜的手臂。

"导演看到我们三个居然躺在这了，会不会疯掉？"安颜就势躺
了下来，横躺着看天空，湛蓝湛蓝，有几朵薄絮一样的云飘着，这个

视觉最辽阔了，眼睛里好像有一整片天空。

"在这边的戏都是些零散的镜头，都是东一出西一出的，她光想怎么拍出不一样的感觉就够折腾了，才没工夫管我们呢。"青青伸了个懒腰，"好舒服啊。"

连珏拍拍安颜的手，指了指天空某处，说："看那里，有飞机！"

天空之上，无垠的蓝色之中，有一架化成很小很小的白点的飞机，缓慢飞过。好安静，虽然知道天空中飞机那里会很吵，但隔得好远，竟然听不到它飞行的声音。只看它悠然自得地缓慢而飞，看起来好怡然。

"有一次我跟我男朋友去看《少年派的奇幻漂流》，"青青说，"那还是第一次看 3D 电影，那些鸟像是真的要从屏幕里飞出来了一样，我就拍了拍他的肩膀，指着屏幕的右上角说，快看，那里有鸟。我们两个好像真的在郊游一样。"

青青脸上有甜蜜的微笑，眯着眼，像在回味。

"后来呢？"安颜问她。

"画面里突然蹿出来一只老虎，吓得我一把抓住了他，一直到电影放完，我们的手都没有放开过。"她说，"那是我们第一次牵手。"

"你是在给宅男们提供泡妞技巧吗？"连珏笑着说。

"事后他也这么说，可当时真是无心的。我之前一直在犹豫要不要跟他在一起，那时候已经很暧昧了，再往前走一步就能踏进恋爱里。可是我有点不甘心，因为他没有那么好，就是感觉差点意思，我在想会不会有更好的在后面呢，"青青抬起右手遮在额头上，说，"那一牵手，我突然认定了他。也许后面真的还有更好的，可是那个时间那个地点遇见了，那人可能就是对的人了吧。其实决定在一起，就是一个冲动，有时候是对的，有时候是错的，但即使是错的，当时那个心动的怦然，也没有人会觉得不美好吧。"

"你们现在很好啊。"

"是啊，没什么不满足的，他对我很好，虽然有时候免不了有摩擦，但跟他在一起，我觉得挺幸福的。"青青笑着说，"我以前老幻想恋爱要有多浪漫，从遇见到表白，再到相处，都要很浪漫才行。可是我跟他在一起，他没有向我告白，从电影院出来后我们很自然地牵着手，后来就没放开过。"

安颜看着青青微笑的侧脸，那种满足的神情，让她羡慕。

她握了握青青的手，说："你的冲动是对的。"

"恋爱的时机太重要了。"青青扭过头来看着安颜，说，"安颜，你要珍惜，错过了，以后会不会再遇到，就很难说了。该争取的就去争取，幸福是自己的事。"

她们看着对方，都笑了。

连珏的视线只能到她的耳朵，那里有几根乱了的头发支支叉叉，她耳朵微微红，可能是太阳光照耀的缘故。她好美，忍不住去看她。她舒服得就像一杯暖暖的奶茶，温和、悠然、柔美，他从遇到她的第一眼就领会到她给他的冲击力，再见到她，他就放弃了这个世界可能遇到的还未知的所有可能。

"我换下衣服。"一个淡如温水的男声响起，林子默拍完这个镜头，准备换衣服拍下一个镜头了，走过来看到三个人舒服地躺在草地上，都不好意思打扰。躺下三人组连忙起身给他让地方，连珏伸手拉起安颜时，注意到她看向林子默的眼神。他不愚钝，安颜表现得太明显，连珏明白了一些内容。

直到晚上的戏都拍完，坐在去青青家的公交车上，他仍然忘不了安颜那种情深意切的眼神。虽然经过一天的观察，林子默看起来坦荡荡心无芥蒂，安颜对他的态度却再明显不过，一切都很含蓄，但他能够看得出来。

喜欢这种事，实在是没有办法，你闭上嘴巴，也会从眼睛里冒出来。

虽然碍于情面，安颜坐在他的身边，他却有些高兴不起来。

"你不回去真的不要紧吗？"

连珏一天的殷勤表现顺利赢得了全剧组的好感，晚上收工时送上来的热狗让导演连夸他懂事。他顺势表达自己想要一路跟随的意愿，当然被批准。

"不要紧。"危险人物就在安颜身边，再要紧也没这件事要紧，这个时候回去才是大白痴。

"晚上不查房吗？"

连珏忍不住笑了出来，说："暑期学校又不是真的学校，而且大家都住在宾馆怎么查房，又不是中学生。"他表情认真诚恳，看着安颜，笑着说，"没事啦，放心，导演也不舍得我走对吧？"连珏回头冲着正昏昏欲睡的芬芬卖萌，芬芬手伸过来爱不释手地掐他的脸，说："当然啦，我可舍不得你走，安颜不许赶连珏走！"

安颜尴尬地笑笑，连珏上位太成功了，俨然比自己的位置还要牢固。

一直到公交车到站，林子默都心无旁骛地在睡觉。

公交车停稳，大家都伸着懒腰收拾东西准备下车，安颜伸手拍拍坐在前排的林子默，他蒙眬着双眼含糊地说："呃？到了？"安颜点点头，他如梦初醒地对安颜笑了笑，眼睛好似刚出生的婴儿一样懵懂清澈，温柔地注视着眼前的人。他们有几秒暧昧不清的对看，这几秒足够让一边的连珏心惊肉跳。他拎起三脚架，小孩子撒娇一样推着安颜的后背，嘴里说着下车啦下车啦。林子默起身扫视了一下大家的座位，确认没有遗落东西才跟着下了车。

公交车门"哗啦"一声在他身后关上。

今天收工是开拍几天以来最早的一天，戏拍得差不多了，明天将会是最后一天，如果林子默着急回上海的话，明晚就可以走了。关于他的归期，她还没来得及询问。她一直暗自思量着如何在他临走前，留下一些足够再见的理由。

"青青！"安颜唤她，青青正在和阿泽一起看相机里的剧照，嚼着苹果应了她一声。"你们家有冰糖和蜂蜜吗？我来做冰糖雪梨给你们喝。"

听到有甜品吃，青青立即抛下阿泽，跑进厨房翻找，一连串的声音从厨房里传出来。

"有雪梨，冰糖也有，啊，蜂蜜也有，"青青探出一个头，说，"可是雪梨没几个了，这么多人不大够吧，要不然你再做点奶茶，上次都没喝过瘾。"

安颜站起来，朝厨房走去，说："那你家有牛奶、红茶和炼乳吗？"

青青手里握着安颜提到的三样东西得意亮相，说："上次你教我做，虽然没有学成功，材料剩了不少呢。"

"那好，我来做吧。"安颜说，"你还要学吗？"

青青摆摆手，说："算了吧，我还是自觉地满足于只做做吃货，贤妻这样的人设还是你比较适合。"说完暧昧地扫视了一下连珏和安颜，吐了吐舌头跑开了。

"我来帮忙！"连珏从沙发上跳起来，兴高采烈地朝厨房走来。

"你的帮手都到位了，我就跟大家一起等着吃吧。"青青的声音从远处斜刺进来。

连珏眼睛发亮地问安颜要做些什么。

"呃，你把梨去个皮吧。"

"遵命！"

安颜用两个锅子烧水，往做雪梨的锅子里先放进去十几颗冰糖，冰糖掉入陶瓷锅底，发出清脆的碰撞声。安颜从小就喜欢听厨具和食材配合发出的声音，食物落水声、煲汤咕噜咕噜的声音、切蔬菜清脆的声音、高温油炸绵密的声音，每次电视里一放烹饪的节目，她必定会放弃所有电视剧和综艺节目专心不二地看完。新鲜的肉和菜经过厨师一系列动作融合成一道菜，这个过程神秘而让她着迷。

她捏刀准备切雪梨，连珏轻轻推开她的手，说："我来切吧，你说切成什么样子？"

"每块有大拇指大小吧，"安颜说，"你小心点用刀。"

"放心，不会做菜，切菜还是很擅长的。"连珏说，"我妈说不会做菜的男孩子讨不到老婆，可是我天生就没那根筋，我妈就说，学不来做菜，那切菜就必须学会，要不然以后真讨不到老婆了。我家里的菜都是我切的。"

"你妈妈好着急啊。"

"我爸以前是军人，自称绝不进厨房半步。退伍之后，每次我妈做饭他就坐在客厅看电视，我妈就不爽了，非逼着他进厨房打下手，说是不会一起做饭的夫妻肯定要离婚。我爸就老大不情愿地帮我妈打下手，这么多年了，他们的感情一直特别好，估计跟这个有点关系吧。"

"我家里都是我爸做饭，我妈手艺不行，她觉得自己做了也没人要吃，我爸就随她去了。我爸挺顾家，相比之下，我妈属于事业型。"

"那你跟你爸爸关系肯定好吧。"

"我做菜就是我爸手把手教的，我很喜欢做菜，特别是煲汤，看着锅里面的汤小小地冒着泡，那感觉特别好。"安颜掀开陶瓷锅盖，锅里面的水沸腾了，正在翻滚着气泡，"把雪梨放进去吧。"

连珏把雪梨块全部拨拉进沸水里，水面立即恢复了平静，安颜盖上盖子开始煮红茶。煮红茶比较快，水沸、放茶包、闷，三分钟之内就要完成，否则茶煮久了就容易苦。她掀开锅盖，红茶的颜色都凝聚在茶包附近，像没完全散开的颜料。

"你拿勺子压一压茶包，把红茶全部挤出来，然后把茶包扔掉。"

安颜打开陶瓷锅，水重新沸腾后，雪梨的清甜味道跟着水汽冒出来，她装了一点冷水倒进锅里，水面又平息了，等待牛奶煮沸时，再重复了一次倒冷水的动作，然后盖上盖子，把火调小。

连珏压着茶包，眼睛却看着在灶台前不慌不忙有条不紊的安颜，她在两个锅子的切换之间伸手把头发捋到耳后，让他看着着了迷。安颜回头，问："挤好了没？"连珏慌了一下，赶紧把茶包扔掉，把一锅子暗红色的茶递给安颜。

牛奶在锅子里泛着密密的小气泡，她一手轻轻搅动牛奶，一手将红茶倒进去，红茶的颜色一圈一圈地与牛奶融合，合成淡淡的红褐色。奶茶的样子出来了。她捻起几粒冰糖，放进奶茶里，继续搅动，冰糖在铁质锅底如飞沙走石，清脆碰撞，声音越来越小，直到听不见。

安颜关掉火，盖上盖子，吐了口气。

"奶茶好了？"连珏问。

"嗯，等它凉一点就能喝了。"

掀开陶瓷锅盖，一股蒸汽涌上来，锅里的汤水变成了清澈的淡黄色，她挤进去适量的蜂蜜，用铁勺子来来回回地搅动了几圈，盖上盖子，用上了文火。

"这个再炖一会儿就能喝了。"

安颜大功告成地长舒了一口气，虽然做过很多次了，每一次都还是紧张，带点兴奋。这大概就是对某些事情永葆热情的表现吧。

青青搬出来两套茶具，一套喝奶茶用的欧式茶具，一套喝冰糖雪梨用的水晶杯。每个人捧着自己爱喝的饮品继续打牌、看电视、检查拍摄素材和八卦。林子默选了冰糖雪梨，捧着杯子小抿了一口，仔细地品评了一番，说："很清甜。"

热切盼望他意见的安颜顿时安了心。

可其实她最拿手的是奶茶，他只喝了冰糖雪梨，让她有些微微失望。

连珏选了奶茶，但他同样喝了几大口冰糖雪梨，好像这样就占到了大便宜一样喝瑟得不行。他端着装奶茶的杯子到处跟人碰杯，像个长不大的孩子。安颜目光被他吸引，看他快乐得满客厅跑，人来疯一样，忍不住露出会心的笑容。他多么天真，像阳光一样，普照着在场的每一个人。大家都很喜欢他，虽然他只跟他们在一起不过半天而已。天真烂漫这东西原来真的会感染人。

而林子默，就如他的名字那样沉默安静，静得美好，温和自然。安颜想起他，寻遍客厅却不见他的踪影。她问正要去厨房续杯的阿泽，阿泽想了想，说："好像是去楼上了。"

她踩着楼梯走上二楼，楼梯终结处的走廊上有风，逆风看去，林子默坐在阳台上，留给她一个万家灯火前的背影。她走过去，到他身后，说："好像星星。"

林子默回头看到是安颜，朝她笑了一下。

安颜在他旁边坐下来，说："我一直觉得，这种灯火好像繁星。"

"嗯，是啊。"

他们面前是一片几十层的商品房，晚上一些人家亮了灯，就好像点亮了黑夜里的一颗星，越来越多人家亮灯，就好像一片繁星。看起来，很温馨。

"怎么一个人坐在这里？"

林子默笑了笑，和安颜碰了碰杯，呷了一口冰糖雪梨，轻柔地咽下去，说："虽然朝夕相处了好几天，却仍然不是特别熟悉，总感觉格格不入。"

"你不怎么说话，"安颜说，"可能是拍戏太忙，都没什么时间跟大家聊聊天。"

"嗯，可能是吧。"

聊天突然就停格了，好像想聊的太多反倒想不出该聊些什么。

安静也好，夜晚略带凉意的风吹拂着晃悠在阳台外的腿，光着脚丫会想唱歌。

"真好。"

林子默看过来，问："什么？"

安颜笑起来，说："现在这样真好。"

如果时间能停下也好，虽然还没有过什么甜蜜浪漫的相爱，就这样一直坐在他身边，感受夜晚，感受夜晚凉凉的风，感受喜欢的他，就很好了。她不想要全世界，也不想要什么万千宠爱，她要的也许就是这样的一个晚上，静静的世界，好像只有安颜和林子默。他是个安静的人，他的沉默，就像一种体会。

她曾经幻想跟同楼男生会有这样的画面，一起坐在寝室楼的阳台上，喝点什么，时不时聊点什么，大部分的时间都用来沉默。虽然沉默不语，但明了，他就在身边，安心安全。不需要热络欢快，知道这世界上有一个他，就是让人心满意足的事情。

安颜忍不住笑了，她是很能让自己去感受幸福的人。她一个字一个字地轻声喊他名字："林，子，默。"林子默神情温和地看过来，她举了举手里的杯子，恰巧，她拿的也是冰糖雪梨。杯子碰撞的声音在安静的夏夜里清脆响起。那种情景，够用来回忆很多很多次。

从另一个角度，连珏看到安颜和林子默同时消失，心跳顿了一下。他上楼，看到他们坐在一起，晚间的风偶尔撩拨她微微卷着的长发。虽然不想承认，可是，他们看上去真的很般配。都是温和如水的人，都是平淡如菊的人。他在他们的背后如同一个影子。她看起来很开心，晃悠着她的脚丫子。坐在阳台围栏上多不安全，如果是自己，是绝不可能让她这样坐的，起码也要扶着她，护着她。

他们碰杯，一模一样的两只杯子碰撞出水晶般清脆的声音，那声音在他耳朵里无限回响，在回响的嗡嗡声中，他暗自做了一个决定。如果她真的喜欢他，而林子默也喜欢她的话，他愿意看到他们幸福。

连珏整理出笑容，走过去，笑声起来，说："你们，是在幽会吗？"

安颜和林子默同时回头，看到连珏笑容满面地走过来，林子默伸出手跟他碰了碰拳头。安颜说："你怎么也上来了？"

"他们排挤我，不带我玩儿。"他故意装出委屈的样子。

安颜笑了，说："少来了。"

他于是展开笑容，坐在她旁边，这个位置，可以保护得了她，又不会太亲近。他只能让自己这样做。也许在朋友的位置，他才能永远保护她，不会伤害到她。

"林子默。"

林子默看过来，连珏伸出杯子，隔着中间的安颜和他碰了碰。

"其实奶茶更好喝。"

"我一直比较喜欢清爽的东西，奶茶对我来说，有点腻。"他直言不讳。

连珏喝了一口奶茶，做出很享受的样子，说："奶茶的味道才耐人寻味啊。"

林子默顿了顿，说："可能我喜欢比较简单的东西吧。"

那么安颜，对你来说呢，是不是有些复杂了。她不是一眼可以看透的女孩子，她是可以一读再读、手不释卷的一本好书。林子默，那你喜欢她吗？

阿泽发现客厅里一下子少了好几个人，大声问正在喝奶茶检查素材的薛芬芬，人呢？薛芬芬不耐烦地说："都这么大个人了丢不了。估计找个房间聊天去了。青青记得打扫卫生。"

"现在的导演都这么粗鲁了吗！"青青笑着说。

阿泽朝青青使了个八卦的眼神，青青即刻会意，两个人放下杯子偷偷摸摸上楼，没花多少功夫就看到他们三个人正在阳台上谈笑风生。阿泽刚要走过去插一杠子，被青青捂着嘴拉下楼了。

"你别去，坏了安颜的好事。"

"一女两男呢，安颜最近行情见涨啊。"

"没那回事，她跟连珏肯定有戏，连珏有多喜欢安颜瞎子都看得出来。她跟林子默肯定不行。"薛芬芬斜刺里扔过来一句话。

"为什么啊？"在用手机刷微博的女主角都忍不住加入了八卦行列，"我觉得他们可般配了，安颜很喜欢林子默吧，上次在车上，眼睛一直盯着他看，我那时候才懂了什么叫目不转睛。"

"因为，"青青明白安颜的心思，所以揭晓答案时，有些不忍，"林子默已经有女朋友了。"

阳台上，连珏侧过头，玩笑语气中饱含认真和希望地问："林子默，你有女朋友吗？"没有的话，安颜很喜欢你，你要不要考虑一下。

林子默直视着远方的万家灯火，想起了某一个散步回来的夜晚，她指着上海的某一处居住区说："以后，我也想要那样一盏灯。"他从她因为费尽心力依然无法挽回前男友而买醉大哭的那一刻起，就决定这一生都要好好保护她。

"有的。"

他平静的两个字，让安颜的心，有如晴空之下听到一声巨雷。她险些失衡，被连珏一把拉住。这个答案，让他始料未及，又惊又喜。

林子默平静地继续说着，脸上浮现一种可以理解为幸福的笑容。

"我跟她是拍微电影认识的，在一起一年多了，虽然她时常像个大小姐一样，对我来说，她是个心无城府，有点霸道，但很简单的女孩子。"林子默说，"就好像，口感简单的柠檬茶，但有时，她也挺像冰糖雪梨，甘甜、清爽，喝久了会有点酸。"他说着，轻轻呷了一口杯子里变凉了的甜品。

安颜的笑容早就凝住了，保持笑容让脸僵得发酸，放弃对表情的控制后开始一点一点地掉下来。她能听到他的话，不禁放大了他话里的满足和幸福，那些对她来说都太致命了。无法名状，也没办法在一时之间想得清楚。她此刻真有些怪罪老天，这种安排太可笑，太过分了。

　　"风有点凉了，我先下去了。"安颜用最后一点气力保持着冷静，从阳台护栏上跳下来，兀自走了。连珏看着她的背影，心有不忍。

　　"连珏，"林子默扭头看着连珏，依然是温和如水的笑，说，"加油，安颜是个好女孩。"

　　也许，如果我先遇到她，可能也会爱上她。

　　爱情里有时差，没什么道理可辩驳，都是命运的安排。

　　连珏收起了笑容，笃定地说："我肯定会的。"

　　等待所有的声音都停响，林子默微笑着凝视着手机里苏小夕的照片，她总喜欢拍一些卖萌、扮萝莉的大头照，其实每一张照片都失真得很厉害，她却依然乐此不疲，还把他手机里自己的照片全部换成了类似的大头照。他最喜欢的照片里，她对着镜头清甜地笑，很有夏天的感觉。林子默用这张照片做了她的来电大头贴。他想她了，就打她的电话，就会看见这张他心里最美好的照片。

　　"喂，小夕。"

　　"怎么了？"她那边很吵，有剧烈的电子音乐和女孩子们的笑声。

　　"你在哪里啊？"

　　"我们在打电动啊，哎呀，太好玩了，我们都不会玩，一关都过不了，"小夕笑起来灿若千阳，没心没肺地可爱，"你今天拍完了？"

　　"嗯，明天就可以回来了。"

　　"那我明天去接你吧！"电话那头有人呼唤着苏小夕、苏小夕，她声音兴奋起来，说，"轮到我了，不跟你多说了，我要去杀个片甲不留，哇哈哈哈，先拜拜啦。"她在故作夸张的笑声中挂断了电话。

林子默盯着切回到主屏页面的手机屏幕，淡淡地笑了。

小夕，没有我，你也一样可以过得很快乐吧。

可是，因为你，我变得没有以前快乐了。

那一夜他们三个都没睡着，连珏睡在客厅里，目光空洞地盯着电视机直到电视台都打烊。安颜躺在两个频次均匀、此起彼伏的鼾声旁，睁着眼睛看外面投在天花板上的灯光。林子默靠在床上，阿泽不时说些含糊不清的梦话，让夜晚显得更加寂静。

"我睡客厅。"当连珏临睡前这样宣布时，林子默心里明白，他大概永远不会原谅他了。有些人因着某些原因，永远无法成为朋友。哪怕他面对你时，笑容与对他人毫无二致。

安颜拿过手机，刷了一下微博，最新显示的几条里，有一条微博来自于同楼男生。当初查到他的名字后，按图索骥，安颜获取了所有他的社交网络联系方式，但是她只选择了偷偷关注，现在虽然放下了，却没有特意去删除。

他说：可以的你，不可以的事，不可以说。

不知道他想表达什么，大概搞不好，他根本就是有女朋友的人，所以才会在她靠近时却躲闪开。所有的疑问，在输入这个答案后，都迎刃而解。只不过当初没看出来罢了，总见他独来独往，跟同学都很少一起，以为他肯定是单身。现在想想，也许他有女朋友，女朋友不在南京。跟林子默一样。

想想也对，那么好的男生，没有女朋友才奇怪。

安颜拇指接着往下翻，连珏发了一个笑脸和晚安，安颜笑了笑，在下面回复他晚安。

再往下不远，看到了林子默今晚发出的微博，是一句法语，J'espère que vous êtes heureux, bonne nuit。安颜用翻译APP将它解译成中文是，我希望你是快乐的，晚安。

不知道是留给谁的，有些事已经不敢随意去猜测。

总在该自信的时候，放弃了属于自己的心意。却一直在不该胡乱意会时，一再对他人误解。从头到尾都是误会。

安颜把手机轻轻搁在床头柜上，像某种水陆两栖动物潜进海水里一样滑进了被子里。窗外的那一片万家星光，现在只剩下一两盏，看起来分外孤独。

Bonne nuit，solitaire。

第二天一早，林子默醒来时，安颜和连珏都不在房子里了。旷工一天的许萌买来了早点，随后要拍杀青戏份的男二号也到了，阿泽的帮手据说也要来。安颜和连珏消失得无影无形，不告而别。虽然她在之前的每一天都是这样时来时不来的，但他突然有些担心，这一别会不会就不能再见了。

"今天暑期班有重要的事情，所以他们俩就先走了。"青青说。

林子默没说什么，端起装豆浆的杯子，杯口斜在唇上许久，最后又若有所思地放下来。

教室里的安颜一直精神不佳地趴在桌子上，今天的阳光收敛了很多，不拉窗帘也不会刺眼。她坐在靠窗的里面，连珏坐在外侧，忧心忡忡地看着她。一切看起来都很正常，递给她的牛奶喝了，蛋糕也吃了，她平时话就不多，也很少有喜形于色的时候，现在看起来跟平日里一样，却又不一样。连珏不知道怎么办才好。

早上她默默地洗漱完从卫生间出来，到沙发边拍了拍他的脸，看着他睁开惺忪的双眼，说："我们该走了。"

连珏飞快地洗漱后，跟着安颜走出大房子，轻轻带上了门。

从醒来第一眼看见她，到此刻，她保持着平淡如水的神情，不喜，但也看不出悲。他忍不住恨上了林子默，早该说清楚一切，何必等到她陷进去了才宣布真相。不厚道。

安颜趴着脑袋望向教室的窗外，15 楼而已，能看见南京城一大片的老居民楼，那些老旧的房子窝在城市中心的附近，安颜时常担心它们很快就会被城市化的脚步踏平。要真是那样了，傍晚飞回来的鸽子就找不到回家的路了。

今天的戏份很煽情，女主角要走了，男主角陪着她在南京城里他们一起留下美好回忆的地方走一走。他们最后一次牵手散步，走了很多地方，好像不会累一样。偏偏记忆那么丰厚，怎么回忆都好像来不及。最后女主角在曾经跟他一起千辛万苦才找到的藏在巷子深处的小吃店前痛哭。

他们努力了那么久才走到一起，从牵手到分手，又牵了手，本以为失而复得的结局就是长相厮守，最后却还是无疾而终。花开花落自有时。要走的，始终留不住。

林子默抱着女主角，默默地流泪。

他不能挽留，也不能太悲痛，就好像每一次她要去飞一样。要让她安心去看看外面的世界，完成自己的心愿。他会等她，一直等到时间催他赶紧走，再也等不到她为止。

这场戏是重头戏，导演说这是一定要让观众哭得死去活来的一场戏。看完剧本后，安颜一直在期待这场戏的拍摄，现在，拍到哪里了，在江苏路还是梅园，抑或是紫峰大厦脚下？她只能坐在这个枯燥无味的教室里，看着高楼旁盘旋的那群白鸽。

挨到晚饭后，夕阳把白鸽染成金黄色，没课了，但也好像没有哪里可以去了。

"我们晚上去看电影呗？"连珏提议。

"最近有什么好电影吗？"

"去电影院看看吧。"

安颜心里有事，也越来越着急，拿不出任何态度。坐下来看电影，恐怕压不过自己的心。她刚想摇头否决，手机响了，慌忙从口袋里掏出来，是许萌打来的。

"喂，许萌，怎么了？"

"你真的不过来吗，林子默晚上就要走了。"

"几点的火车？"

"说是赶八点的火车，大家现在还在吃饭。"许萌犹豫地问，"你真的不见他最后一面了？"

这几个字彻底击垮了安颜努力修筑了一天的防线，她平静而肯定地说："我来。"这回答，让连珏忍不住瞪大了眼睛。

林子默的离开很简单，薛芬芬为了吃豆腐抱了他快半分钟，拍戏期间她分身无暇，现在像是要一口气把没吃到的豆腐都吃回来，阿泽和男二号，还有今天哭得梨花带雨的女主角也点到为止地跟他抱了抱，剩下的人都只是跟他含蓄地握了握手，包括安颜，也包括决不会跟他拥抱的连珏。

"林子默，以后我有合适你的角色，你还愿意来吗？"薛芬芬心虚地问，几天时间就拍完全部戏份，这种强度之下还能合作的可能性太小了。她心想，估计又要多一个把她列进导演黑名单的演员了。

"好啊。"林子默笑着说。

在安颜眼里，这是他来南京的这几天里，唯一一次笑得这么放松。

"不会是跟我说场面话吧？"

"不是，虽然确实很累。"所有人都笑了起来。

这离别的场景，前半段看上去并不伤感。

林子默拎起包，冲着大家说："就不要送了，我在门口打个车就走了。"

刚要开口说些什么的青青被安颜的话挡住了，她说："我送送你吧。"

"我也去！"连珏连忙举手跟进。

安颜回过头，眼神笃定地看着连珏，说："让我一个人送吧。"同样，也说给在场的大家听。连珏看着她的眼睛，不再坚持，失落地点点头，说："那好吧。"

林子默没有拒绝，他终将面对，不想回避。

他们并肩走在房前的巷道里，冗长的巷道里规整地安置着一列路灯，两盏灯都照不到的地方是如海沟一样的黑暗。他们走在渐次明暗的路上，一会儿看得见，一会儿又沉入黑暗，彼此脚步都很慢，却都没有说话。漫长的小巷里，安静得听见树叶坠落，却听不见身体里，有什么正在斑驳碎裂的动静。

可是多长的路，也总会走完。

巷口被灯光照出油画一样的黄，看起来一切都很美。

林子默伸手招了一辆路过的出租车，说了一声："我走了。"安颜点点头，他拉开车门坐了进去，车开走前，对车外的安颜笑着招了招手。

她目送汽车在尾气中驶远，在泪水盈眶中不见。

小黎，后来我看了一部电影，里面有一句台词说，很多时候我们觉得遗憾，是因为不曾好好告别。我对同楼男生的遗憾的确因为告别，但我不知道，那时候，我跟林子默，算不算好好向对方告了别。

小黎，我站在路口看了很久，其实早就看不见了。我们终究没能留下再见的理由，我想，也许我跟他的相遇，是此生一期一会的美好。他大概不会知道，在他来南京的那几天，是我这黯淡的一年里最快乐的时光。

路灯下的安颜，孤零零的一个小身影，羸弱无助，站在阳台上用力凝望着她的连珏按住心口一阵阵地痛。他不知道自己掉泪了，多少年了，这些眼泪像久别重逢的老友，在他决定要坚强时收起了它们，在爱上她时，再忍不住。他会在自己被伤害时使劲忍耐，但是爱情，一定是伤人伤己的事情。

这一年夏天的这个夜晚，他们站在各自的世界里瑟瑟发抖。

因为爱情，一定是伤人伤己的事情。

不几日，暑期学校的课程全部结束了，虽然远不是该离开的时候，也必须得暂时先离开。

"说句俗烂的话，"连珏笑着说，"离开，是为了更美的遇见。"

安颜也笑了，说："真是够俗的。"

连珏放下手里的包，张开双臂，说："抱一下吧，这次走，也不知道什么时候会再来。"

安颜微笑地看着他，没说什么，投进他的怀里。连珏合拢张开的双臂，就像一朵巨大的花保护着藏进花瓣里的蝴蝶。外面风吹雨打，花朵里面很安全。

"我一定会再来的。"连珏不知道是对安颜承诺，还是给自己决心。

安颜不置可否地笑了笑，从他宽厚的怀抱里出来，伸手摘掉落在他眉毛上的一朵小蒲公英。吹一口气，让它飞起来。

他们都望着越来越看不清楚的小蒲公英，没有说话。

连珏，我该对你说一声，谢谢。

没有遗憾就不是人生。

眼下我只能接受那些遗憾。

将来的事，就等将来再说吧。

第三章

上海，五月

小黎：

　　转眼快要一年了，而这一年里，我果真如同当时预料，不曾与他相见。我们没有特意为对方而去的理由，即使我有，也只能没有。他自然是没有的，既非交情甚好需要时常往来的朋友，又非带一点喜欢想要继续发展的暧昧。五月，樱花谢了，我没能等到他。也许，也不该等他。

　　关于他和她的故事我不了解，没有刻意打听，只知道她的名字叫苏小夕。偶尔在他的微博看到他上传的她的照片，很可爱的小女生，是那种很讨男孩子喜欢的女孩子。虽然我不在他的微博里留下任何回复，但每个人给他的回复我都会看，有时漫不经心，有时逐字逐句。通过他的微博，我几乎掌握了他所有的关系网络，当然，也知道了苏小夕的微博。大概是怕，像她那样的女孩子一定会在微博里秀自己的生活，我怕看到他们太幸福的样子，所以我从来没有看过她的微博，有几次点进去了，在网页加载的时候却又害怕得赶紧关掉，心虚得像做了一件坏事。

林子默走后没多久，阿泽把那件他穿过的紫色衬衫送给了我，那上面留有他的香水味，我把它挂在我的衣橱里，每一次打开衣橱都能闻到那股气味，闭上眼会有他在身边的错觉。一年了，衬衫上的香水味越来越淡了，把衣服贴在脸上闻才隐约还能闻得到，可是对他的喜欢却无法像衬衫上残留的香水气味一样随着时间淡忘。相反，随着时间流逝，却越来越深刻。对此，我一点办法都没有。爱他变得越来越没有理由，毫无道理，蛮横地占据了我的心。所以，我拒绝了连珏的表白。

　　他在樱花盛开的季节到来，在绚烂的樱花雨下郑重其事地说出心里的想法，在他收敛诙谐表情，认真而温柔地看着我说出那番喜欢时，那一刻，我以为我可以答应他。樱花落下，落在他的头发上，我在他的诚恳里，摇了摇头。小黎，连珏这一年的陪伴我感激不尽，他从一开始就带着爱慕到来，至今依然热烈执著，我本该珍惜他，但不想辜负他。我心里，有一个林子默，跟任何人在一起，于人于己都心有愧疚。一见杨过误终身，我怕我会成为公孙绿萼、陆无双、程英或者郭襄。在鸡鸣寺，我有些忍不住地责怪菩萨，如果注定不能在一起，当初何必遇到他。比如同楼男生，又比如林子默。又比如，被我辜负的连珏。

　　连珏没说什么，被拒绝后有几秒的错愕，复又回归他的阳光无邪，他理解我对林子默的感情，也听说过我跟同楼男生的故事，他只说羡慕他们的好运气，承诺还会一直等。他戏谑又认真地在上香时祷告出声，希望我能早点放下林子默。站在他旁边的我，当时真快忍不住要潸然泪下。

　　小黎，如果不是先遇上了林子默，我真想跟连珏在一起，我知道那样的话我会幸福，却免不了执迷不悟。林子默就是我的执念。

　　而林子默，早已经消失在我的生活中。他偶尔在我的微博下回复，我们聊天点到为止，始终不痛不痒、清清淡淡，但若有似无毕竟也是有，我努力克制自己不去过多染指，他有他的幸福，我记得他在那个晚上谈起苏小夕时脸上满足幸福的神情，那份满足，我羡慕，但无可奈何。

好在，他在网络上有两部微电影，一部是他来南京拍的《意》，一部是他跟女朋友因缘相识的《未接来电》。虽然那时他们俩还没在一起，现在看来那戏里面都是真情。我只看过一次，而后不敢再看。想他的时候，就看看《意》，专挑他的戏份看，看他的笑，看他的伤子，看他的百味神态，那是我今生跟他仅有的缘分。《意》对别人来说，只是一个二十几分钟的微电影，对我来说，它足以放大成一段暗自甜蜜、最后伤心的生活。笑着进入，哭着退出。

小黎，快一年了，我还是没能放下，而今生又恐怕再无机会相见。与他相遇，一期一会，再无可期。你说的时间总有办法，我却害怕我会忘不掉。前后矛盾，进退两难。爱情，果真是伤人伤己的事情，当初如果愿意独善其身，今天也不会如此惨淡。这一年我过得很辛苦，每走一步都觉得很累，越来越抬不起脚。你上次从上海飞过来看我，我等待你搭乘晚点到凌晨的飞机降临南京。凌晨时街上已经没有多少行人，我怕你刚下飞机会饿，在唯一亮着的便利商店买了些茶叶蛋和牛奶。从便利商店的自动门里走出来，那扇门在我身后自动合拢，把暖气一丝不苟地关了门里面。我左右张望安静的晚街，那一刻，内心涌上无法名状的孤独感。我那时悲观地认为，大概我今后的生活就是如此吧。在一座城市留下，在午夜里独自穿过马路，在便利商店里买一些食物，在晚风中抬头望一望城市的夜空。

售货员在唯一亮着的便利商店里百无聊赖地看着电视，我在马路对面，心里面隐隐作痛。

爱真让我觉得孤独。

小黎，为什么爱一个人，却恐怕要让我付出人生的代价。

你的 安颜

五月

"啊，不行不行，我不去。"安颜连声拒绝薛芬芬的提议。

薛芬芬挤着笑脸贴着安颜，说："这个角色你是再适合不过了，我跟叶鲤好不容易合作一次，这个片子很重要的，你就不要意气用事了。"

安颜苦笑地看着薛芬芬，说："芬芬，我和林子默的事情，你们又不是不知道，这样多尴尬啊。"她停了停，"而且，林子默也不一定愿意。"

"他愿意啊，"薛芬芬满脸堆笑地说，"他早就知道了，叶鲤跟他说过了，他完全同意，而且他也觉得你非常非常适合这个角色。"她在"也"字上用了显然的重音。

安颜迟疑地说："他，也认为我可以？"

"当然了！"薛芬芬抬高嗓门差点吓破了安颜的心脏。

安颜抚着胸口，嗔怪道："你要吓死我啊。"

薛芬芬连忙上前去抚摸安颜的胸口，摸着摸着，突然说："你胸部的手感还不错嘛。"手被安颜一下子打掉了。

"我根本没有后路可退吧，你们写好了剧本，还跟对方说了我来演，挖好了坑等着我跳，我根本就是最后一个知道这件事情的人，你啊你啊，"安颜一想到接下来的那些事情，忍不住皱眉头，"这得让我多尴尬啊，哪能演得出来。"

薛芬芬扶着安颜的肩膀，认真地看着她，说："安颜，这算是我和叶鲤送给你的一个礼物。这部戏如果是林子默来演男主角，女主角只能是你。你懂吗？"

安颜不置可否地看着薛芬芬，这算什么，带一点烦恼的高兴？

薛芬芬很早就说要跟叶鲤再度合作拍一部片，拍完《意》之后，叶鲤紧接着拍了《意·上海》，以上海的角度诠释了同一个故事，他们的导演手法完全不一样，叶鲤的手法更诗意，薛芬芬的手法更偏向写实，就好像是一个人在吟抒情诗，一个人在讲故事。这两部微电影促成了他们再度合作的事情，而且这一次是九十分钟长片的合作。新剧本安颜已经看过了，名字叫《会有风停在这里》，讲述一对分居在南京和上海的恋人的双城故事，挑选的是异地恋的主题。故事很甜蜜也很心酸，安颜粗略看完剧本，就喜欢上了这个故事，所以一直非常支持这个项目。

据说剧本不是徐林一个人完成的，是跟上海那边的一个编剧合作完成的，徐林希望这个剧本可以横扫一下各大独立电影节。同样有此野心的还有薛芬芬和叶鲤，大费周章地操作，是为了在奖项方面能够有所斩获。

一切都很好，剧本和导演都没得说，安颜一直在关注演员的挑选情况，他们却一直说不急不急，突然有一天，薛芬芬说男主角定了林子默，叶鲤和薛芬芬都非常喜欢他，跟他这一次都是二次合作。安颜在想，时隔一年，她和林子默大概终于能够再见了，剧本里有很多南京的戏，他要再度来南京拍戏了。没想到分开了快一年，再见的缘由还是因为拍戏。从头到尾，大概也只是一场戏。

眼下看来事情远远超出了安颜的预料，她和林子默不光能够再见，她还担纲了女主角，同样要远赴上海拍摄上海的部分，而且上海的部分比重更大。他们没办法在现实中做一对恋人，却可以在戏里面假戏真做。对她来说，真的算是个礼物。

只能如此，也只能如此。

安颜沉吟良久，点了点头，说："好的，我演。"

她回去把剧本重新看了一遍，这是一个很长的故事，有很多情节安颜第一次看到时就非常喜欢，比如他们不约而同想给对方惊喜，坐火车去对方的城市，却在到达的时候得知对方去了自己的城市；比如他们沿着玄武湖走了整整一圈，依然无法决定是否结束关系，最后便没有分手；比如他们不顾目的地钻进上海的某一条弄堂，像流进上海血脉之中欢快的红细胞……之前看这些故事，只当成别人的故事来欣赏，现在看起来，像是他们即将面对的未来。那些情深意长的台词，迟早要在耳边响起。一切都变得不一样。

安颜不知道自己是该感谢，还是无奈。

南京到上海，一个小时十九分钟。

一出站除了看见上海的天空，视线下落，便能看见来接站的人群。安颜目光焦急而害怕，四下张望，没有看见面熟的人。

准备出发去上海的那几天，她一直神色焦虑，免不了丢三落四，出发时，更加六神无主到忘记带火车票，返回学校拿，以为这样会延误掉火车，但最后一刻小跑着还是准时踏上了列车。

一个小时十九分钟，她后悔自己怎么不买普通的火车票，那样至少自己再争取到路上的几个小时时间，其实心里太清楚，时间长短都是徒劳。她用了一年都无法说服自己坦然，何况这迫在眉睫的几个小时。

火车呼啸而过，南京掠至身后。

《会有风停在这里》的上海部分完全由叶鲤带领的上海团队来完成，所以前来上海的只有安颜一个人。她想，去年那个七月，林子默是抱着怎样的心情来到南京。她现今能体会一点他当时对未知的担忧，他却全然不曾有过她此刻的忐忑。她拖着行李箱走在光可鉴人的车站地板上，有种不知身在何处的茫然和无力，不远不近地听见有人喊自己的名字，循着声音，看见了等在门口的小黎。她穿着藏青色的布裙子，随意地扎了一个马尾，看起来很美，很有气质。在她身旁，站着因为留起了一些头发而显得眼生的林子默，但他的笑容和那双小鹿一样的眼睛却再熟悉不过了。

多久了，他都没变。

安颜走上前，跟小黎拥抱了一下，这拥抱比平时来得久一点，等到她鼓起勇气，才正过身面对林子默。他只轻轻笑着，没有更多的表情。片刻，他说："好久不见。"

她也笑了笑，说声："好久不见。"

目光自对上后就没办法离开了，两个人都没有回避，温和而执着地看着对方。在一边的小黎左右打量着他们，他们的凝望安静里包藏着惊心动魄，让她有些尴尬，她伸手接过安颜的行李箱，说："先出去吧，叶鲤他们在外面等着呢。"安颜回过神来，这才跟他的目光分开。

"他们也来了？"

"说是正好把女主角从南京坐火车来上海那场戏给拍了。"小黎说，"在等你过来的时候，已经把男主角从上海出发的戏份拍好了。"

"啊！"安颜有些错愕，叶鲤素来不是以效率著称的，他拍片是典型的慢工出细活，跟薛芬芬完全不一样，没想到刚下火车就要开始拍了，薛芬芬至少还让林子默休息了一顿饭的时间，"我一时半会哪能演得来啊。"

"火车站离我们学校太远，现在能拍完，以后就不用再跑过来了。"小黎说，"这场戏不难，难的都是跟林子默的对手戏。"说完朝林子默狡黠一笑。

这是一场七夕的戏，他们不约而同地绝口不提七夕节怎么庆祝，到这一天，都想给对方一个惊喜，女主角拎着蛋糕带着幸福的笑小跑着冲进火车站。

"你一手拎着蛋糕，一手拎着裙子小跑，头发一飘一飘，"叶鲤激动得拍了一下手，"奔赴爱情的甜美女孩，那画面不要太美啊。"

叶鲤看安颜沉思着好像在想怎么表达，说："你尽量表现出幸福的样子，想着等下男主角看到你突然出现时会有多开心。"她下意识地看了一眼林子默，他微笑地点了点头，安颜瞬间就知道该怎么去演了。

蛋糕、女主角的橘黄色双肩小包、换上的粉色系长裙，还有头发上松松绑着的天蓝色丝质发带，在她跑起来时，发带会掉下来，到时会给一个发带飘落的特写，以此做前景带到她跑远的背影。叶鲤的拍摄技巧确实非常诗意。

安颜幻想着自己向林子默而去，拍了三条都无法到达那种兴奋的情绪。她依然是不敢的，即使知道只是演戏。小黎凑到耳边说："安颜，豁出去吧。"

因为这可能是你今生唯一一次与他相爱的机会了。

第四条，她脑海里全是他，心里充满了奔赴幸福的勇敢，完美通过。

叶鲤喊卡的时候，她大呼了一口气，这种感觉不得不说，有如释重负的痛快。像在山谷里大声呐喊，使劲地发自肺腑地喊着，那种酣畅淋漓的痛快。她慢慢开始进入了这个角色需要的状态里，很快找到了戏里的感觉。

"今天就拍这一条吧，安颜千里迢迢赶来，今天先休息吧。"叶鲤说，"晚上全剧组一起吃个饭，我请客！"

安颜在小黎租的房子里安顿下来。小黎坐在窗边泡茶，动作优雅，心无旁骛，安颜忍不住停下手里收拾衣物的动作去看着她。小黎的五官其实并不能算漂亮，天蝎座的她赢在了天然的气质上，她妆容朴素，喜欢穿普通但是轻便的衣服，有很多条麻质的裙子，顺直的长发经常拿一根竹筷子随意盘起，从旁边颤颤地垂下几缕。感觉像清水，又像氧气。她是安颜所认识的人里，把文艺这种气质发挥到了极致的女生，她似清澈无碍，却又深不可测。

　　能够和她结识，安颜一直觉得三生有幸。她一直认为，是小黎的个性影响了她，让她在很多时候都能保持从容。离开父母独自在外求学的时期，是每个人的世界观逐渐建立和稳定的一个重要阶段，遇见小黎，和她做朋友，是非常值得庆幸的事情。小黎一直说自己是一个第一感觉很准的人，她说，从见到安颜的第一刻，就知道将跟她做一辈子的知己。虽然第一次见面时，安颜笨手笨脚地差点让叶鲤的宝贝摄像机摔倒在地，是小黎如女侠一样轻轻伸出了手接住了被安颜撞倒的摄像机。她感激地抬头看她，一瞬间，被彼此眼里的光泽吸引。

　　安颜一直想问她，第一感觉，她和林子默会如何，她不说。今天是第一次，她和林子默同时出现在她面前，她想知道她的看法。

　　"小黎，"小黎缓慢地抬起了头，像是沉浸在一件美妙的事情里，眼神温柔，安颜说，"你觉得我和林子默，最终会怎么样？"

　　小黎莞尔一笑，端起一杯茶，走过来递给安颜，说："你看这茶水看起来已经彼此相容，可实际上，茶仍然是茶，水仍然是水，你觉得它们是谁改变了谁？"

　　茶杯里，水已经是淡褐的茶色，茶叶被开水泡开，舒展成苍老的绿褐色，但茶杯里，水仍然清澈，茶叶依然固守，看起来互不关己。她一时不懂，想再询问，小黎讳莫如深地微笑着，说："有些事说白了就没意思了，爱情就是浑浑噩噩的，像做了个梦，醒了，要不然就是分离，要不然就是平淡。所以，安颜，别追究，"她手掌放在安颜的胸口，说，"跟着它就对了。"

安颜想了想，决心不再深究这些问题，开玩笑地说："小黎，你越来越像个神婆了。"

小黎笑而不语，帮着安颜一起收拾衣服。这一次拍片会用掉整个五一假期，安颜听薛芬芬的建议额外请了一个礼拜的假。叶鲤的拍片速度很慢，上海部分的戏份又比较重，两个礼拜都不见得够。好在学院的老师都非常支持他们在实践中学习，关在教室里永远出不来好作品，挥挥手让她拍到完美再回学校即可。

"差不多了，"小黎把最后一件衣服挂进衣橱里，抬腕看了看表，说，"我们出发吧。"

安颜和小黎到达饭店时，叶鲤和其他几个成员正在包厢里打牌，叶鲤手气不好，小黎刚想过去拍拍他的肩膀，手还没碰到就被他灵活地躲开了，说："今天手气格外差，再拍肩膀内裤都要脱了。"

安颜环顾四周，没看到林子默，问道："林子默呢？"

摄影小强叼着烟，从鼻子里哼了一声，安颜不解这含义，以为他是鼻子痒，叶鲤眼睛盯着手里的一把救不起来的烂牌，说："苏小夕要来，这饭起码还得一个小时才有得吃。"

安颜疑惑地看着小黎，说："怎么了？"

小黎无所谓地耸耸肩，说："一言以蔽之吧，苏小夕有非常严重的公主病。"

"她那哪是公主，完全已经是慈禧太后级别的了。"刚才用鼻子哼哼的小强忍不住吐槽，像是为了表达自己的气愤，狠狠地甩出了手里的一把牌。输红了眼的叶鲤查了查小强打出去的那手牌，捻出一张方块7，幽幽地说："多了一张！别想浑水摸鱼！"小强惊得烟差点没叼住。

如叶鲤所言，一个小时之后，包厢的门被林子默推开，他抱歉地笑了笑，从他身后拱进来一个打扮非常日系的小女生，连声说："不好意思不好意思啊。"似乎刚想解释下来晚的原因，叶鲤大着嗓子朝外面喊了一声："菜可以上了。"安颜注意到苏小夕的表情从一脸可爱笑容慢慢变成尴尬，还带着一点不爽。

这是第一次会面，安颜心想，眼前的这个苏小夕，既没有微电影里那样知性痴情，也没有林子默微博上传的照片里那么精致可爱。这个苏小夕，让安颜有一点失望。虽然谈不上被她打败，但她好像不太能够衬得起她心目中林子默女朋友那个位置。

苏小夕坐定后，凑在林子默耳边问了些什么，林子默朝安颜示意了一下，苏小夕立即又挂上一脸甜美笑容，对着安颜说："安颜姐姐，你长得真漂亮，难怪叶导非要让你来演呢。"

"咳咳，"叶鲤装模作样咳嗽了几下，说，"我的戏你没演过吗？这个口气好像我不让你演似的。"

"对啊，你这次不就没让我演，好歹我是默默的正牌女友啊。"她似有意无意，安颜看到她在说这话时不经意地朝自己瞥了一眼，"假的就是假的，哪能演得出真情侣的感觉。"

"你不合适，而且，具体原因林子默肯定跟你说了。"叶鲤一副不愿意多废话的表情，拿起筷子配合小强一起不耐烦地敲着碗。

林子默面对气得鼓起腮帮子的苏小夕，宠溺地笑了笑，说："跟你说过的，薛导那边也要出一个主角，她推荐了安颜。"

"好吧好吧，反正我也不爱演戏，拍戏嘛，"她又不经意地瞥了安颜一眼，说，"终归是戏，到底都是假的。我和默默是货真价实的情侣就够了。"她说完冲着林子默努了努鼻子，按照她的设想，这个时候林子默应该低下头和她鼻子拱鼻子，可是林子默没有这么做，只是笑着伸手刮了刮她的鼻梁。

在座的好几个人都不约而同地假装咳嗽起来，小强狠狠地敲着碗，抱怨道："怎么还不上菜，饿死了，胃里没东西特别容易反胃，难受。"

这个时候的安颜心里非常错愕，吃饭的过程中，她像是可以关掉全世界的声音，只看着那些不断运动的画面。苏小夕夹了菜，递到林子默的嘴巴里；苏小夕三不五时地亲他一下，并且都是嘟着嘴索吻，林子默不愿意配合她，一脸难色；苏小夕帮他擦嘴，也帮他挡酒，豪爽地一饮而尽后佯装喝醉倒在林子默的身上，如此种种，安颜不禁有一种看戏的心态。原来，他的女朋友是这个样子的，突然有种不知从何处来的释怀感。苏小夕的行为跟她的打扮和气质都非常匹配，安颜想，如果自己没猜错的话，她并没有那么多花花肠子，不是计较自己在戏里跟林子默演一对爱得难舍难分的情侣，而是，她的幸福本来就是要给大家看的，天生就爱向天下昭告她有多幸福。安颜饶有兴致地看着林子默几度尴尬的表情，那的确就是她心里的林子默，他一定就是那样的回应，那是真正的他，也是她喜欢的他。他的一切反应在安颜看来都是可爱的，苏小夕的一举一动映衬着林子默有多好，多值得爱。

小黎在桌下拍了拍安颜的手，她们相视一笑，彼此都懂。

有种遗憾的释怀方式总是有些莫名其妙。

"叶导，明天去哪里拍？"安颜问叶鲤。

叶鲤想了想，说："放假景点的人肯定多，几个景点的戏我都打算放在节后，明天先把学校里的戏能拍一点是一点吧。"他掰着指头算，"食堂的戏、超市的戏、图书馆的戏……哦，对了，还有晚上你跟他打电话不小心摔伤，他连夜赶来上海的戏，小黎，你记一下，明晚那场戏一定要拍，其他的能拍就拍。"

"叶鲤，"林子默唤了一声，叶鲤从自顾自的构想中回过神来，看着他，"在天台顶上放电影的戏有没有改？"

叶鲤像是一个脑子里存了太多东西，任何细节都需要调出数据查阅的小型服务器，稍微运作了片刻，说："改了，本来说是请一群人嘛，现在改成就你们俩在天台看电影。"

安颜想起了剧本里写的那场戏，男主角为女主角庆祝生日，在学校天台用投影仪放电影，一群朋友在天台上边吃喝喝边看电影，最后躺得横七竖八。她对这个戏有印象，但一直觉得，与其设定在一大群朋友的氛围里，不如就两个人看那场投影电影。

"那场戏改得挺浪漫的，烛光、二人电影、小蛋糕，你们两个相依偎着。"叶鲤说着就忍不住在脑中构图，越想越觉得好，说，"干脆明天拍那个算了，哦，不行，浪漫的戏放后几天，这两天暂时拍些感情不太浓烈的戏，你们暂时还到不了那个状态。"

小黎在桌子下轻轻拍了拍安颜，安颜看到她朝苏小夕那边努了努嘴，她看向苏小夕，她不知何故一脸不高兴，安颜猜测会不会是她介意这些戏太亲密了，吃醋了。再看林子默，他暂时还未察觉似的，跟叶鲤聊天聊得挺投入，等他笑着习惯性地看一眼苏小夕，发现她嘴噘得已经可以挂一个水桶上去了。

他敛下笑容，淡淡地问："怎么了？"

"你说怎么了？"安颜被她眼里突然迸现的泪光吓了一跳，"聊啊，聊得多带劲啊，你管我干什么。"说着，眼泪就滚滚地从她眼睛里涌出来。在场的除了安颜，似乎对这一幕都很习以为常了，连假装安慰都懒得说，抛开林子默和苏小夕继续聊和吃，小强居然还让服务员进来加了两个菜。

林子默一脸无奈，他温柔的劝说显得很无力，苏小夕似摆明了就要闹上一闹，完全无视林子默说的任何话。这一出戏，安颜看得真是有些费解。

经过十分钟劝说无效，叶鲤突然想起件事，对林子默说："你上次说，有一首歌特别合适，是哪首啊？我这会儿怎么样都想不起来。"

林子默刚开口说了《心酸》的心字，苏小夕哗啦一声推开椅子就往门口走。林子默已经不知道是第几次抱歉地笑了笑，说："那，我先走了。"

叶鲤朝他挥挥手，林子默看向安颜，说："不好意思了。"

安颜付之一笑，说："快去吧，没关系。"我们之间本来就没什么关系，不用抱歉什么的。

林子默刚出去，小强就把筷子抛在了面前的桌子上，说："我真是受够她了，晚上就不该叫她来，每次吃饭有她在肯定吃不好。"

叶鲤夹了块鱼肉，揶揄小强，说："你不是吃得挺好的。"

"憋屈！食不知味！"

安颜迟疑地扫了一圈大家，弱弱地问："这个情况，很寻常吗？"

"太正常不过了，几乎每次她来吃饭都要演这出，"叶鲤说，"只要林子默跟我们一聊得投入了些，她就来这一套，有一次，小强，记不记得，苏小夕那闺蜜，特别会来事，看到苏小夕跑出去了，居然拉着不让林子默走，说让她一个人静静。"

"我当然记得，"小强想起来那件事，顿时眉开眼笑，"结果我们继续吃吃喝喝又过了半个钟头才结束，苏小夕居然哪里都没去，就待在暗处等着林子默去追她，结果等了半个小时才看到我们几个高高兴兴地下楼。"

"然后，她就默默尾随我们，看林子默什么时候会想起她来。"小黎接过话题。看来这件事，让他们拿来吐槽了好长时间。

"那阵子林子默可能真是对她有点厌倦了，那晚愣是等到我们吃完夜宵已经十一点多才打电话给苏小夕，"叶鲤说，"苏小夕哭得那叫一个惨啊，惊天动地的，本来林子默都差不多决定要分手了，被苏小夕给哭回来了。"

好几件事情连在一起，造成的效果就可能会翻倍。最开始是苏小夕爽约，不顾跟林子默的约会，独自跑去和一个追求她很久的男生去吃豪华自助餐，吃完了心满意足地跟林子默打电话时，林子默在做课题心情很烦躁，苏小夕发现林子默没心情跟她聊天就胡搅蛮缠了一个多小时，最后发展到又哭又闹，直到林子默跑出来找她，又劝了个把小时，导致回去后一直做课题到第二天早上五点，中午好不容易补个觉，吃得上火的苏小夕流鼻血了，很兴奋地跟林子默打电话以为可以得到他的关怀，结果林实在太困，没接到电话。那个下午，苏小夕简直闹翻了天，几乎惊动了两个人朋友圈里的所有人，最后林子默拖着疲惫的身体跟苏小夕一再道歉才平息这件事。第二天叶鲤过生日请大家吃饭，苏小夕又闹，林子默本已经不耐烦了，被苏小夕闺蜜一拉，索性就不去找她了。

"这种事啊，不胜枚举。"小强感叹道，"她始终乐此不疲，现在谁都不愿意插手他们的事。"

叶鲤叹了口气，说："其实我最不能忍受的是她太喜欢把幸福秀出来给大家看，好像她谈恋爱是为了让大家羡慕她。"

有一件事，让叶鲤对这对本来他挺看好的情侣彻底改观。当林子默和苏小夕发展到亲吻的程度时，作为朋友的叶鲤每次看到都会捧场地嘘他们，时间久了，也就彻底习以为常了。有一个晚上三人吃了夜宵准备回各自的寝室，林子默有些急事就不打算送苏小夕回去，苏小夕嘟着嘴纠缠了一会最后妥协，但要跟林子默吻别。林子默勉为其难地当着叶鲤的面和她亲了亲，苏小夕发现叶鲤一脸波澜不惊的平静神情，以为他没看见所以没像往常一样起哄，走出去两三步，用手指勾了勾林子默要求第二次吻别，聪明如叶鲤一下子就明白了苏小夕的心思。之后，再不看好。

"我真后悔当初给他们做媒。"叶鲤说完伸了个懒腰。

在场的人除了安颜都有些震惊，当初林子默和苏小夕在一起的消息传出去后，就有人觉得这两个人好像不是同一个世界的，也不知道怎么就走到一起了。林子默安静沉稳，苏小夕爱作爱闹腾，两个人的朋友圈也没有什么交集，没有人想到他们俩居然走到一起了。

"始作俑者是你啊，叶鲤，"小强捶了叶鲤一拳，说，"看看你做的好事。"

"其实也不是，这事也不完全是我弄出来的。"

"当初听到这个消息我也蛮惊讶的，后来想想，搞不好是假戏真做了。"小黎说。

"对啊，《未接来电》才是问题的关键，我也就是顺手推了他们一下。"叶鲤做了一个轻轻往前推的动作，林子默和苏小夕的牵手是他自认做媒最简单的一次。

叶鲤拍完处女作之后很顺利地收获了非常多的肯定，三个月后接到了当时在全国已经小有名气的青春作家的邀请，将他的短篇小说改编成微电影，并且给了他一笔拍摄资金。叶鲤将小说改编成剧本时，脑子里一直在思考谁来演会比较合适。苏小夕是第一个进入他候选名单的女生。她是他一哥们的同学，叶鲤在参加他们班级的集体出游时跟她认识，第一感觉是非常阳光的小女生，印象不错。

"我跟她出游过一次后没什么联系，不太清楚她具体的性格，"叶鲤说，"不然根本不可能找她来演，话说回来，她给我留下的第一印象确实非常适合那个角色，最后演得也还可以的。"

叶鲤把剧本写出来后，通过哥们找到了苏小夕，苏小夕欣然同意了出演，但哥们当时露出的玩笑性的同情眼神，他一时没懂。男主角林子默是他同学推荐的，在一起吃了一顿饭后，叶鲤确定了他非常合适。不光如此，叶鲤从一开始跟林子默认识，就知道以后一定会跟他长期合作。他身上那种淡然的气质，像一张白纸一样很适合塑造成各种角色。这支拍摄团队很新鲜，大家的友谊几乎都是从零开始建立，但拍片的日子确实非常开心，这一点，叶鲤至今都津津乐道。

大概是因为拍完了《未接来电》，叶鲤晋升成了校园名人，冲着他的名气找他拍戏的人越来越多，大家的关系一层一层地变得功利，失了当年那种单纯。叶鲤虽然不怎么喜欢苏小夕，但对拍《未接来电》的那段时光一直念念不忘。

一群人，很单纯地为了拍出一个好的微电影而努力，叶鲤一直压缩着成本，好把资金用来请大家吃吃喝喝。那一阵子，他们度过了非常快乐的半个月。片子杀青的那晚是拍苏小夕的一场哭戏，拍完后，所有人都松了一口气，忙碌而辛苦的拍摄过程终于结束了，收拾好东西大家去喝粥，然后三个人在学校里散了很久的步。叶鲤和林子默送苏小夕回女生寝室，在路口，苏小夕竟然因为不舍得而哭了起来。还不懂隐藏含义的几个人一时都很伤心，误以为这就是故事的结尾。

拍摄完，他们成了好朋友，三个人常常黏在一块儿，吃饭、上自习、逛街，苏小夕很开心有两个高大帅气的男生把自己放在中间，她那时候最爱左右手一边一个地挽着林子默和叶鲤。那段时光，快乐得很自然，也很彻底。

安颜看到叶鲤回忆到这里时，忍不住停了停，眼神变得柔和温暖，他的数据库里，关于那部微电影，没有太多因此而带来的荣耀，而是纯粹的欢喜。安颜能够猜到他们度过了多美好的一阵子，才会在后来美好被破坏了之后还努力维持表面的和平。

片子上线后没多久就放暑假了，林子默和苏小夕想在上海打暑假工就没回去，叶鲤去外地看当时还在谈的女朋友。后来在上海发生的事情都是听林子默转述的。

其实在拍片前，苏小夕就有一个外地的男朋友，据她说两个人的火热程度很夸张，每次一见面，第一件事就是热吻，在火车站涌动的人潮里不顾一切地拥吻在一起。爱得非常热烈。爱情退烧后，又遇到了家庭的阻挠，对方比苏小夕要坚决，不想被苏家鄙视自己的出身和不高的学历，决意要分手。苏小夕痛苦了一阵子，这事也就过去了，加上后来拍戏玩得很开心，就没怎么去想那些事。放暑假后，她无意中看到前男友有了新女友，一时很受不了，就打电话去胡搅蛮缠，前男友态度很坚决，让苏小夕别来打搅他。苏小夕痛苦不堪，一个人在学校后街买醉，喝得稀里糊涂。林子默像《未接来电》里的情节一样，出现在买醉的她身边，看着她哭着喊那个人的名字，他暗自决定要好好保护她。

不几日后，在外地的叶鲤接到苏小夕的电话，向来无事不登三宝殿的她打来电话让叶鲤有些奇怪，一通有的没的聊下来，叶鲤听明白了苏小夕的意思。

"她跟我说，哎呀，我觉得这个林子默啊，真不错。强调了好几遍，傻子也明白这是什么意思了。"

"很像苏小夕的作风嘛。"小黎笑着说，"然后你就去做媒了？"

"我觉得这个媒不难做，早就隐隐觉得林子默对她有点意思了，所以我就回复了苏小夕，说我知道该怎么办。"叶鲤说，"那个时候我觉得他们也真挺登对的，苏小夕性格不怎么样，但两个人确实郎才女貌吧。"

"后来呢？"安颜问。

叶鲤挂了苏小夕的电话就给林子默打了过去，他正在麦当劳上晚班，很晚后回电给叶鲤，叶鲤直奔主题地问他觉得苏小夕怎么样，林子默心如明镜，一下猜到是苏小夕的意思。他们两个人在叶鲤帮忙捅破窗户纸后顺理成章地走到了一起。

不久后叶鲤回了学校，已经成为情侣的他们和他一起去寺院里上香祈福，苏小夕当着林子默的面在佛前说出自己的愿望，想要跟林子默一生一世永不分离。林子默心里特别感动。

苏小夕非常享受爱情，跟林子默恋爱后立即割断了与所有对她有所企图的男性之间的联系。有一个男生还为此要死要活的，在苏小夕楼下大哭。苏小夕是那种谈了恋爱眼里就没有别人的女生，从此生活里就只有林子默，逛到哪家店都想帮林子默买点什么。她从里到外地改造着林子默，恋爱后，他的所有衣服都是她买来搭配好的。

"其实我不太受得了她这样，"小黎说，"有次跟她逛书店，她帮林子默挑了几本书，后来我去文具店买支笔，她也能在店里找到那种爱情日记，说要跟林子默一人一本，然后交换着看。我是最受不了这样子谈恋爱的人了。"

"林子默非常符合她的要求，"叶鲤说，"有一次跟她去看话剧，观众席里有个男生一直在拿摄像机拍摄，结束后上台去献花给他女朋友，两个人在台上搂着秀恩爱，苏小夕那时候羡慕不已，说男朋友就该这个样子，我以后要谈恋爱，男朋友也得调教成这样。"

小黎点点头，表示同意。

林子默是个特别贴心的男朋友，上下课接送，吃完饭端碗，课间送衣服，冒着雨回去拿伞给她送来，林子默好好男友的名声让苏小夕很是被别的女生羡慕，不少心怀鬼胎的女生有意挖墙脚，林子默都能妥善解决掉，丝毫不让苏小夕困扰。

"苏小夕本身就有公主病，后来还被林子默这么宠着，"小强鼻孔哼哼地说，"不变异才怪呢。"

叶鲤手搭在小强肩膀上，似笑非笑地说："这就是他们至今没分手的原因。"

"你的意思是，"小黎话里有些犹豫，似有意无意地看了一眼安颜，说，"因为林子默把苏小夕宠得太任性，所以怕跟她分手后，她适应不了？"

叶鲤拍了一下手掌，表达对这种一针见血的十分认同："对啊，苏小夕扬言要改造林子默，其实谈恋爱不就是互相改造的过程，都会变得跟一开始不一样。林子默的责任感太重，虽然这些话不好说，"叶鲤也有意无意地瞥了一眼安颜，顿了顿，说，"不管是哪个男人，碰到苏小夕这样的，迟早都会觉得烦。苏小夕这道菜，看起来鲜香美味，其实口味实在太重了。"

叶鲤的话引得哄堂大笑。

"叶鲤，你敢在苏小夕面前这么说吗？"小黎打趣道。

"我经常说她是重口味，so heavy，她顶多嘟个嘴，她知道我不会买她的账。她对不买她账的人，还是知道分寸的。"

安颜想起那个第一次听他聊起女友的夜晚，他说她像冰糖雪梨，甘甜、清爽，喝久了会有点酸。他喜欢简单，不喜欢复杂。林子默简简单单地扛下了责任，事情却越来越复杂。

回到小黎的屋子，小黎摊开瑜伽垫做瑜伽，安颜坐在床沿想着叶鲤讲的那些话，不发一言。小黎几个伸展动作后长舒了一口气，说："别想啦，相聚离开都有时候，虽然这样说肯定不太对，搞得你好像在等他分手一样，但我总感觉他们也差不多要分了。最近我越来越感觉到林子默已经有些招架不住了。"

安颜摇摇头，说："我承认有时候会偷偷这样幻想一下，但如果他自己觉得跟她在一起挺好，我没什么不高兴的，分手这种事情太痛苦了。"

"与其痛苦地纠缠，不如痛快地分手，过日子嘛，何必把自己逼到那个份上。"小黎说，"林子默把责任看得太重了，其实谈恋爱这种事情，实在没必要上升到那个层面。"

"如果不是这样的他，我也不会这么喜欢啊。"安颜淡然地笑笑，"我倒是希望苏小夕能变得更好一些。"他们开始于一段美好的回忆，连现在十分讨厌苏小夕的叶鲤都忍不住回忆那一段时光的美好，如果越来越差，最后走到不欢而散，多少有些遗憾吧。

"会不会故事开始得太美好，通常都没有好结果。兰因絮果，现业谁深。"安颜若有所思地喃喃道。

"苏小夕要败也该是败在秀恩爱分得快。"性格平和的小黎难得对谁这么不客气，苏小夕确实不是一个相处久了还好相处的人，跟她相识，一定是一口气冲到云霄，然后一步步滑落。对于苏小夕来说，这也不是什么好事。

安颜躺下来，把手垫在脑袋后，看着天花顶上那盏羽毛飘逸的吊灯，沉默良久，说："我希望他过得快乐，即使不是苏小夕，也不是我，只要他快乐就好。"

小黎停下动作，定定地看着安颜，说："连珏爱你，就好像你爱林子默，都只是希望对方过得快乐，你和他都走着无私奉献的路线。"

想起连珏，安颜心里有些难受，樱花雨中，他逐渐暗落的笑容，常常在梦里还会回放。他用了孜孜不倦的热情，却输给了她对另一个人无法释怀的暗恋。

"要是我那天先遇到了连珏，再遇到林子默，不知道现在会怎样。"

时间退回去，换了彼此，现在的大家会不会更快乐一些。

连珏总会不经意地想起来那个原本应该美得诗情画意的下午。

南京鸡鸣寺的樱花，她曾经跟他提到过，连珏问她为什么没有拍照留念，她说当时只想把这机会留给喜欢的人。她面对他很坦然，事无巨细地聊天，单纯得像老朋友一样。连珏知道她喜欢过同楼一个眼神温暖的男生，本以为光凭着目光的交汇能够确定一份感情，最后却是一场误会。他当然也知道，她有多么喜欢林子默，既没有如愿跟同楼男生在一起，又只能祝福林子默和他女友幸福，她心里有多么遗憾，连珏能够感同身受。

回到北京，他常常坐在未名湖畔暗自遗憾，那里多是成双成对的人。小时候，他跟随一个夏令营参观了北京大学，那么小的他第一次看到有人在校园里公开亲吻，一时羞得眼睛不知道该往哪里看。长大后考到了北大，这种情景司空见惯，再不稀奇，而他自己却一直没能送出去一个吻。

室友总爱嘲笑他是初吻居然留到二十岁的人，他每每以"我贞操感强到不行"怼回去，其实心里一直羡慕室友们都相继谈上了恋爱，就算其中有一个还是跟男生谈的，也甜蜜到不行，情侣该有的吵架看起来都特别和谐。好不容易在茫茫人海里跟安颜二度相遇，以为会是所有美好故事的开始，现实却一再超出自己的幻想。

连珏也偶尔疑惑自己的痴情，明知道她心里塞满了一个人，却偏要以朋友的名义保持着喜欢。他以为自己是侥幸于林子默心有所属，自己总会等到安颜心灰意冷的一天。可偶尔看到安颜回复林子默时想要多问又努力克制的字句，竟也暗地里希望他们能走到一起，能够得偿所愿。

室友说，你会希望她跟别人幸福，那么你对她就不是爱，因为爱就是占有。可是这不是爱是什么，是因为爱她爱到了没有办法才会如此反应。

安颜痴心了快一年，他也痴心了快一年。安颜的痴情，让连珏更加确定今生只能是她。她那么好，遇到了她，还怎么可能再爱上别的人。春暖花开时，她在微博里略带心酸地感叹鸡鸣寺的樱花开了，可惜今年还是一个人看……他二话不说，第二天就赶到了南京，约她一起去赏樱花。安颜没有拒绝，虽然她确实没把他当成男朋友，只是好朋友。

那樱花真的很美，她说，樱花从第一朵花苞绽开到第七天会到达极盛，也会在第一片花瓣自然落下的七天里全部掉光。美得惊人，美得毫无道理。他们去的时候，已经过了樱花的极盛时期，花瓣开始纷纷扬扬地落下了，一阵风吹起，会飞起来漫天的花瓣，那种美让他窒息。也许是情景太美，他忍不住向她说出了心思，安颜没有觉得惊讶，就好像两个人再自然不过的一次对话聊天，她轻轻摘掉落在他头发上的花瓣，说："我们，还是做朋友吧。"这拒绝虽然让他心里咯噔一声，倒也在预料之中。表白只是个意外。他此行只是为了陪她赏樱花，别无他意。

一切都很美，可是留有瑕疵。

庆幸突兀的表白看上去没影响到两个人的关系，他们依然保持好朋友的状态，他每隔一天给她打一通挺长时间的电话，微信之类的来往则每天都会有。并不全是他主动，安颜在朋友的关系里也挺自在。有时候想想，这样也挺好的。至少他能知道她的生活，过得好不好。

早就不敢想以后，因为可能根本就没有以后。

连珏左手垫在脑后，右手刷着微博，青青刚发布微博：小颜妞去上海拍戏了，好不习惯啊。许萌转发了这条微博，并且@安颜，安颜一直没回应。

他想了想，还是拨通了青青的手机。

"喂，连珏，怎么了？"

"呃……安颜去上海了？"

"对啊，芬芬和上海那边要合作拍一个独立电影，安颜是女主角，今天刚去。"青青说，"安颜没跟你说吗？"

"没有，可能她觉得没什么好说的吧。"

"我觉得应该告诉你一声，男主角是林子默，他们演情侣。"

"啊？"这个消息还是很有冲击力的。

"芬芬说是为了不让安颜太遗憾，所以极力说服她出演这个戏，我们都知道你对安颜一往情深，安颜却对林子默一片痴情，芬芬说，反正安颜最后肯定会跟你在一起的，所以让她跟林子默演一场假戏，也算弥补一点遗憾吧。"

"安颜愿意啊？"

"不愿意啊，芬芬费了好大力气才说服她，毕竟这个角色确实适合她，就算跟林子默没关系，不演也挺可惜的。"青青说，"你就别太介意这个了，大家都是好心。"

"我理解。"

"你和安颜本来可以很幸福的，你对她怎么样我们大家都看在眼里，这一年中秋节、国庆节、圣诞节、元旦节、情人节还有隔三岔五的周末，你怕她没人陪往南京跑了不知道多少趟，她发了点烧也急得你连夜赶来，我们都觉得你跟她就是迟早的事，只是她需要一点机会和时间去解决跟林子默的事情。"

连珏忍不住苦笑，说："你们总是对我们特别有信心，我自己是一点都不敢想。"

青青跟着笑了，说："旁观者清嘛，放心吧，安颜预计下下个礼拜回来，如果你还来南京的话，可以一起吃个饭啊。"

"好啊。"

挂了电话，连珏目光空空地看着天花板。

全世界包括你都知道我爱你，可惜我们却没办法在一起。

爱你虽然不会太辛苦，心里却总会有些苦。

爱情，爱情，原本就是一个人的事情
一个人动情，一个人平静
一个人付出，一个人任性
爱情，爱情，慢慢变成两个人的感情
一个人发疯，两个人心疼
一个人牺牲，两个人相拥

第一天正式开拍，当苏小夕像根小尾巴一样跟着林子默出现时，除了安颜，大家都有些倒吸了一口冷气。小黎佯装挠了挠自己的鼻梁，挡住嘴巴，小声对安颜说："这下别想拍了。"

"这么夸张啊。"安颜小声回应。

"你看着吧。"

虽然跟林子默出演一对情侣，前期拍摄的部分都不需要太多的亲密热恋的表达，是似朋友似恋人的状态，所以虽然苏小夕在场，她心里也不怎么虚。倒是后面随着戏里的两个人感情升温，会有很多亲密的情节，苏小夕在的话，对安颜来说，困难很明显。她可没胆量当着人家女朋友的面跟她男朋友谈情说爱。

叶鲤拍拍手示意大家可以开工了，他盯着摄像机的显示器构图，安颜和林子默坐着，面前摆着书和两瓶牛奶，还有两个人并排放在一起的手机。他们第一次演对手戏，都有些小尴尬。这场戏台词不多，难度也不大，拍两个人安静自习的一些画面，很务实的一个情节。

"这边好了，你们准备好了没？"叶鲤问。

林子默点点头，安颜看了看他，也点点头。

"开始。"

安颜低着头写着什么，头发垂下来，她顺手捋到耳后。林子默放下手里的笔，把吸管插进牛奶里，递给安颜，安颜侧过头看看他，两个人自然默契地相视一笑。这个镜头本可以一气呵成，苏小夕突然打了个呵欠，叶鲤有些带脾气地喊了停。

"不好意思啊。"苏小夕尴尬地笑笑，退到远一点的地方去站着。

"开始。"

有第一次的对视，第二次更加自然，安颜不怕，林子默也很坦然，第二次的他们表现得更像一对常年异地相爱的恋人，不用疯狂的方式去表达爱情，只是陪着对方在阳光充沛的教室里安静地看看书，享受在一起的时光。很默契。站在一边的小黎不自觉地认为，他们本来就该是一对。

戏是假的，但眼神却是真的。

接下来需要从不同角度拍摄这个情节，两个人眼睛的特写，一些动作的特写，等等。每一个休息的空当，林子默都会看一眼在一边站着始终没坐下来的苏小夕。叶鲤和阿强讨论空镜拍法时，他走到苏小夕身边，伏在耳边跟她说了些什么。安颜看着苏小夕，总能读到她眼睛里的不乐意，愈发担心后面的戏有她在要怎么办。

小黎坐在身旁的桌子上，笑着说："别担心，叶鲤肯定要找个由头支走她的。"

安颜转过头再去看苏小夕，惊奇地发现她眼里竟然闪了泪光。连她心里都忍不住说了声，至于么。林子默耐心劝慰着她，她的眼泪忽然就从眼眶里滚了出来，安颜觉得自己真是被雷到了。

叶鲤找好角度，招呼林子默过来，林子默面有难色地看着他。叶鲤注意到苏小夕的眼泪，脸上一副又来这一套的表情，执意让林子默过来。安颜看着林子默左右为难的表情，不知道该怎么去解围。僵持了半分钟，林子默决定继续拍摄。正要走开，苏小夕不愿意了，用不轻不重所有人都能听到的声音说："你过去就分手！"包括漫不经心的小黎都惊讶地向她看过去。

"别闹了。"林子默压着声音说。

"我没闹！"苏小夕一屁股坐在桌子上，满不在乎地晃着两只脚，说，"你自己看着办吧。"

看他们俩僵持不下，安颜刚要开口说要不然改个时间，叶鲤没好气地说："苏小夕，你能不来捣乱吗？"

"我捣什么乱了啊！"苏小夕不满地半仰起脸。

"林子默，别跟她胡闹了，今天还有好几场戏要拍呢。"阿强加入对抗苏小夕的阵营里。

林子默深深地看着苏小夕，温柔地说："别闹了好吗？"

苏小夕头一撇，扔下一句："反正你自己看着办吧。"

叶鲤气不过，声音大了起来，说："以后片场不允许无关人员随便进来。"

"我是无关人员吗？我是林子默的女朋友，"她转向林子默，说，"林子默，你准不准我来？"

"他是演员，我才是导演，片场是听演员的吗？"

苏小夕执拗地看着林子默，说："你说，你说，我要听你说！"

看林子默沉默不语不表明对自己的支持，苏小夕一下子气急，从桌子上跳下来，二话不说就往门口走。林子默连忙去拉她，被她一下大力甩开。林子默抱歉地看着各位，叶鲤无奈地摇了摇头，说："今天肯定拍不了了，收工吧，林子默，你是该看着办了。"

安颜清楚地看到，这时的苏小夕嘴角不明显地浮出一个得意的笑容。

苏小夕继续往门外走，林子默只能认命地去追她。叶鲤让大家收拾收拾，小黎苦笑着摇了摇头，说："简直是害人精啊，一个上午就这样浪费了，下午怎么说？"

"看情况吧，希望林子默做得通她的工作。"

阿强把麦克风的线卷起来，说："我看够呛。"

收拾完东西，叶鲤说等消息吧，小黎和安颜就手挽着手去学校周边逛逛。放长假，学校里的人要不然回家要不然都去四面八方的景点了，一放假学校反倒安静下来，因为没足够的人流量，很多店也关门歇业了。

"晚上人会比现在多一些，正好不是有场你跟林子默在学校周围逛逛、吃东西的戏嘛，人少一些还好操作。"

"从认识，到追求，到相爱，一起自习，一起逛街，偶尔会有些小浪漫，"安颜脸上的笑容温婉清澈，"这种恋爱一直都是我想要的。"

　　她最后会决定接下这个戏，也是因为这个剧本的缘故。它不走大爱大恨跌宕起伏的路线，故事很温和，很平淡，但很打动人。两个在旅游途中结识的男女，彼此第一印象不错，交换了联系方式，平时经常联系，成为对方生活的一部分，喜怒哀乐都愿意跟对方分享。直到有一天，想要在一起的冲动让男生向女生表白，女生答应了下来，从此开始了甜蜜而辛苦的异地恋。他在南京，她在上海，异地恋让爱情的存在变得不太可靠，不在身边的爱情，冷暖都无人陪伴，他们拥有爱人，却过着好像单身的生活。坚持的路上，他们只做最简单的事情，一起逛街，一起去吃点好吃的，一起去景点观光，一起学习，每一次相见的时光都在最朴实最平淡的事情中度过，偶尔会有一些甜蜜得不切实际的浪漫，他们都为这样的生活觉得满足而幸福。后来久了，发生了一些因为不是同处一个城市造成的误会和延误，他们想着是不是趁着年轻放开彼此，也为自己争取能够朝夕相处的一份爱情。挣扎很久，他们几度犹豫不决，从没有真正分手过，最后确定了，无论在不在一起，对方永远都是自己心里的放不下。他们决定毕业后在一起生活，有了这个共同的前进目标，他们的心靠得更近。

　　叶鲤挑选剧本都走情绪化的路线，从来不拍那种节奏紧凑的剧情片，他的文艺执导风格使得他手下的每个片子都是一种对待生活、对待爱情的态度。喜欢的人喜欢得不得了，不喜欢的人说看着看着都睡着了。安颜非常喜欢，物以类聚吧，所以他们这一群人才会自认识之后关系都不错，无论是南京的青青、芬芬、阿泽，还是在上海的叶鲤、小黎，都不约而同地追求着平淡的幸福。加上后来的林子默，也跟他们的气质吻合，还有北京的连珏，一定也是如此。而苏小夕，看起来真的是一个跟他们都不太匹配的异数。偏偏是如旁类的她，却是属于同类的林子默的选择。

"我一直把他们的事情归结为时机的缘故，"小黎说，"恰巧在一个对的时间遇上了。你们相遇的时间太不巧了。"

"这个电影，虽然不完全按照顺序拍，一整个电影演下来，也算把恋爱的全过程经历了一次吧，而且，这些都是我希望跟他能有的故事。老天的安排很奇妙，可能我跟他永远没可能走到一起，苏小夕再任性，他还是愿意一直爱护她，我不会有那个机会，所以给我一场这样的电影，过一把跟他相爱的瘾，瘾过完了，就该回到现实生活中了。"安颜出神地盯着一间卖首饰的摊子上那些闪闪发亮的水晶饰品，当然都是些假货，但光泽跟真品没什么差别，"电影就是一场很美的梦。"

小黎牵着她握起的拳头，笑着没说什么。

安颜释怀地舒了口气，说："梦做完了，就该面对现实了。有过这样一场梦，我可能也不会太遗憾了。就算一切都是假的，我跟林子默总算是在梦里爱过了一回。"

"你对那个男生一直念念不忘，不就是因为话没说清很遗憾么，"小黎说，"安颜，也许拍戏这个机会并不是老天给你的呢。"

"什么意思？"安颜疑惑地看着小黎，手机在口袋里响了起来，连珏来电，安颜接起来，连珏热情洋溢地在电话那头喂喂喂，安颜忍不住笑了，说："怎么了？"

"我现在在复旦大学哦。"

"啊？"

"啊什么，你不是在这边拍戏嘛，我就来了啊，看能不能帮点忙，你在哪啊现在？"

"你来之前怎么不跟我说一声？"

"你拍戏肯定很忙啊，我就自己过来啦，快说你在哪里啊现在，我肚子好饿啊。"

安颜迟疑了一秒，说："我们在后街，你在哪？"

"后街？我好像也在后街。"

小黎拍了拍安颜，指了指前方十几米开外一个正在打电话还四处张望的高个子男生，安颜看过去，连珏背着一个双肩旅行包正在确认自己的地点。她远远望着他，心里的滋味连她自己也说不清楚。

"连珏！"

听到声音的连珏不确定地往声音来源望过来，在看到安颜的一瞬间满脸都是喜悦，像个孩子一样满脸笑容地朝她小跑过来。他身上那种开朗的气息，隔着距离都能感受得到。小黎不是第一次见到他，在南京陪安颜过生日时，就见过他了。连珏对安颜的好朋友自然是撒开网地套磁。他咧着嘴说："小黎也在啊。"

安颜脸色有些不自然，实在不知道自己该高兴还是该懊恼。

"你们今天不拍戏啊？"

"出了点小问题，看下午拍不拍。"小黎回答他。

安颜努力平静下来，淡淡地问："还没吃饭？"

连珏马上捂着肚子做出一脸难受的表情，说："饿死了，饿死了。"

看到安颜面有愠色的脸终于笑了，他才放下心。他索性拉着安颜的手撒娇，安颜对他实在是没办法，无奈地看着小黎，小黎一直饶有兴致地看着他们俩，说："还是我带你去吃好吃的吧，安颜也是个外地人。"

到了店里连珏点了一碗牛肉面，等待面做好的时候，他老老实实地坐在安颜对面，无辜可怜地看着安颜，安颜平静地看着他，在思考用哪句话开始，对视了良久，小黎笑着打圆场，说他们两双眼睛放的电都可以点亮灯泡了。

面端到连珏面前，连珏咽了咽口水，安颜忍不住笑了，说："吃吧吃吧。"连珏才敢动筷子夹了面往嘴里送。

小黎开玩笑地推了她一下，说："这么严肃干吗，连珏好心嘛。"

"招呼不打就跑来了。"安颜说，"消息倒快，我昨天才到，你今天就来了。"

连珏嘴边挂着面冲安颜讨好地笑笑。

"搞得这么突然，那你住在哪里啊？"

"让他跟叶鲤住呗，叶鲤那有地方，不行林子默那也可以呐。"

"我不要跟林子默住一起！"连珏反对，嘴里还含着面。

"那我下午跟叶鲤说一声吧。"安颜说，"你呀，每次都突然出现，每次来南京也不打招呼，南京还好，认识的人多一些，在上海我自己都是客人，哪有客人还带客人的。"

连珏嘴里嘟囔了什么，安颜没听清楚，让他重复一遍。连珏把嘴里的面咽下去后，说："跟你说了你肯定不让我来。"

"那倒是。"小黎笑着帮腔，被安颜瞪了一眼。

"你准备待几天，学校那边没事情吗？"

"放假了啊，放假不找你，我也没地方可以去。"连珏将撒娇用到底，反正每次他这样，安颜都拿他没办法的。

安颜暗自叹了口气，没辙，让他赶紧吃面："能吃饱吗？要不要加个蛋？"

"不用了，这面分量好大，小黎你们学校的面卖得真实在。"

安颜起身帮他拿小碟子盛了点酸萝卜，正好看到门外马路上，林子默和苏小夕正手挽手经过。苏小夕笑得很开心，动作幅度很大，看来林子默把她劝好了，就是不知道下午拍戏她还会不会来。

没人知道事情是怎么解决的，苏小夕没再来了，林子默看到连珏出现倒是非常惊讶，刚想打招呼，连珏马上把头扭到一边当没看到。林子默尴尬地收回手，因为安颜，连珏对他的成见很深，他关注了连珏的微博，偶尔会给他留言，连珏不光不关注他，也从未回复过。林子默心里觉得连珏纯粹是个孩子，总是一笑了之。

连珏无视林子默，被安颜轻轻打了一下。连珏才装作好像刚看到林子默，绽开一脸笑容，说："林子默你也在啊。"安颜和林子默都忍不住有些无语。

下午在教室里补了几个上午没拍完的镜头，接下来都是室外的戏，连珏非常殷勤地帮着拿了很多东西，叶鲤很满意这样的剧务，嘲笑剧组本来的剧务从来都是喊一声走一步，从不主动。安颜太懂连珏这一套手腕了，没发表什么意见，见他想逞能拿超负荷的东西时才阻止了下。连珏太喜欢安颜关心他，就算那些关心有些难得。

剧组转战到校门口拍林子默第一次来学校找安颜的戏，那是他们在旅途中认识之后常常远程联系以来的第一次见面。林子默见到安颜时有些不好意思，笑着说："会不会打扰到你。"

安颜很开心，说："不会。"

连珏在他们旁边举着麦收音。安颜不知道是不是靠得太近的缘故，连珏在身边，她面对林子默演戏总有些放不开手脚，没说几句话就脸红了。叶鲤喊卡："安颜，你的情绪有点过了。"

再拍一次，她的状态更差了，甚至忘了好几句台词。

连珏以为安颜本来就不擅长演戏，让叶鲤多试几次。安颜不知道怎么开口跟连珏说，硬着头皮好不容易过了。换一个机位拍，拍安颜讲话时的大特写，镜头近距离靠近她，安颜脸上的每一个细节都会被拍到，她的不自在也全被拍摄了进去。叶鲤隐隐担心安颜对演戏是不是太陌生了，台词一多就控制不住。

林子默看出了安颜的不自在，心里多多少少能猜到一些，拍摄间隙，他本想跟连珏说，想想算了，就让叶鲤去换一个举麦克风的人。接下来的拍摄，虽然安颜还是有一些不自在，但比连珏站在她身边时要好很多了。

　　安颜上午还在担心苏小夕会跟剧组，现在更加担心如果连珏一直跟着剧组的话，对她的影响要比苏小夕强大多了。他千里迢迢赶来，又不能让他走。忧心忡忡之下，她总忍不住露出忧愁神色。叶鲤似懂非懂地看明白了些缘由，临时决定改拍安颜因为异地恋的不真实性而觉得忧愁的那些戏份，她这个状态演一些开心的戏真是有难度。

　　大致拍了一些可能用得上的零碎素材，虽然时间尚早，但安颜的不在状态让叶鲤决定先收工。开机第一天，不太顺利。林子默拍拍叶鲤的肩膀，两个人意味深长地相视一笑，然后各自走开。

　　林子默走到正跟小黎聊天的安颜面前，看到林子默走过来的连珏连忙大鹏展翅般护在安颜面前，让林子默哭笑不得。安颜推开连珏，问林子默："怎么了？"

　　"叶鲤晚上要跟工作室的其他人开会，他们晚饭可能就随便吃两口，你来上海两天了我还没请你吃饭呢，就今晚吧，"犹豫了一会儿，他补了一句，"小夕今晚跟她几个朋友逛街去了，不来了。"

　　没等安颜回答，连珏抢着说："不用了，晚上我请安颜吃饭。"

　　林子默全然不计较地笑笑，说："你也一起来吧。"

　　连珏刚想说不去，安颜有些不耐烦地把他拨开，说："会不会太麻烦？"

　　"不会的，你得让我尽一下地主之谊吧。"

　　安颜没再推却，应了下来。

　　叶鲤拎着设备走过来，说："不好意思，晚上就不陪你们吃饭了，我们几个都得回去开会，你们，一二三四个人去吃吧，安颜，我晚些时候联系你，你到时带连珏来找我吧。"

　　安颜谢过了叶鲤，看着他们几个人拎着大件小件的东西走了。四个人在原地站了一会儿，都有些不知道要说些什么，良久，林子默说："走吧。"

小黎一路上看着各怀心事的三个人，安颜和林子默偶尔会相视一笑，眼神交流里不自觉地透着一种默契，连珏一会儿看看安颜，一会儿看看林子默，急得一直在旁边插话，安颜几次略带嫌弃地剜了他一眼才让他能消停一小会儿。

　　小黎一直试图转移他的注意力，连珏却心无旁骛地偷听安颜和林子默的对话，他们的话其实并不多，但只要有人一开口，他就像猫碰到了天敌，撑开了全身的防御。

　　林子默说："过两天要去陆家嘴那边取景。"

　　小黎说："北京最近天气怎么样啊，连珏？"

　　连珏说："陆家嘴在哪里？"

　　安颜说："外滩那好像也有几场戏吧，那边人太多了。"

　　连珏说："外滩我去过的。"

　　小黎说："好的，我没辙了。"

　　林子默说："是，那边人多，恐怕不太好操作。"

　　安颜："倒是没有大段的剧情要在那边发生，应该还是可以拍到足够的素材。"

　　连珏说："要拍多久？"

　　小黎无奈地退出了他们三个人的纠缠。

　　这一顿晚饭吃得特别不轻松，先是连珏说既然是林子默请客那就要点很多菜，还要打包回去给叶鲤他们当宵夜，被安颜阻止。饭局中，连珏不断地插嘴，使得所有话题都没办法顺利进行下去。直到叶鲤出现要接走连珏，连珏又非得要送安颜回去，林子默本想先走一步，可是他们几个完全顺路，只能硬着头皮一起送两个女生回去。

　　安颜到家，把连珏拉到一边说："不要胡闹了。"

　　连珏眼神无辜地点了点头，一直看着安颜和小黎关上门，才换上自己正常的表情，无视林子默，直接跟叶鲤说："我们走吧。"

三人走在巷子的灯下，一时都无话。叶鲤在想拍摄计划，今天开会时提到的几点他觉得很有道理，想要尽快运用到新的拍摄中去。连珏踢着脚下的易拉罐，声音在巷子里撞得到处都是，他大开一脚把它踢开，易拉罐叮叮当当地远了。

林子默叹了口气，语气淡淡地说："连珏。"

"怎么了？"

"我和安颜只是朋友。"

"我知道，不是朋友你还想是什么？"

"我们为什么不能和平相处？"

"不能，"连珏停下来，面对着林子默，说，"情敌也是敌人，敌人怎么可能和平相处。"

"我不是你的情敌，你们在不在一起，我都希望能是你们两个人的朋友。"林子默看着连珏的眼睛，说，"我总会离开的，不管你们愿不愿意，还是我愿不愿意，有些事我们都决定不了。"

叶鲤突然停下嘴里细碎的自言自语，看着林子默，看了一会儿，说："说这些干吗？"

林子默和连珏看着对方，林子默眼神坦然，连珏像是要看进他心里去，想看清楚他到底怎么想的。叶鲤感觉气氛有些紧张，连忙在他们视线之间挥了挥手，对连珏说："连珏，不是我说你，你应该考虑一下安颜的感受，她夹在你们中间非常为难，你希望她很为难吗？"

一想到安颜，连珏就没了脾气，叶鲤的话有道理，安颜一整天都心不在焉的，起码有自己的一点原因。他思虑再三，伸出手，说："那为了安颜，我们也做朋友吧。"

林子默淡淡地笑了，伸出手跟连珏握在一起。

"我一直希望你能跟安颜在一起，真心的。"

叶鲤看着连珏，意味深长地说："连珏，等以后你就会知道，林子默在帮你。"

连珏疑惑地问道："帮我，帮我什么？"

林子默阻止了了叶鲤，笑着说："大家都是在互相帮忙。"

连珏越听越糊涂，急了："你们在打哑谜吗？"

叶鲤表情诙谐地说："就不告诉你，憋死你。"

此时，到了林子默的寝室楼下，他告别了叶鲤和连珏正要转身进楼，叶鲤叫住了他："今天这个强度怎么样？如果觉得累，以后可以把进度放慢一点。"

林子默摇摇头，说："没事，赶紧拍完吧，南京那边还要拍呢。"他顿了顿，说，"时间也不多了。"

"觉得累的话就说，别闷声不响地扛下来。"

"嗯，会的，你们走吧，小心一点。"

目送林子默上了楼，连珏凑过来说："我都不累，他累什么，我才是紧张到心累。"

"你这是自作自受。"

连珏尴尬地笑了。

"怎么会想到让安颜来演戏，她又没有表演经验，今天看起来好像也不太自然，不大会演戏的样子。"

叶鲤看了一眼连珏，他眼神单纯，是个心无城府很直接很清澈的人，以他的心智，断然是无法看明白今天发生的这些事情了。他回工作室后调出这两天拍摄的素材来看，火车站和教室里还没被苏小夕打扰到的戏，安颜都很自然，是个不害怕镜头的人，独独是下午的几场戏，她从头到尾都在收敛着，情绪不敢放出来，像是在忌讳着什么。叶鲤对比了几场戏彻底明白了过来，虽然他不太清楚连珏跟安颜是怎么回事，但安颜表现不佳肯定跟连珏有关系。安颜是个懂得表演的人，而且潜力很大，但她需要一个清静的环境来施展自己的表演才华。

安颜不会知道，林子默怎么可能劝得住被他宠坏了的苏小夕，叶鲤太明白苏小夕对安颜是个心理障碍，他亲自出面劝苏小夕不要胡来，如果林子默拍不完戏，他们就会一直一直在戏里演情侣，直到有一天演出真感情来，那苏小夕就真要自己看着办了。这一通话立即把苏小夕给吓住了，她虽口头上仍死撑着说自己没捣乱，但下午没再出现足以说明叶鲤的话起了巨大的作用。林子默对她总是不忍心，优柔寡断，才会造成这种不上不下的局面。

而连珏，大概也是安颜的另一个心理障碍吧。看来，这个障碍还需要他这个导演亲自来解决了。

于是，没有感情的杀手叶鲤上线了："安颜其实特别会演戏。"

连珏失声笑了下，说："这话怎么听起来怪怪的。"

"她的确是第一次当演员，不太懂得处理戏里戏外的感情，但她确实能够演好，关键是需要有一个不会打搅到她的环境，让她能够自在地发挥出来。"叶鲤说，"她昨天的戏和上午的戏都挺好的，就是下午突然不灵光了。"

再木讷也能听懂的话，何况是聪明的连珏。连珏收起了笑容，不敢肯定地说："你的意思是，我影响到了安颜。"

叶鲤郑重其事地点了点头。

"我只知道林子默和安颜的事情，你跟安颜之间是怎么回事我不太清楚，但从一个旁观者的角度来看，你一出现，她就变得不自然了，而且看得出，安颜不知道该怎么跟你解释，以至于一直在死扛着，所以她后来演那些忧愁、欲断难断的戏，情绪反倒非常到位。"叶鲤说，"你也知道她不是经验型选手，不是方法派，那就只能去体验了。"

连珏彻底安静了下来，不发一言，跟叶鲤一起去洗澡时，他一声不吭地冲洗着自己，也忘记了涂香皂，在莲蓬头下冲了很久，湿淋淋地裸着身子走出来。叶鲤扔过去一条毛巾，他才想起来还没擦。

叶鲤知道他翻来覆去的一晚上最终是没睡着，这场失眠，让叶鲤有一点明白了连珏对安颜的感情。至少是因为太在乎，才至于如此。

第二天，开拍的时候，安颜没看见连珏。

"连珏呢？"

"回北京去了。"

"啊？"安颜比他突然到来还要更加震惊，"发生什么了？"

"官方回答是，学校有点事，就回去了。"

"真的假的？"

"当然是假的，我觉得他等会儿就该跟你说了吧。"叶鲤说完张罗大家开始准备拍摄，机位、灯光、收音、反光板，顺着安颜昨天的情绪，这是男女主角第一次谈到分手的一场戏。安颜此刻的若有所思，正是叶鲤需要的状态。

刚要开始拍，帮安颜拿着手机的小黎走过来，说："连珏发了一条信息给你，我觉得你还是先看看吧。"

安颜点开微信，连珏写道：安颜，我先回北京了，这次来得太突然，我们都没做好准备。青青说，林子默是你的一个遗憾，能在戏里跟他做一回情侣也算是能弥补上这个遗憾。我明知道这个道理，还是忍不住要跑来看看，怕你会应付不了，也怕我会胡思乱想到疯掉。我的突然出现打扰到你了，你因为我而没办法专心，我不知道该为此高兴还是难过。我就先走了，你好好演，叶鲤说你会表演，相信这个作品会因为你而非常不错，我应该做你最坚强的后援，而不是在这里坏你的戏。安颜，不管你跟林子默最后如何，是弥补遗憾，还是越陷越深，我都会一直等着你，直到你得到幸福，也要以好朋友的身份一直陪着你。不懂事又爱任性的连珏给你添麻烦了，加油！

安颜看完短信坐在一边沉默了很久，小黎走过来，坐在她身边，搂着她，仰着头笑了笑，说："虽然我不知道连珏说了些什么，但我一直觉得连珏是个好男孩，安颜，做好眼前的事情，然后再想办法解决以后的事情吧，我们一步一步来。"

安颜看着小黎，然后抱着她。

小黎轻轻拍着她的背说："准备好了，我们就开拍吧，大家都等着呢。"

"嗯，开始吧。"

叶鲤看到安颜站了起来，挥挥手示意各就各位。

镜头里，安颜呢喃着说："伤心的时候都不能第一时间找你，等你来了，伤心事都过去了。我谈着恋爱，却必须一个人吃饭，一个人上课，一个人去到处走走，有时候，我都不知道这样的恋爱是不是存在，到底有没有意义。我，好像是在跟一个不存在的人谈恋爱，在自娱自乐地谈恋爱。"

林子默看着眼前的安颜，眼神温柔而心碎，想要抱她，却被她的手抵在胸口，不让他靠近。

"我很想能一直陪着你，我们还要等一年就好了。"

"一年，"安颜委屈地苦笑着，抬头看着林子默，说，"我已经经过了辛苦的一年，实在不知道自己还有没有胆量再接受可能更辛苦的一年。"

林子默无言以对，只能心碎地看着她的眼睛，安颜的眼神里满是伤心和绝望。

她深深地看着林子默，心痛难耐，爱他这件事无法着陆，又背负着对连珏的亏欠，她进退两难，前后不是。差一点就可以幸福，大家都可以快乐，差了这一点，所有的人和事都被耽误。

安颜眼里涌出来心酸的眼泪，她揪着林子默的衣服，喃喃地说着："为什么，为什么，为什么不能在一起？"

哭泣中的松懈，和林子默想拥她入怀的坚决，让她放弃了抵抗，被林子默抱入怀中。他在她耳边，轻声地说："我们不要分开，还有一年，我们就再也不用分开了。我爱你，没办法离得开。"

安颜在那个盼望已久的怀抱里，哭得忘了自己，忘了世界，忘了叶鲤喊了卡。林子默继续静静地抱着她，直到她的悲伤暂时过去，平复了一些，安颜眼睛红红地对林子默说："不好意思啊。"

林子默从口袋里掏出纸巾，本想帮她擦掉眼泪，转而只把纸巾交到她手中。

安颜悲伤的情绪延续着，顺利完成了几个不同角度对这个情节的拍摄。叶鲤调出素材检查有没有问题，大家都围过来看屏幕里的画面，安颜哭得很到位，看得人心里特别难受，反倒是安颜不好意思地笑了出来，说："哭得好难看啊。"

"这应该是我拍过的女演员里哭得最到位的一次了。"叶鲤说，"哭戏就这场最惨啦，后面的就容易些了。我们到图书馆里接着拍吧，安颜，对不住了，你暂时先保持住，我们还得去图书馆再小哭一下。"

小黎看着安颜的眼睛，朝叶鲤点点头。

不要说是马上，今天大概随时随地都能哭出来吧。

连珏坐着飞驰的京沪高铁，窗外飞掠过的树木和湖泊，还有赶不上火车往后倒退的飞鸟。三座连排的另两个座位上坐着一对情侣，旅行累了，相互依偎着入睡，男生偶尔抬腕看看时间，又看看枕在左肩的女生，幸福地笑了笑，闭上了眼睛。

连珏只能羡慕地看在眼里，忍不住思念才分开没多久的安颜。

安颜，不打扰你，全心全意跟林子默好好相爱一场吧。

如果会让你幸福，这场戏就永远拍下去吧。

我不介意，只是希望你能开心，不孤独。

高科技时代的火车毫不迟疑地开走，远远地离开上海，并没有用去多久的时间。如果一个人离开另一个人可以有高铁一般的速度，或许心并不这样决绝。爱情是一件自相矛盾的事情，永远当局者迷。

　　没有了苏小夕和连珏，拍戏的效率一下子得到了明显的提升，安颜和林子默的表演渐入佳境，两个人都全心全意地投入到戏里的一场恋爱里，每个眼神、举手投足都像极了恋人。

　　初次牵手的戏：

　　在人群喧闹的假日外滩，人潮涌动，怕走散所以牵住安颜的手，安颜在人群中猛然回头去看他，表情有些羞涩的喜悦，林子默笑着握紧了她的手。

　　向她表白的戏：

　　校园里长长的街道，一个人走时总以为会走不完，两个人一起走，那么长的路很快就要走完了。他们正处在努力忍耐冲动的时期里，相识已久，对方已经是生活里的习惯，有事耽搁不联络会忍不住担心，就是这样的只隔着一层纸的关系。

　　快要走完的路，尽头的最后一盏路灯下，林子默说："不如，就在一起吧。"

　　安颜抬头看着他，肯定、笃定、坚定的眼睛，点了点头。

　　林子默笑着把她额前的头发顺到她的耳后，轻轻拍了拍她的头。

　　初吻的戏：

　　灯光透亮的音像店里，他用试听耳机听到一首旋律优美的歌，把耳机取下温柔地给安颜戴上。是梁静茹的歌，声音清亮优美，她仔细聆听，微微闭上了眼睛，林子默注视着她盖下来的睫毛，那么美，忍不住突然亲吻了她的脸颊。安颜慌了一下，身体跟着闪电般颤抖，看着他温柔似水的眼睛，脸偷偷地红了。

　　为她庆生的戏：

这场戏一再后推，推到了拍摄的第九天。叶鲤很早就说剧本改过了，原本设想的一群人在天台看投影电影，给女主角庆祝生日，后来改成了只有男女主角两个人依偎着看一场浪漫的爱情电影。

"你设想一下，"叶鲤指着还没投上电影的一面白墙，说，"这里正放着玛丽昂·歌迪昂和吉约姆·卡内主演的《两小无猜》，浪漫得不行的一部电影，又是男主角特意赶来为你庆祝生日，这里，"他指了指到时会摆上一个插着蜡烛的心形蛋糕的地面，"烛光闪动，这时候男女主角肯定会情不自禁地亲吻嘛。"

安颜光是设想一下那个亲吻的画面，就脸红到不行。她没想到自己的初吻会在这种情况下给自己喜欢了很久的男生。虽然不遗憾，但感觉很奇怪，众目睽睽之下的第一次。

"导演，可以借位吗？"小黎看安颜一脸犹豫不决，问叶鲤。叶鲤是打算拍亲吻的特写，那是借位拍不出来的效果。这场戏他要用很唯美的方式去呈现，所以从第四天，他们拍完亲脸颊的戏就开始明里暗里地做思想工作，一推再推，今天一定要拍出来了。

"你们是在演戏，就不要借位了，大家拿出点职业精神来。"叶鲤说，"亲一下又不会怎么样。"他冲林子默勾了勾手指，林子默不明所以地凑过去，被叶鲤一把勾住脖子就猛亲了一阵。大家都看得目瞪口呆。他推开一脸无辜的林子默，抹了一把嘴，说："看吧，没什么大不了的，"叶鲤舔了舔嘴唇，意犹未尽，"而且林子默口感真不错，安颜你就不想尝尝吗？"大家都笑了起来，笑完之后的安颜心理上稍微放松了一下。

第一次拍摄，他们肩靠着肩，镜头从他们背后往前面打，他们面前是不断变幻的电影画面，电影里的男女主角正在深情亲吻。林子默看着安颜，眼神温柔迷蒙，安颜像是被他的眼睛蛊惑，陶醉地闭上了眼睛。林子默慢慢靠近，在要碰到的时候，安颜猛地睁开眼，往后一躲。

"卡。"叶鲤说，"不要紧，再来一次，安颜，放开放开。"

第二次拍摄，当林子默的嘴唇贴上安颜柔软的双唇时，两个人的身体都有瞬间过电的感觉，像是两个电极被导电材料连接成了通路，一时间，世界消失了。他们忘我地亲吻着对方，画面太美，叶鲤舍不得喊停。

结束的时候，安颜慢慢睁开眼，看见的，依然是林子默柔情的眼神，他温柔地笑了。情不自禁的时候，不是忘了现实去演好戏，而是忘了在拍戏。他们凝望着对方，分明就是一对深爱着彼此的恋人。

吻戏因为要拍特写，还有电影的光影落在他们脸上的镜头，要亲四五遍的样子，有了第一次通电一般的经验，后面的吻戏都驾轻就熟得多。而每一次更加自然的亲吻，让他们越来越像是真正的情人。

小黎心里不自觉想起一句话：爱来如山倒，爱去如抽丝。爱情是一场病。

后来叶鲤最先剪辑的就是这场吻戏，他看遍每一个素材，仔细去定位林子默和安颜的每一个眼神互动，剪辑起来特别顺心。他以前看一个戏骨在访谈节目里说道，一个演员最高的境界就是丝毫没有表演痕迹，安颜和林子默都不是专业演员，可他们确实做到了没有任何表演的痕迹。吻戏因为两个长相登对、配合默契的人而特别美，配合着那些光影和音乐，叶鲤尽量将画面放缓和延长，一个吻就是一首优雅而情深意长的诗。他拍过不少亲吻的戏，但这一场，他很肯定是自己拍过的最好的一次。就好像当年拍《未接来电》时，一场男女主角第一次牵手的戏，他用镜头捕捉到他们最细微的暧昧和敏感。他这几年拍了许多的微电影，唯有那场牵手和这场亲吻戏，最为满意。

上海的部分用了快两个礼拜才全部拍摄完毕，接下去，林子默要跟随安颜去南京继续拍南京的部分。苏小夕时隔了十几天再一次露面，送林子默上火车。她虽然久未露面，但丝毫不见收敛，从她出现的第一刻开始就紧紧挽着林子默，在地铁上，到车站，皆是如此。

安颜跟上海的团队一一告别，眼睛时不时会瞟一下林子默，苏小夕好像在交代一些什么事情，林子默只是一直微笑着点点头，偶尔宠溺地抚摸一下她的头发。虽然在戏里，她跟林子默爱得那么深刻，可在现实之中，他和苏小夕之间的感情毋庸置疑。每次看着他们俩，虽然苏小夕不讨人喜欢，却总让安颜觉得很泄气。因为林子默喜欢的，是跟她完全不一样的女孩子。

"告诉薛芬芬，好好拍，这片子剪出来肯定非常不错。"

"一定将叶导的意思转达给薛导。"

"还有，让她善待演员，不过这事我到时会跟她说说，别把林子默给累死了。"叶鲤咂舌觉得这样说不好，"呸呸呸，是累倒了，好像也不对，总之就是不要太累着大家了！"

车站广播提醒开往南京的火车开始检票,安颜跟小黎拥抱了一下，小黎端详着安颜，想说什么，又咽了回去，最后只说了一句："快去检票吧，到了给我个信儿。"

叶鲤喊了一声林子默，苏小夕拉着他的手不愿意他走。林子默俯下身子凑在她耳边说："我尽快回来。"苏小夕噘着嘴，嘟了嘟脸颊，林子默在她脸上轻轻啄了一下，谁都没想到，苏小夕突然双手环住林子默的脖子，往他嘴上亲了上去。林子默有片刻的迟疑，碍于太多人在，稍微配合了一下，就小力地跟苏小夕分开。苏小夕继续噘着嘴不高兴，他只无奈地看着她，拍拍她的头。

"好了，我得走了。"

苏小夕依然不肯放手，噘着嘴说："早点回来啊。"

"会的，自己照顾好自己。"

林子默轻微地从苏小夕的手里挣脱出来，跟安颜说："走吧。"

两个人没走多远，苏小夕突然大声喊道："早点回来啊！"候车厅的好些人都闻声望了过来。林子默脸上依旧是淡淡的笑容，朝她挥了挥手，走下了进站的楼梯。

他看了看安颜，不好意思地说："小夕，情绪比较丰盛一些。"

安颜不置可否地笑了笑，说："她是你女朋友，只能向你要些宠爱。"

两个人没再就这个问题继续说什么，林子默找到他们俩的车厢，招呼安颜赶紧上车。坐定没多久，车子就开动了。

苏小夕没跟叶鲤他们打招呼，似乎带着气，送走了林子默就连打了几个电话，没跟其他人打招呼就走开了。叶鲤他们看她一个人走远，也懒得去看她脸色，几个人在原地站了一会儿，猜测苏小夕应该走远了，才往车站门口走。

"安颜和林子默是真演戏，苏小夕却是把生活也当成戏了。"阿强怪模怪样地学苏小夕大喊林子默的那一出，逗得大伙儿笑了起来。

"不管她是不是把生活当成了戏，反正我们看她就跟看戏一样。"叶鲤一针见血地说道。

小黎笑着说："叶导不要总是太犀利了。"

"我觉得他们俩快分了。"叶鲤说，"这其中肯定有一点安颜的原因，但到底是苏小夕实在太重口味了，林子默那么清淡的一个人，也该要受够了。"

"要不然你去推一把？"阿强打笑道，"反正也是因你开始，那就因你结束呗。"

小黎轻轻推了一把阿强，笑着骂他不会想点好事："你就积点德吧。"

"顺其自然吧，他们俩确实不合适。"

"如果安颜和林子默真的在一起了，安颜这个第三者的头衔怕是去不掉了。"阿强不无担忧地说。

"就算是第三者，也是因为确实是爱到没办法了。"

阿强嘲笑小黎双重标准："上次那谁，做第三者，你骂得多难听啊。"

"能一样嘛，"小黎白了阿强一眼，"人家那一对感情那么好，她在中间搞破坏把人家弄分手了自己上位，那能跟安颜的情况一样嘛。"小黎说，"况且，安颜根本不是什么小三，她没想过跟林子默在一起，如果林子默跟苏小夕分手了，安颜跟林子默走到了一起，那她俩也就是个先后关系，难不成分手了林子默还是她苏小夕的人，不能再去跟别人谈恋爱啊。"

"无缝接轨，就是劈腿。"阿强开着玩笑，小黎用力瞪了他一眼。

叶鲤看小黎有些激动了，连忙笑着过来打圆场，说："无论苏小夕最后怎样，那都是她咎由自取啦，怪不了别人，她自己能把人做好的话，谁也抢不走林子默。哪个男人愿意自己女朋友一出现大家都不待见，拿不出手的女朋友，再不计较的男性都免不了要计较。"

他们几个说说笑笑地走出了火车站，巨大的石柱后面靠着听进一切的苏小夕。她咬紧了牙关，心里恨毒了安颜。就算不涉及爱情，不提在不在乎林子默，被别人抢走男朋友这种事，苏小夕绝对无法接受。

两个小时的火车，这一年以来，唯一一次两个人可以有这么大段的时间单独在一起，放眼望去，从前不曾有过，以后更不太可能。机会可贵，跟林子默单独相处的安颜却不知道要说些什么。火车行驶了一个小时，到了苏州，旅程过半，两个人却依然在消化尴尬。

"你以前来过苏州吗？"林子默终于开口了，第一时间里安颜慌得居然没听清楚他说的什么，很尴尬地问："什么？"

林子默看了一眼安颜，笑了笑，说："你以前来过苏州吗？"

"哦，没有，去过无锡和常州，苏州还没去过，你呢？"

"来过好几次了。"林子默若有所思地说，"跟同学来过一次苏州，跟小夕去过一次同里。"

"同里好玩吗？"

"同里的早晨很安静，"林子默笑了一下，"虽然小夕有点吵。"

两个人不约而同地笑了。

"小夕在睡着的时候最好看，可是她的话总是特别多，我在同里的早晨醒来，想要出去散步，看她睡得很安稳，想到这种安静真是难得，就一个人出去沿着河走了走。"林子默眼里好像蒙上了同里清晨的雾，都是回忆的朦胧，"同里的早晨很安静，路上没什么人，流水的声音很清澈，我一个人走了很远，走到了景点之外的一座长满了杂草的石桥，坐在那里想了很多事情，那感觉很美妙。"

安颜笑而不语，坐起身子向他靠近了一点，林子默很自然地伸出手臂拥着她。在别人看来，他们一定是非常恩爱的一对恋人，眼神和笑容都很默契。可实际上，他们只是因为惯性，忘了彼此之间的关系。一切都太自然，好像本该如此发生。

"大家都不太喜欢小夕，她太张扬了，有很严重的公主病，可是我刚认识她的时候她不是这个样子的，"林子默说，"我以为她只是阳光开朗的女孩子，个性也不错，那时候我们玩得特别开心，心无挂碍，她为了前男友的新恋情痛苦不已，我心疼她，想保护她，可是在一起后，感觉却变了。"

安颜靠着林子默的肩，没说话。

"她变得很骄纵，任性，经常无理取闹，我总是拿她没有办法，我有时候总忍不住想，是不是不该听完叶鲤的话后就去追求她，恋爱没有升华我跟她的感情，反倒是一直在破坏，到现在，变得没办法收拾。"

叶鲤当晚的那个电话，言简意赅地说明了苏小夕的意思，林子默当然听懂了，心里是高兴的。那时候他当然有些喜欢她，阳光开朗活泼，应该是很多男孩子都喜欢的女生类型。林子默没多久就约了苏小夕出来，因为有前一个挂给叶鲤的电话，苏小夕心里也明白今晚林子默的意思。要不然就是拒绝，要不然就是在一起。所以她也有一些紧张。好在两个人走了没多久，林子默就说我们俩在一起吧。苏小夕虽有些遗憾表白得不够浪漫，但也是高兴地接受了他。

"我总免不了担心，她现在这个样子，如果我离开了她，她该怎样去面对未来的生活，"林子默目光失了焦，说，"我们大概已经不像是恋人，而像是兄妹。我关心她，爱护她，都是以哥哥的角度，所以她现在的亲密让我时常感觉被动。"

"你想结束这样的关系？"

林子默犹犹豫豫地点了点头，又马上否定了自己的结论，思索了许久，才说："可能爱已经没有了，对她再爱不起来，可是如果她执意要离开，我想我不会挽留。但会一直做她的朋友、兄长，保护她，宠爱她，但没办法再像对待恋人那样对她。"林子默自嘲地笑着，说，"听起来，我都觉得自己特别渣，没办法开口说分手，就想让对方先开口以求得良心上的安慰。"

安颜握着他的手，彼此手与手之间的暖意，像是安慰。

火车驶进了常州，上来一些新的旅客，一个中年男子确认了座位后坐在了与林子默和安颜同排的第三个位子上。安颜醒觉自己居然跟林子默像情侣一样靠在一起，全身触电一样坐了起来，心跳加速，脸立即像烧起来了一样。林子默表情也非常尴尬，扭着头假装看另外一边。新来的乘客奇怪地看着像偷情被抓包的两个人，搞不清楚状况。接下去一直到南京，两个人都没再说话。

到南京站下车的人比较多，有些拥挤，林子默走在前面突然发现安颜不见了，她个子不高，很容易隐没在人群里面。心急地找到她后，毫不迟疑地牵起她的手。错觉的几秒钟过后，两个人几乎同时放开了彼此。尴尬地对视，无法正确处理彼此之间真正的关系。

心里太深刻的感觉，总是会忍不住带出一些错觉。

"可能是太入戏了。"林子默自圆其说。

安颜似是而非地轻微笑了笑，两个人默契地没再继续这个话题，也没说话。直到看到来接站，并且也打算当即拍完南京火车站戏份的剧组成员们出现时，两个人都松了口气。

安颜后来发自内心地觉得，是《会有风停在这里》这部电影冥冥中有神相助，经过那些误以为对方是恋人的错觉，他们之间的感觉都变得有些藏头露尾，恰巧在南京的戏，几乎都是他们商量着分手却一直分不掉的情节，此刻的他们驾驭那些欲断难断、欲说还休的情绪再容易不过了。

在宜家商场，故事里的男女主角商量着以后的家里该买些怎样的家具，本该充满对美好生活向往的他们却都流露出一种意兴阑珊的情绪。对未来没有把握，怎么商量都让人心灰意冷，整个宜家逛下来，他们心里都有些戚戚然。在回去的末班车上，沉默着没有说话。

安颜无比能够体会到女主人公的所思所想，故事走到这里，已经全然就是"两个相爱的人，等着对方先说，想分开的理由"。林子默和她可能不能这么比喻，他跟苏小夕可能更靠近这个心情。可是安颜自己，却又能够无比清楚地体会。

快到故事的结尾了吧，她和林子默做了一场戏里的恋人，该是时候说再见了。

《会有风停在这里》拍摄计划里的最后一场戏，但不是电影的结局，只是薛芬芬调整场次后决定最后拍这场戏。在玄武湖，拍完后，林子默就可以直接坐火车回上海了，追求效率的薛芬芬永远是分秒必争。

男女主角曾经有过一个约定，如果哪天快走不下去了，想要分手，就绕着玄武湖走一圈，如果一圈走完还是想要分手，那就放开彼此。那是戏里面最纠结的一个重头戏，饱经异地恋心酸的他们既怕没有未来，又害怕现在的辛苦，瞻前顾后，现在的路已经不好走，以后路上的辛苦更是可以预见。可是爱情的确还在心里面，唯独没有变的，是对对方的在乎。

他们沉默地绕着广阔的玄武湖走着，曾经觉得大概永远走不完的这段路，其实也就那么长。偶尔碰到了许多幸福的情侣和一家几口的美满家庭，那些画面，都是他们曾经共同设想过的情节。毕业后，在同一个城市，买一个五六十平方米的小房子，两个人各自打拼，工作稳定后就结婚，换一个大一些的房子准备生儿育女。虽然恋爱的过程不尽人意，这个目标却一直都没有变，只是有些模糊，看不太清楚。

两个人走到开始启程的地方，林子默伤感地说："我还是不想分手，我没有办法说服自己离开你，放你一个人去生活，也不敢想以后会不会有人像我这样在乎你。如果非要有那么一个人，我宁愿那个人就是我。"

安颜凝望着林子默诚恳多情的眼睛，情至深处掉下了眼泪。

"我们不分好不好，再有一年，我们努力坚持过去，以后一定会好起来的，我给你的承诺，一定一定会兑现。"他握着安颜的双肩，眼里满是对爱情的坚定不移。安颜掉着眼泪点点头，林子默把她拥入怀中。镜头里的林子默也哭了。

可不可以不仅仅是一场戏，可不可以真的不分开，可不可以就让我陪着你一直走下去。

小黎，后来的我们，都真的哭了。

小黎，我明白是戏就有始终，我跟林子默的这场戏，该落幕了。

安颜擦掉眼泪，咬牙面对现实。

《会有风停在这里》所有的戏份至此全部杀青，百感交集的杀青晚宴上，大家都有些不舍得。薛芬芬最害怕每次拍完戏大家伙都是一张永别的脸，站起来嚷嚷道："哎呀，你们不要每次拍完戏都好像永远不再见一样。我和叶鲤商量好了，等片子上线了，上海的团队全部来南京一起聚一次，你们要哭丧着脸也留到后面好吗？最受不了这种葬礼一样的气氛了。"

安颜忧伤地笑了笑，眼睛不自觉地去寻找林子默，他隔着三个人看着她，二人只能含蓄地朝对方笑一笑。戏拍完了，一切也该结束了。这一场从一开始就知道会有结束的恋爱，过程中的满足，也终究抵不过结束时的无可奈何。

饭后大家一起送林子默去火车站，林子默跟每个人都抱了抱，走到安颜面前时，安颜心里有些怕会不能自拔，不敢直视他。既然明知道要分开，何必让自己忍不住留恋。林子默站在安颜面前，依然是那样温和地笑了笑，说："抱一下吧。"

安颜再一次被他拥进怀里，无法克制想要落泪的冲动。

他伏在耳边，轻声说："安颜，你一定要幸福。"

安颜说："你也是。"沉默良久，说，"林子默，谢谢你。"

目视他越走越远的背影，她心里涌起的滔天悲伤无以言表，青青抱着她，静静地抱着。手机在口袋里震动了一下，是一条短信，来自陌生号码，内容让安颜瞪大了眼睛：姓安的，戏拍完了吧，你别想打林子默主意，小三最可恶，我劝你善良，最好有一点做人的良知和道德，别让人在背后戳你脊梁骨，我现在是好心奉劝你，林子默只能是我的，也只能是我不要他，而不是被人撬走。

青青看安颜突然脸色铁青，从她手里抽出手机看那条短信，气得要叫起来，被安颜连忙摁住。青青压低了声音说："早听说林子默的女朋友不是省油的灯，拍个戏居然就污蔑你是小三，心眼儿可真小。"

安颜无奈苦笑，也许吧，在某种程度上，她的确无法自制地做了他们的小三。戏拍完了，故事散场了，林子默也走了。会不会再见亦是未知数。好歹这辈子能够跟他在一部梦一样的电影里相爱一场，也许可以不那么遗憾。

小黎，将来的事将来再说，可是将来会在哪里？

当未来来到的时候，我又会在谁的身边？

命运无常，也许我们终究没办法到达心爱的人身旁。

爱上一个人，比没有念想的时候，来得更辛苦。

小黎，我想我该放下了。

苏州，十月

小黎：

开学没几天，我又遇上了他，经过了一个暑假，他看起来没有太大变化。我以为这一次我和他依然只会匆匆路过对方，像尴尬局面揭开之后的每一次相遇一样。所以，在擦身而过时，他轻声叫了我的名字，我竟没有发觉。太陌生了，虽然我听过无数次他的声音，但从他嘴里喊出我的名字，陌生得无法将之联系到我的身上。

他喊我："安颜。"我此刻回忆起来，那声音就像是从遥远的过去飘摇而来，近两年了吧，这是他第一次叫我，并且是我们之间的第一次对话。而当下的激动很快变得平静，因为我早已过了爱他爱得不能自拔的年纪。我们停步在彼此半米开外的距离，我问他："怎么了？"

他眉眼依旧温和如昔，淡淡似若有若无地笑了，说："我看了你的电影，你演得很好，电影也非常好看。"有些事情的发生是必然的，我演了《会有风停在这里》，片子七月份上线，反响很好，这期间我慢慢受到了很多的关注，不是没有想过，也许有一天，他也会看到这个电影，那时的他会有什么感想。我以为我彻底离开了他的视线，不经意兜转，又来到他的面前。他说："有时间吗，能不能约你去雕刻时光坐坐？"这样的邀请是当年的我每日每夜都在苦苦等待的，我与他无数次的相遇，每一次我都在翘盼着他停下来，向我发出这样的邀请，我甚至无数次幻想过自己届时该怎样面对。这时候，邀请终于来了，他却早已经从我的心上远远走开了。小黎，我的爱情似乎总是来不及，赶不上最好的时候。

那个下午，我们坐在学校旁边的雕刻时光咖啡馆里，有一阵没一阵地聊天。音乐慵懒，我们似乎都不想多说话。一起度过的三个小时，仿佛是对我一路辛苦的某种弥补。我有时候免不了觉得讽刺和可笑，爱他时以为放下是不可能的，一心认为自己这么艰难地暗恋着他，总有一天老天要郑重其事地给以回报。事实上，时间过去后，仅仅这平淡的三个小时，我已经满足。人生那么长，总归会爱上几个不该爱上的人。花费的时间和心力，不会被弥补，因为那弥补的方式，你也许无法理解。生活是个圆，走的每一步，都会有用处。

我原想不免俗地问他当年的想法，他却自己先和盘托出。他说那些话时脸上温和平静的笑容，就像一首老歌。他说，其实，我是喜欢你的，只是，我有些自己的原因，所以最后决定回避。

他在遇到我之前谈过一场恋爱，女生很漂亮，两个人在图书馆相遇，坐在一起，不知道为什么，耳机线会纠缠在一起，尴尬的契机决定了他们的相爱，没多久，他们就在一起了。美好的暧昧停止在恋爱开始，感觉却无法自控地变差。如同抛物线。他们在决定在一起时感情到达了最高点，再往后，就一直往下跌，他们都不知道怎么办才好，无法挽救感情的绝望比失恋更痛苦。后来他们分手了，又复合，又分手，反复几次，如同阻尼运动，最后演变成反目成仇。其实我也许见过他的前女友，他说起一件事情我非常有印象。有一个晚上，很晚了，我和许萌跟剧组的人吃夜宵很晚才回来，遇上一个在寝室楼前哭得不成人形的女孩子，她一直在电话里央求着要见一面说清楚。许萌唏嘘不已，说，简直是造孽啊，谈恋爱谈得要死要活的。那一晚，他决心不再反复，加上喝醉了酒，狠心不下楼重蹈覆辙。他说起这事时自嘲自己的心狠，眼睛里有碎裂的影子。

分手后，前女友依然执拗地关注着他的事情，热衷于对他冷嘲热讽，时不时搞点小破坏。他一直反思为何开始得如此美好的恋情，却会演变成这种结局。从那以后，他变得害怕感情。不巧的是，他遇上了我。他说其实是一见钟情，眼下我只能不置可否地笑一笑。他与我有过四个月眼神交汇的暧昧，他说他喜欢那种感觉，淡淡的、美好的，他本想就一直保持着，有时却也忍不住想要开口说破。前女友的阴影困住他，让他无法有任何举动。而我却开始有目的地试图靠近他，他明白我的心思，我的行为让他变得恐惧，他无比担心这一段美好的暧昧会随着窗户纸捅破而每况愈下。所以他选择了回避，躲闪我昭然若揭的喜欢。之后，我们再相遇变得冷漠，他说，没想到回避之后还是不可逆转地变得残破，还不如当初就在一起，或许还可能共同经营，或许可以扭转局面。

为什么会告诉我这些呢？他以为我和林子默是一对。他说，在戏里我和他举手投足都那么默契，如果真是演戏，那我们的演技都太好了。当我告之他关于我和林子默的那些事情，他很讶异，说，他一定是喜欢你的，每一对情侣能走到一起都需要一个恰到好处的时机，我和你的错过，你和他大概也败在了感情的时差。

话说到这里，我们都沉默了。

小黎，万事无法回头，但我总忍不住会想，假如他没有遇到他前女友，一直单身直到遇到我，我们会不会变得快乐；假如林子默没有在我之前遇到苏小夕，我们会不会变得快乐；又假如，我先遇到了连珏，是不是所有的辛苦都不会被浪费。而时间无法逆转，因为时间差的缘故，我们终于是南辕北辙再难聚首。

爱情，就像命运，没什么道理。

最后我们聊起今后的设想，大四了，芬芬开始筹备她九十分钟长度的毕业作品，徐林的剧本已经完成了，时机一到就会开拍，我们都会参与其中。他说，已经找了在其他城市的实习单位，大四一整年可能都要在外地实习，直到毕业前再回学校办理毕业的事务。我想我和他的交集只会越来越少，原本应该被彼此之间的遗憾拉近距离的我们，都有了新的路要走，终于是要向对方告别。说起来总不免伤感，我们走出雕刻时光时，他说他要去学院看看，我则要回寝室，我们在门口告别。走了几步忍不住回头看他，发现他也正回头望着，他冲我笑了笑，我们转过身去便不再回头了。那一刻，我以为这一分别，就会是永远。

我说，那不是都见不到了。

他说，世界是圆的，要遇到的人，一定还会遇到。

我对离别总做出最悲观的设想，从生命里逐渐退场的人，大概真要死生永不相见。也许是我多虑了吧。

小黎，人生那么长，想遇上的人却怎么都遇不上。

我很少跟朋友提起林子默，苏小夕的态度让我觉得羞愧难当，况且我已经拥有过何其美好的一段回忆，并且以影像的形式留存于世，想念时可以看一看。挂在衣橱里的那件紫衬衫，已经几乎闻不到他的味道了，只有摁在鼻子上，还能探寻到一丝气息。我把它拿到洗衣机里洗干净前，握着它沉默了好久。我真是舍不得啊，但最后还是把它放进了衣缸里，那些味道会溶进水里，流进黑暗的下水道。再也找不见。它会附着上洗衣液的味道，掩盖住那些曾经。

所有的一切，都该有个了断。我曾经爱同楼男生一场，换来促膝谈心的一个下午，我便心满意足，爱林子默一场，总算是假戏真爱过一场，老天在我的这一次际遇上，给了丰厚得多的回报。我还有什么好纠缠，还有什么放不下呢？

每个故事有开始，就要有结束，我们已经不会再相遇，就放过自己。

小黎，未来将会怎么样，我不多做设想，只希望我能永远平和对待，温和善良，做一个自己喜欢的人。我也许无法对得起整个世界，做最好的自己，起码对得起爱我的人。时间会解释一切吧，我等待关于我的那个答案。

你的 安颜

九月

走完学校门前的梧桐大道，安颜看到梧桐树消失的转角处闪过去一个有点像连珏的男生背影，这个时候不过开学一个礼拜，他即使要搞突然出现，也不大可能挑这个时候过来。青青低着头玩手机，刚过去的生日里，她男朋友送了她一部新手机，她高兴坏了，每天都花大量的时间装 APP 和卸载 APP，玩得不亦乐乎。

　　其实，在安颜生日的时候，连珏也送过她一部手机，所不同的是，连珏送给她的手机里已经有一张手机卡。他托人在南京办了一个号码，这个号码附加的业务不多，挑选的是具备最长通话时间的套餐，加上他办了一些亲情号、集团网之类的服务，两部手机可以以很实惠的价钱打最长的电话。连珏往手机号里存了几千块钱，安颜一分钱都不必花在这个号码上。

　　他说，安颜不喜欢他，自己得巴着安颜跟他打电话发短信，所以不好意思让安颜花太多钱。虽然这是玩笑话，连珏用他最擅长的无辜加可怜兮兮的语气说出来，在场的几个人听着都觉得特别感动。那部价格已是不菲的黑莓手机，是安颜和连珏之间的私人通讯设备，最开始，安颜不愿意带两部手机在身上，嫌麻烦，而且有时候开会或上课老会不记得把黑莓手机调成静音导致它突然铃声大作，所以经常把它孤零零地放在寝室里，每次回来看一眼，都会有好几个未接来电委屈地显示在手机屏幕上。不知从什么时候开始，连珏的几乎每一通电话都能得到安颜的及时反应，虽然有时候是直接挂断，但一定会有一条"我正在做……"内容的信息传进来，很少再有让他傻等上几个小时的情况，连珏很欣慰。

走到今天要开会的教室里，安颜先把自己的 iPhone 静音后，掏出包里的黑莓手机，也调成静音塞回包里。坐在旁边的阿泽瞥了一眼那部他垂涎已久的黑莓 9900，说："你现在带这部手机的频率很高嘛。"

"现在拎包了嘛。"

阿泽意味深长地把一个"哦"拖出无限长音，被安颜笑着打了一下。

薛芬芬站起来拍了拍手掌，示意大家安静，会议现在开始。

这是青木映画工作室成员的毕业作品讨论会议，工作室大部分主创人员都已经进入了大四这个阶段，他们所念的专业可以通过一部符合条件的毕业作品作为毕业论文的一种呈现方式，比起拍片经验比较少的同学，他们早已经确定会以毕业作品加相关论文的方式完成毕业论文。

青青作为毕业作品的制片人，站在讲台上，她身后的 PPT 显示着这部毕业作品的概念海报，片名是《毕业之前再恋爱》。

"首先，通报两个事情。第一件，这部电影原计划全部找以前跟工作室有过良好合作的演员，通过多方努力，以前有过一些不愉快的演员这次大部分都加入新剧组里，但跟我们有过两次非常完美的合作经历的林子默因为身体原因，确定无法出演这部片子。"

安颜一直听说剧组在跟林子默谈新的合作，心里不能不说是有过期待的，那种期待秘而不宣，她也从未表露出来。林子默确定不来的消息，她也是这个时候才知道，之前一直不敢问，窃以为会是个惊喜。现在看来，不是自己愿不愿意结束的问题，而是确实没有剩下没用完的缘分。因为身体原因，也不知道是不是他的托词。

"第二件事，"青青没来由地看了一眼门外，脸上挂不住地俏皮地笑了，说，"担任这部电影总剧务助理的人是从北京远道而来的连珏。"除了安颜，所有人似乎都知道这件事情，安颜瞪大了眼睛看着一脸坏笑的青青，质疑她是不是说错了，青青向门口招了一下手，随着她的动作，一个高个子男生从门外走了进来。

连珏。

他挠着自己的后脑勺不好意思地笑着，就好像一个少不更事的大孩子一样。

"关于连珏将怎么展开他的工作，还是请他自己来讲吧。"

连珏走上讲台，有些害羞地笑了笑，大家看他突然那么害羞也跟着笑了，连珏扫视了一下坐在台下的人，目光定格在安颜疑惑的脸上，开心地笑了，说："我从北大申请来南大交换半年，所以会有半年的时间跟着剧组完成电影的拍摄工作，这也是我能想到的最好的办法了。"

薛芬芬起哄说："最好的办法，是最好接近安颜的办法吧？"几个知道情况的人拍着桌子起哄，虽然仿佛全世界都知道连珏喜欢着她，安颜依然不是很能适应大家用这种方式来看待她和连珏的事，每次起哄都有些尴尬。连珏看到安颜微微低下去的头，连忙说："我就不多说话了，还是请青青接着开会吧。"说完连忙走下台，坐到安颜旁边。

安颜看着他，说："大四才交换，学分之类的会很麻烦吧？"本科生非常流行去别的学校做交换，南大和北大之间又有 C9 计划，交换的程序不复杂，可是因为修学分的问题，交换过的学生到大四还在忙着补修学分，所以他们都会自嘲交换一时爽，大四修分忙。又加上大四上学期有很多招聘会，也不知道会不会影响到找工作的事情。安颜一系列想下来，真有点觉得连珏是在胡闹了。

"我前三年的学分多修了很多，其实都有资格提前毕业了。"

"那找工作的事情呢？"

"南大也有很多宣讲会，在哪找不是一样。"

安颜看连珏一脸那都不是事儿的表情，也就不知道该说什么了。明知道他是为了自己而来，自己没有立场多说什么，况且木已成舟，总不能把他赶回去吧。

青青打开一段视频，是《毕业之前再恋爱》的演员介绍片，安颜是其中之一，介绍部分用的是《会有风停在这里》的画面，用了她一个一气呵成的长镜头。连珏看到《会有风停在这里》脸色变了变。片子刚上线时，他预感到会看到什么样的画面，一直不敢看，可是这片子的火爆程度让他没办法继续无视，他没有去帮忙传播，但有一天回寝室发现室友正围在一起看，才知道这片子已经火到无可回避的程度了。时隔快两个月，他才在夜很深的时候戴上耳机点开了这个电影。

电影里安颜的表现非常好，可是也许并不是她真就有这么惊人的天赋，只是因为对手是林子默，他们看起来是在演戏，实际上每一个眼神的对视，都透着真情实感。那些痛彻心扉的哭，发自内心的笑，看到最后，连珏不为戏只为人偷偷地哭了。他想，安颜大概这辈子都没有办法放下林子默的，即使他们之间有不可逾越的障碍，也不能够让她放下，因为林子默同样把她也放在了心里面。他们只是没有在一起，他们只是无奈地面对着遗憾。像两颗遥遥辉映的星星，彼此照亮着。

他偷偷想过要不要放弃，可放下了她，心里的空洞，反而比心酸更难受。而且就算要放弃，交换的申请也都是早就递交了的，去南京是势在必行，就像爱安颜，只能是势在必行，没有后路可以退。

放出《会有风停在这里》的画面，让安颜心里也咯噔了一下，她偷偷看了看连珏，他的脸色果然不大好看，还好那画面马上过去了，换上了另一个女演员的介绍画面。安颜见缝插针地碰了碰连珏，小声说："这一次她挑战很大呢。"

"为什么？"

"跟她以前演的角色都不一样。"安颜说,"最开始给她安排的是我演的这个角色,她自己要求演现在这个。"

"人家可能喜欢挑战吧。"连珏看到画面里她名字下跟着的角色名,对应上剧本里那个角色,说,"她是演那个为了爱情使了很多阴谋诡计的女生?"

"对啊,她以前都是走知性女生的戏路,这一次风格大变啊。"

《毕业之前再恋爱》的主题是毕业不分手,毕业之后继续相爱,一起为了未来去奋斗。这个电影根据徐林已经出版上市的一本长篇小说改编而来,剧本由他亲自操刀。故事讲述了住在同一个寝室的三个女生在大学四年都没能谈成恋爱,有谈了一年半中途夭折的,有追求者太多挑花了眼的,也有机关算尽结果失败的,她们在大三的最后一个晚上一起喝醉,一致决定在毕业之前找到愿意毕业之后不分手,一起为未来奋斗的另一半。在寻找这个另一半的途中发生了许多感人而温馨的小故事,三个人在最后都找到了归宿。

"我们这次抛出的感情观很新颖,"青青说,"大家都觉得毕业之后就要分手什么的,但是分手是必须的吗?当然不是,毕业之后为什么不能并肩奋斗呢,毕业就失恋那一套早就过时了。"

编剧徐林忍不住插嘴:"我们拍片子一向都在展示爱情的美好和强韧,爱情其实没有那么易碎,两个人的爱情不应该有什么不可逾越的鸿沟,毕业当然更不能算是什么鸿沟,只要爱情在,就可以一直在一起。"

爱情在,就真的可以在一起吗?安颜心里自嘲,电影就是电影,小说就是小说,而现实是另一回事情。

"由于题材新,加上工作室之前累积的号召力,剧组拉到了足够多的资金,所以我们还将去一个江南水乡取景,徐林在小说里只说到是在苏州那一带,他自己也是综合了好几个小镇的特点,安颜和许萌都提议去同里，阿泽提议去千灯，也有人提议去锦溪，薛导演对比了三个地方后决定去同里。"青青调出同里照片的 PPT，说，"这一次会在同里待五天到一个礼拜，届时也会去苏州市区取景。"

她翻到 PPT 的下一页，上面赫然写着一行大字：青木映画史上最大规模！大家都笑了起来。

"笑归笑，这确实是我们工作室有史以来最大规模的一次了，资金最充足，影片时间最长，预计会有一百分钟，演员阵容最强大，都是很有号召力的演员，制作团队也最大，除了导演只有薛芬芬一个人，制片人只有我一个之外，其他的职务基本上都有两个人以上。"青青说，"朋友们，规模真的好大啊。"

不知道谁起的头，大家都鼓起掌来。互相看看身边的人，都有一种温暖的安慰和摩拳擦掌的冲动。成军几年，主创人员一直团结地紧密相连着，是件让人感动的事情。青青、芬芬、徐林、许萌、阿泽、安颜几个元老级人物彼此对望时，内心复杂。

何青青，从一个对电影制作一无所知的女生，到每部片子都能做好拉赞助、选演员、骂班底、确定剧本、控制预算及后期宣传几乎所有环节，在薛芬芬不断惹恼演员的情况下，一直唱着白脸的角色，在剧组人员不够时，悉心照顾着成员们的拍片生活。

薛芬芬，她最开始对摄影都不甚了解，现在已经拍了不下十部，每部时长都超过二十分钟的微电影作品，并且拿到了很多奖项，晋升为校园内首屈一指的学生导演。

徐林，以一个单纯的文字爱好者身份加盟工作室，辅助薛芬芬，写出她能够拍得出来的剧本，如今出版了好几本小说，还进了作家协会，不仅薛芬芬拍他的戏，其他导演也拍他写的戏。

鹿泽，自学摄影，是在国内都非常有名气的摄影爱好者，以前拿摄影作品奖，拍片之后几乎每次出手都能拿到最佳摄影奖，他对美有着近乎苛刻的挑剔，也因为此，电影的画面才能得到最好的呈现。

许萌，虽然经常以各种理由不能到拍摄现场，却每次都能找到别人替代她来做剧务工作，有强大的人脉资源，身后有一群叫不完的愿意来帮忙跑腿的人，一步步成为金牌剧务。

安颜，从一个一开始协助青青做好所有环节工作的辅助型角色，摇身一变成为人气极高的女演员，蹿红速度飞快，被工作室的人打趣是南大杨超越。

他们陪伴彼此成长，一回头，一路都是感动。

连珏鼓着掌，微笑地跟随着安颜的目光去看每一个她看到的人，最后落回到与她面对面，阳光斜斜地落在中间，他们彼此微笑，觉得这就是最无以言表的美好。

"我有点遗憾。"连珏凑在她耳边说。

"为什么？"

"因为没有陪你们一起走过来。"

安颜看着他笑了笑，说："可是你赶上了最大规模啊。"

青青讲完她该讲的，换上薛芬芬讲一讲拍摄计划，青青走下台坐在安颜前排，嬉皮笑脸地回头看着连珏和安颜，说："是不是好惊喜？"

"反正他每次都是突然来的，现在越来越没有什么惊喜度可言了，"安颜看了一眼傻笑的连珏，说，"我有时候都觉得，他可能就是我们学校的，我碰见班上男生的次数都没有碰到他的次数多。"

"好甜蜜，要是我男朋友有连珏这么体贴，我在梦里都会笑醒过来。"

连珏马上装出可怜模样，噘着嘴说："可惜，安颜还是不要人家。"

"你就答应了他吧，追你都追了一年多了，仙女都该追到手了。"

安颜温和地笑着，良久，说："再等等吧。"

青青拍拍连珏的肩膀，说："听到了吗，安颜同意了，只不过让你再等等。"

连珏双手合十，诙谐地祈祷道："我等，我等，多久我都愿意等啊。"而后诚恳地看着安颜，说："只要你愿意，我都愿意。"

安颜还来不及做什么反应，青青佯装全身发抖地说着"好肉麻哦"，转过身子去看薛芬芬费了老半天劲终于从她文件繁杂的优盘里找到了这部片子的拍摄计划。

她嘴里"啧啧啧"地点开文件，清了清嗓子，说："我第一次独自导这么长的片子，说实话有些怯，所以分镜尽可能画得详细点，效率高自然拍摄强度也就会大一些。大家也知道我这个人性子急，想到的东西要赶紧拍，不拍就忘记了。这个工作周期对我来说也的确是太长了。我的预计是一个月内完成拍摄工作，后期将剪成三个三十分钟左右的分集，分成上中下三集上线，结合网友们的看法进行调整，最终做出一个完整的正式版。"

她所说的高效率，是当天晚上就开拍第一场戏。

《毕业之前再恋爱》开拍的第一场戏是三个女生在学校教学楼的天台上喝酒，安颜饰演的女主二在大三结束的时候也结束了一年半的恋爱，刚分手的状态很差，三姐妹就翻窗子爬到天台上喝酒聊天，最后喝得醉醺醺的，遇上了来天台抽烟的男主二，同样是失恋后来天台找清静的人，结果遇上了三个发酒疯的女生，啼笑皆非地开始了这个故事。

选择的拍摄场地是当初林子默拍《意》时那个空教室的外面，薛芬芬太喜欢教室外面的那个平台了，上次只拍了室内她就一直非常不甘心，终于找到机会翻出窗子到平台上拍了。

阿泽的反应非常反常，像是害怕这个地方一样，都已经上到了顶层，依然在问薛芬芬确定要在这里拍吗。

"你到底怎么了？"薛芬芬不耐烦地摆摆手，说，"这个地方哪里不好了？每次来这你都要磨磨唧唧老半天。"

阿泽无奈地说："好吧好吧，那抓紧时间，希望不会出什么问题。"

"会有什么问题，这个地方连个人影都很少见，鬼都不会来这里。"她指了指窗户上挂着的蜘蛛网，说，"都快成盘丝洞了。"

"不跟你多说了，总之赶紧的吧。"

连珏推开教室的门，冷不丁打了个哆嗦，说："这教室好冷啊。"

"估计是好久没人来了吧，"徐林指了指黑板上上次写的几个字，说，"一年前写的字居然还在。"

"谁没事会来这里自习，不嫌高哦。"薛芬芬完全不以为然，"东西放好了就开始拍吧，我脑袋里的想法都呼之欲出了。"

到处都是灰尘，东西一放下来就扬起一层灰，安颜也忍不住嘟囔这教室真的好脏。拍《意》的时候擦掉灰尘的痕迹很明显还在，层次分明地留在桌面上。薛芬芬选好要入画的几张桌子后，连珏连忙从外面打了水把桌子抹干净。

安颜环视着这间教室，一如往昔，除了覆盖了一层新的灰尘。这里的往事都不曾被打扰过，记忆好像封印在这里，如同一块巨大的冰。她在当年林子默站着的地方，仿佛还能看见他为女主角围上围巾，抱她在怀里，那句温柔如水的"我多希望自己是只袋鼠，这样就可以永远把你抱在怀里"在耳边痒痒如风。那时候，她还在不明不白地喜欢着他，被他在戏里戏外的每一份柔情打动，一年多过去了，时间却还在这里好像没有走。这里无人打扰，正好用来贮藏时间。

她忍不住发着呆微笑，林子默的影子，像是隔着时空，向自己温和地笑着。

青青拿手在安颜面前挥了几下，安颜才回过神来。青青奸笑着说："我知道你在想什么，哈哈，袋鼠啊，围巾啊什么的。"

安颜轻轻推了她一下，说："别闹了。"

"芬芬说要开始了，过去站位吧。"

在教室里只要拍她们三个从窗子里爬出去的几个镜头就好了，大部分的戏都在天台上。上到天台视野变得特别宽阔，这个地方可以看到从新百大楼到紫峰大厦一圈内的所有高层建筑，又是晚上，视觉特别好，放眼望去都是璀璨华丽的灯光。

"这里视野好棒啊。"

薛芬芬不无得意地说："好看吧，上次没拍到这外面真是遗憾死了。"

连珏从包里掏出一盒热的牛奶，藏在身后，走到正四处张望的安颜旁边，小声地说："喏，你先喝口牛奶，待会儿要喝啤酒，先暖暖胃。"他动作偷偷摸摸，依然被眼尖的青青发现了，她一下跳到连珏面前，说："被我逮到了，剧务潜规则女主角，给女主角开小灶。"

"就带了一盒，没办法。"

"重色轻友哦。"青青故意哦得特别婉转悠长，本着不继续打扰的精神跑去许萌那里八卦了。

连珏把吸管插好，递给安颜，安颜看了一眼连珏，接过牛奶小小地吸了一口，两个人互相看看，都笑了。

找好角度的薛芬芬大声喊着让三个女主角过去，连珏催着安颜再喝一口，像个追在女儿身后的父亲一样。安颜心里比暖暖的牛奶更加暖意融融。

"好，开始。"

握着啤酒的女主三仰着头深深地喝了一口，洒脱地抹了一把嘴，说："好痛快啊，你们俩别喝得太淑女了，现在又没别人在，我们女人不能总活在男人的眼光里，来，碰一个。"

三个铁皮啤酒罐撞到一起，安颜轻轻地喝了一口，啤酒的味道甘苦，她一直不太喜欢这种口感，忍不住皱了皱眉头，说："啤酒一点都不好喝啊。"

"好不好喝是其次，关键在于，喝完之后的感觉。"女主一靠在安颜身上，她酒量不好，半罐子下去已经有些微醺，"喝醉了，就没那么多烦心事了。"

"你烦什么啊，有那么多男人追着你，我才应该烦，"女主三不忿地说道，"三年了，倒追了四个男的，居然没一个看上我的。"

"谁让你老看上有女朋友的。"女主一醉醺醺地抢白她，"就算他们看上了你，也不敢说出来。"

"我也不想啊，可每一次喜欢上的男生好死不死都有女朋友了。"

"知道别人有女朋友了，就别陷进去嘛。"

女主三靠在阳台上，无奈地说："感情就是最没办法控制的事情。"

"有女朋友又怎么样啊，"安颜说，"谈了一年半，还不是说分就分，分手还没满一个礼拜，就找了新的，男人都是花心萝卜大猪蹄，永远喜新厌旧。"

女主一叹了口气，说："你好歹谈过了，我连恋爱都没谈过呢。"

"你那是挑花了眼。"女主三迫不及待地抢话，"追你的都快有一个加强连了，你就没一个喜欢的？"

"有是有，我就想着用时间来考验一下他们谁更真心，结果没有一个人能够超过一个月。"女主一苦笑着跟安颜碰了碰杯，女主三俯下身子也跟着碰了一下。

"下个学期就大四了，紧接着是找工作、实习、毕业、各奔东西，"女主一说，"很多人现在都酝酿着毕业前怎么能和平分手，肯定没人有心思大四才开始谈恋爱了。"

"为什么毕业前就要分手啊？"安颜问。

"回家的回家，出国的出国，即使是找工作也不一定能在同一个城市，谁知道明天会在哪里，"女主三说，"不分手十有八九就异地恋了，迟早也得分，长痛不如短痛，放彼此一条生路。"

"两个人为什么不能想办法留在同一个城市？"

"哪有那么好的运气都在同一个城市找到满意的工作，想要在同一个城市需要有一方愿意做点牺牲，"女主一说，"我们都活在风中，身不由己。"

三个人无奈地碰了碰，仰头喝下一大口。

安颜握着啤酒，迷蒙地斜斜地看着天空，憧憬着说："跟他谈恋爱时，我以为这辈子都会跟着他，无论去哪里，哪里我都愿意去，只要有他在。我想，最困难的是两个人能在一起。茫茫人海，一个人遇到另一个人并且彼此喜欢的概率有多小。相爱是最难的事情，如果连这件最困难的事情都做到了，其他的事情，都能过得去。"她轻轻喝了一口啤酒，苦涩地笑了，"在一起已经那么难，为什么还要分开？"不需要什么表演技巧，情到深处，安颜的眼泪自然就流了下来。

女主三蹲下来，面对着安颜，说："人生那么长，难免爱上不该爱的人，比起遇到对的人的概率，遇到错的人，概率要大得多。"

女主一揽着安颜，说："是啊，爱错总好过不知对错。"

女主三坐下来，揽着女主一，三个女孩紧紧地依偎在一起，像一朵尚未开放的花蕾。

女主三问安颜："如果有机会遇到对的人，你愿意放弃一切跟他走吗？"

"我愿意，只要两个人能在一起，其他的事情都可以慢慢来。"

"我同意。"女主一举起了啤酒。

女主三也举起啤酒，说："我也同意。"

安颜举起啤酒，跟她们碰在一起。

"为了爱情。"女主三说。

女主一和安颜点了点头，说："为了爱情。"

她们将罐子里的啤酒一饮而尽。

薛芬芬喊"卡"的时候，所有人忍不住鼓起了掌。三个女孩虽然是第一次搭戏，彼此间的默契程度非常好。虽然很多镜头薛芬芬都想要打断，换一个机位再拍，可是她们的表演非常完整，她实在不忍心去打断，就让她们将全景一次性完成，之后再补拍一些特写镜头。

青青帮安颜补妆，只有她一个人的妆因为眼泪晕得有些花了，连珏跟屁虫一样跟过来，递纸巾给安颜擦一擦。

"好棒。"他说。

"那是当然，安颜现在可是青木映画的一姐。"青青得意地斜了斜下巴。

接下来的这一场戏是薛芬芬向台湾的 MV 导演比尔贾致敬，三个女孩子都喝得有些茫了，嘻嘻哈哈地在天台上跳着舞，三个人都哼着 S.H.E 的《花又开好了》，还模仿 MV 里的花开三瓣的舞蹈动作，手拉手转圈圈。

跳着跳着，看见有人开了教室的灯，稍微清醒一点的安颜连忙拉着另外两个人躲到水塔后面。翻窗子到天台上的是一个男生，他一个人抽着烟，百无聊赖地吐着长长的烟，看起来很不开心。

女主一的啤酒罐子没握稳，掉在了地上，发出当啷的声音，男生吓了一跳，猛地看过去，没看到有人，索性壮着胆子走过去想看个究竟，安颜突然走出来，说："是我们。"

男生松了口气，说："我还以为是鬼呢。"

"有鬼你还敢过来。"

男生上下打量着安颜，笑了，说："这么漂亮的女鬼不多见，过来看看是应该的。"

摄像机没电了，报了警之后自动关闭了。许萌赶紧从包里掏出备用电池，装了进去。薛芬芬调出刚拍的画面，确认都拍到了，屏幕里画面很正常，但是没有声音。

"奇怪，没声音。"她说，"阿泽，看下是不是没插麦克风的线。"

阿泽检查完发现线路没有问题，顿时吓出一身冷汗。他铁青着脸什么都没说，把线拔出来，又插了进去。试了试音确保正常了。

天台的戏拍完后已经是十二点过后，就像上次拍《意》一样，整栋楼都熄了灯。在黑暗中下楼，女主三踩空了一脚，惊叫一声，把所有人都吓了一跳。安颜吓得立即抓着连珏的手，连珏说："别怕，抓着我，有我在呢。"

安颜在黑暗中看不太清楚他的样子，一年前握住自己的手和此刻握住自己的手都很大很扎实。

当年他说："别怕。"

此刻他说："有我在呢。"

安颜默默抓紧了连珏的手，像是抓住了靠岸的船。

下到一楼后，大家轻车熟路地开窗子跳出来，连珏殿后跳出来后刚想关上窗子，看到教室里有手电筒闪了几下，随后听到有人在喊："抓小偷！"好几束手电筒的光应声照了过来。

"去解释一下吧，别误会了。"安颜不想事情旁生枝节。

连珏拉着她突然跑起来，说："解释什么，跑啊。"

大家拎着设备狂奔起来，后面的人挤在窗子口拿手电筒虚张声势地照了一阵儿，也就没有进一步动作了。跑到足够安全的地方，累得气喘吁吁的一伙人你看看我，我看看你，大声地笑了起来。

"好重啊，死阿泽光顾着跑，让我拎这么重的灯箱。"许萌笑得气喘吁吁地抱怨，刚才跑得太急，她随手拎起了灯箱就跑，没想到自己一不小心拎了最重的东西。

"没有掉东西吧？"青青问。

阿泽一二三四五地点完数，肯定地说："没有，连珏连最容易被遗忘的两个反光板都拿上了。"

"跑得饿死了，我们去吃烧烤吧。"薛芬芬捂着肚子提议，她一般都是剧组里吃得最多的人，暂时还没有人打破过她的纪录。

"刚才我们几个好像逃荒的人。"烧烤摊上，青青手里拿着烤羊肉，边嚼边说，不顾形象，吃得满嘴都是油。

"青青，你注意着点，你可是女孩子，你看看人家安颜，吃得多斯文。"徐林忍不住揶揄青青，"所以这么多男人都爱她！玛丽苏·安。"

安颜吃东西一向非常淑女，是剧组里女生们的典范，但却不是奋斗目标，剧组里的女生都愿意当纯爷们，外人常常开玩笑，虽然青青和许萌都是美女，可都太有男人味了，芬芬更不要说，不论是口味还是行为都非常男性化，甚至超越部分男性，所以可以说安颜是青木映画工作室里唯一一个女人味十足的女性。

"安颜可是一姐，就是工作室唯一一位姐们儿的意思。"青青说着豪迈地把手里的木棍往垃圾桶里远远地一掷，没投中。

薛芬芬去冰柜里又拿了些东西，走过来，拍了拍阿泽的肩膀，说："你怎么每次去那边拍戏都怕得跟见到鬼似的。"

阿泽刚忘了那出，又被薛芬芬翻起来，被辣椒呛到，猛地咳了好几下，好半天平息后才说："那教室里可不太干净。"

"不就是灰尘大一点吗？"

"常年没有人活动的房子里容易有路过的鬼住进去，那间教室，估计建好后就我们去过，不知道住进了多少脏东西。"

"大半夜的你不要吓人啊。"许萌胆子小，连忙抓着青青的手。

"吓你干吗，我第一次去就觉得不对劲了，怪怪的，后来不是出现收音没收到的问题嘛，所以就更确定了，当时就吓得不行，偏偏我们每次都拍到凌晨，那时候阴气多重啊，没遇上什么鬼打墙算幸运了。"阿泽说，"这一次又是这样，明明线路没问题，又出现收音收不到，还不能说明问题吗？"

薛芬芬仔细回想了下，说："好像确实是哎，两次都是莫名其妙地收不到音，说起来还蛮可怕的。"

许萌紧紧握着青青的手，害怕地说："快别说了，吓死人了。"

"而且，如果碰上了的话，那种病恹恹、命不硬的人很容易把鬼惹上身，对了，我就一直觉得林子默病恹恹的，"阿泽摇了摇头，说，"也不是病恹恹的，就感觉他好像很虚弱的样子，上次他来南京拍《会有风停在这里》，这种虚弱的感觉更明显了，你们记不记得他总是特别容易累，每次收工坐公交车回去他都会睡着。"

"你不是也睡着了吗？"青青说。

"他那种睡感觉是真的睡着了，叫都不一定叫得醒，我们这种顶多叫眯一会儿，假寐懂吗？！"

薛芬芬心怀异样地看了安颜一眼，她正认真地听着阿泽讲话，没注意到。

"你想说明什么？"许萌问。

"他这种火气不旺的人特别容易招鬼，一般人有三把火嘛，鬼到底是怕人的，不敢靠近，但如果这三把火很弱，或者干脆就灭了一两把，那鬼就很容易上他的身了。"

"越说越玄乎了。"薛芬芬拿起羊肉串去堵阿泽的嘴，阿泽咬了一口肉，接着说："我看过他的手相，线很细，这种手相的人啊……"他刚想说，薛芬芬又操起一串肉塞过去。

"他怎么了？"安颜问。

"阿泽那些神神道道的话没啥可信度的，"薛芬芬说，"他去广场上摆个摊给人算命，人家都不爱做他生意的。"

"谁说的，我算命很准的好不啦，青青的男朋友不就是我算到的。"

青青在一旁连连点头："对对，阿泽算命很准的。"

连珏一下来了巨大的兴趣，连忙伸手掌过去给阿泽看，说："那你帮我看看，安颜啥时会答应做我女朋友？"

阿泽果真认真地看起来，嘴里不时还发出啧啧啧的声音，半晌，神秘莫测地嘿嘿笑了一下，说："你的事，暂时还不好说。"

"那有戏没戏啊？"

青青打了一下连珏，笑着说："阿泽别在这里传播封建迷信思想，当心警察把你逮起来。你的事啊，问阿泽没用，还得问安颜。"

几个人一起看向安颜，她却在走神，脸上看不出任何表情，连珏轻轻推了推她，她才回过神来，说："呃，怎么了？"

"想什么呢？"连珏语气关切地问。

安颜摇摇头，黯淡地笑了笑，说："没想什么。"

阿泽扫兴地白了她一眼，说："你们就看着吧，我说那教室迟早要出事。"

那教室的古怪在不久后得到了其他人的证实，半个月后，青青的同学听说那里的视野特别好，也打算去那里取景拍照，他们是下午去的，上到教学楼顶层发现大门紧闭，根本进不去那间教室，回去跟青青说，青青吓了一跳，才发自内心地觉得这教室确实是有古怪。两次晚上都顺利进去了，也不知道是谁在暗中帮助，并且教学楼熄灯保安应该每个教室每个教室地检查确认没有人逗留，但他们两次都拍到了十二点以后，保安自顾自地熄了灯，却没人来通知他们下去，当下还窃喜没有被赶，事后想起来真恐怖。之后，他们没有再敢去那个地方。

无神论者徐林总结道："明明是有逻辑可分析的事情，非要披上神乎其神的外衣，就好像喜欢一个人却左顾右盼不敢直视，其实都是心中有鬼。"听了这番话，薛芬芬吐槽徐林果然能当上作家。

绿灯闪烁跳到红灯，安颜和连珏停在一个不过三米宽的十字路口，不宽阔的巷子路口，伸手就能触到红绿灯。他们都不知道已经走到了哪里。

连珏来南京后，除了睡觉，剩下的时候都跟安颜如影随形，一起吃饭，一起自习，一起去拍片，一起饭后散步，每一场最新上映的电影都是两个人一起去看的，并且还一起在午夜十二点，看过一场魔幻爱情电影的首映。生活从一个人走，彻底变成了两个人行，只是，他们还没有在一起。

因为《毕业之前再恋爱》的拍摄时间太长，薛芬芬经常需要停工思考接下来的拍法，在不忙碌的每一顿晚饭后，天气如果也不错的话，连珏就会陪着安颜在南京城里到处走走。他们偶尔迷路，但一定会找到熟悉的出路。

一个月过去了，学校附近变得很熟悉，他们尝试往远一点的地方走，时常遇到未知，也遇到惊喜。他们随心所欲地穿过很多枝杈的巷道，走到了这一片民国建筑的民居，那一段颠沛流离的历史，在这一块地方完善地保存了下来。

天色已晚，大多数人家都吃好了晚饭，安颜和连珏与很多饭后散步的人相遇，他们大多数年龄都偏大，很少见到与他们年龄相仿的人。

"我们俩的生活方式会不会太老派了？"安颜问。

"挺好的啊，难道年轻人吃完饭就一定要去酒吧纸醉金迷，要不然就是宅在寝室里吗？"

与连珏在一起，就好像饭后的散步，是最平淡也最真实的生活。有他在的每一刻，都像揭开了生活的本来面目，没有风波，没有大起大落，一切都安安稳稳平平静静，一眼就仿佛能够看到几十年的光阴，前方的路因为他变得无比通透，一路洒满了清澈的光。

安颜并没有不喜欢这样。

她有时候想，没有人在身边时就一直盼望着遇到个人然后安定下来，可真的眼看着就要面对平定的生活又有些惦记曾经的自由。拼命想得到的东西，总是在得到之后变了样。太年轻的人，大谈安定，是有些可笑。

连珏一定会是个好丈夫，有的人生来就是为生活准备的，遇上他，就知道一定会安稳地度过人生。而有的人生来就是为爱情准备的，他会给予无尽的浪漫和心酸，和他在一起起起伏伏如坐过山车，终有一天会疲惫不堪。爱情和生活，就像鱼与熊掌不可兼得。年纪在哪里，会做怎样的选择？安颜一直在犹豫是否要往前一步去开始新的生活，彻底放下林子默，让他彻底凝固成青春的遗憾，却总没那么容易做得到。连珏很好，赖床的早上，会有他送到楼下的早饭；不想吃食堂的时候，他总能找到口味不错的小餐馆；他比自己更准确了解大姨妈光顾的时间；煮好红糖姜茶随身携带。他太好了，好到一眼可以望到最后。对于安颜，他永远有时间；对于安颜，他永远清醒没在睡。越是这样，安颜越害怕。明明是包容一切的安全感，在这样的太安全里却又觉得不安。他让安颜越来越不清楚自己想要的是什么，踌躇不前，只好原地踏步。

身边走过一对年轻的夫妇，老婆怀了孩子，看起来有七八个月的样子，老公身前身后地照料，她甜蜜得像个皇后，挺着大肚子慢慢地走。安颜目光久久地追随着他们，可想而知，她今后的生活就将彻底围绕着老公和孩子，决定前行，就要做好准备失去自己。生活的意义，越来越模糊。

"怎么了？"连珏嬉笑着问，"想当妈了？"

安颜哭笑不得地推了连珏一下，说："你才想当妈了！"

"对啊，我有了孩子肯定又当爹又当妈。"

"你把这条挂到求偶条件里，肯定很多女孩子喜欢得不得了。"

"那你喜欢呗。"

"要真碰到这样的，我还乐得清闲。"

连珏误以为是个信号，眼睛一亮，嘿嘿傻笑着。

走着走着，迎面的空气里飘来人间烟火的香气，冷清的夜突然变得很家常，安颜用力嗅了嗅，空气中混着一股大料炖煮的香味，连珏也闻到了这味道，说："肯定是在炖卤肉。"

"不是，是在煮五香蛋啦。"安颜闻着闻着，说，"好香，这家人手艺真心好，光闻一下都饿了。"

"你想吃啊？"

"我都想自己来做一次五香蛋了，"安颜得意地说，"做菜我还是很在行的。不过这个真的很香，好想学到手。"

连珏举手就去敲门，安颜吓了一跳，连忙去拉他，门吱呀一声开了，开门的是一位满头白发、慈眉善目的老奶奶，手里拿着勺子，说："你们找谁？"

连珏满面堆笑地说："奶奶，你家煮的五香蛋太香了，我俩都走不动道了。"

老奶奶开心地笑出来，连说："来来来，进来尝尝。"

安颜面有难色，拉了拉连珏的衣角，连珏回头给她一个"没事儿"的表情，回头冲着老奶奶说："那就不客气了，真是太香了，不吃一个一辈子都遗憾啊。"马屁拍得老奶奶合不拢嘴，更加热情地拉着他们就往屋里走。

老奶奶大声喊老伴儿吃饭，没多久，一位头发依然乌黑的老爷爷踱着小步子走进了厨房。老奶奶用南京话给老爷爷说了一下情况，老爷爷好像在取笑老奶奶就爱听人吹捧，老奶奶张着没几颗牙的嘴巴笑得很开心。

"老头子吃了五十几年我做的饭，吃腻了，不知道珍惜。"

"爷爷奶奶结婚都五十几年了啊？"连珏问。

"我十六岁就嫁给他了，他那时十八岁，现在我俩都七十多了，后年就是结婚六十年了。"老奶奶说这话时表情平静，说不上甜蜜、幸福，安颜认真地去揣摩她皱纹遍布的脸庞，那种神情，她不能完全读懂，但知她很满足，或者说是知足。老爷爷看着老奶奶，握着她的手，他们对视的一眼，一两种情绪无法表述，好像此刻对视的每一眼里，都有六十年的时光。

　　安颜站在寝室的窗口，脑子里有很多思虑，这时候却非常非常平静。六十年，他们从一开始决定要一起走，有没有过对未来的担忧，会不会担心漫长的时光让一切都变了样？在一起，是冲动，还是承诺？吃了六十年她做的饭，他不再有当初的喜欢，但非常非常习惯，这习惯让他再吃任何人做的菜都不会觉得满意。

　　手机"噔"地提醒了一下，林子默回复了刚才安颜发的一条"六十年，一开始会不会觉得很长，长到不知道怎么办才好"的微博，他说，在路上的时候，时间只有眼前的一秒钟，回头时，时间才有一段路那么长。安颜没有回复他，点开他的微博，他近来很少更新微博，今天是七八天来第一次有动静，只有几个字："很安静啊。"不知道他最近在做些什么。

　　拍完《会有风停在这里》之后，两个人已经有四个多月没有联系了，除了偶尔的网络互动，和年节生日时互发的祝福，不再有更多。很多戏里面的男女主角拍完电影都做了朋友，他们却好像要打算老死不相往来。想起他，满心都是遗憾。

　　他的微博更新频率越来越低，更新的内容也不再关于生活，都是一些看不懂的话，有时候是一些对生命的思考，有时候只有一两个看不出意义的感叹词。安颜对于他的生活只能靠偶尔偶尔的听说，除此之外，知之甚少。她甚至会想，他现在在不在上海，她都不知道，会不会有一天心血来潮去上海找他，却得知他早就不在上海了。那到时候，这唯一准确了解的地点都已成风，他和她在人海中离散，连记忆，也逐渐模糊。

电脑里适时宜地响起了林宥嘉的《心酸》，爱上他之后，每一次听到这首歌她都会难过到不知道怎么办才好，可偏偏又要一遍一遍地去听，一遍一遍地难受，像上瘾一般自虐。仿佛只有这样，才能留住那份感觉。

走不完的长巷，原来也就那么长；跑不完的操场，原来小成这样。

时间的手，翻云覆雨了什么；从我手中，夺走了什么。

闭上眼看，十六岁的夕阳，美得像我们一样。

边走边唱，天真浪漫勇敢，以为能走到远方。

我们曾相爱，想到就心酸。

人潮拍打上岸，一波波欢快的浪；校门口老地方，我是等候堤防。

牵你的手，人群里慢慢走；我们手中，藏有全宇宙。

闭上眼看，最后那颗夕阳，美得像一个遗憾。

辉煌哀伤，青春兵荒马乱，我们潦草地离散。

明明爱啊，却不懂怎么办，让爱强韧不折断。

为何生命，不准等人成长，就可以修正过往。

我曾拥有你，真叫我心酸……

青青和许萌都不在寝室，寝室里没有别人，安颜才敢肆无忌惮地去任凭伤心像烟雾一样漫开，自己缺氧，只能呼吸满室满房的遗憾。她轻轻跟着哼，到那句"明明爱啊，却不懂怎么办"，终于让蓄在眼睑颤抖的眼泪掉落下来。她揪住胸口，却无法摁住这样深刻至骨的难过。

明明爱啊，却不懂怎么办，我们潦草地离散。

安颜真想打个电话问问他，到底该怎么办。如果我们都愿意鼓起勇气面对新生活，未来某一天，会不会后悔？陪你走六十年，会不会心甘情愿？可一切都没有答案，只能凭猜测。明明爱，却不能够。林子默终究成为她的遗憾，伴随着她，在每一个想起来的夜里变成叹息。

牵你的手，人群里慢慢走。这种歌词，让人怎么才能安之若素。

窗外有人在试高音喇叭，滴滴答答的旋律非常有穿透力，一下击穿安颜为自己制造的一团乌云。喇叭声音切换到人声，谁咳嗽了两声，然后大声喊了起来。喇叭传出的声音含含糊糊，她听了两遍，才听清楚是在喊"安颜"。

连忙走到窗前微微探头看下去，楼底下一片光亮，蜡烛摆成一个里外三层的爱心，连珏左手抱着一束玫瑰，右手拿着喇叭朝着楼上喊："安颜，我知道你在寝室。"有个女生抢过喇叭说："对的，我出门前确认过了。"那个家伙是许萌。

安颜晚上从外面回来后看到两个人接到个电话鬼鬼祟祟了半天然后出去了，原来是去做连珏的同伙。

连珏拿回喇叭，喊道："安颜，这是我第二次向你表白，我也不知道你这次会不会答应，但我还是想试一下。安颜，去年暑假我其实不是第一次见到你，你在大一的时候，跟你的老师来北大参加会议我就见过你了，一见钟情，可是当时我没机会认识你，去年我来南大参加暑期学校也是抱着可能会遇到你的侥幸，很庆幸我真的遇到了，我喜欢你不是一年，而是两年多了，遇到你之后我就彻底没办法喜欢别人了。安颜，你这次不答应，还会有第三次第四次第五次，只要你没嫁人，我就会一直追！"

楼上楼下的围观群众发出巨大的欢呼声。

青青夺过喇叭，说："安颜，虽然这个表白方法真的很土，"下面哄堂大笑，"可是我还是觉得好感人啊，晚上别叫我吃夜宵，我要躲在寝室里哭一晚上。"

许萌把喇叭抢了过去，说："安颜，我可还单着呢，你要真不要连珏，也给个话啊，这样我好收了他。"

青青再一次把喇叭抢走，带头喊着"答应他，答应他"，人潮汹涌，围观的人越来越多，齐声呼喊的声音越来越大。楼上有女生大喊："帅哥你好帅，她不下来的话，我做你女朋友好不好？"楼上楼下好几个女生争着抢着也要做连珏的女朋友。围观群众一边大笑，一边保持节奏地呼喊着"答应他"，听起来，好像在劝连珏答应她们的请求。

安颜心乱如麻，她能看到抱着花的连珏脸上带着期待的笑容执拗地仰着头往寝室的窗口看，而且，也能够看到她在窗后的迟疑。他在等，决心不管多久都等。

有一个冲动，她想答应了他，明明也是喜欢的，可能知道他会一直在才恃宠而骄，才肆无忌惮，才敢在他的爱里任性。可能他们早就到达了，这些日子就好像情侣一样，只不过没有一个确实的名分而已。事到临头，安颜心里的慌张不安太猛烈，如果真的愿意，本应该满心欢喜地下楼去，可是她迟疑了，胆怯了，畏缩了，到眼前才知道，自己还没办法心无旁骛地与他相爱。

她拿起连珏给她的定制手机，给他发了一条短信。

呐喊声在继续，连珏在喧哗中看到安颜的短信，僵住了笑容。

第二次果然还是失败了。

他拍了拍青青，说："撤了吧。"青青忘了关喇叭，这一句"撤了吧"清晰无误地传了出来，然后是青青的一句："啊，她不下来啊。"人群的声音汇成一个遗憾的叹息。这个素有南京表白大学的学校，出现过无数次当众示爱的桥段，鲜有失败例子，连珏到底是外来的和尚不太灵光。

安颜微微探头看着连珏招呼大家散了散了，然后跟青青和许萌一起收拾蜡烛。一切都收拾妥当后，他抬头再看了一眼，安颜确信他们看到了彼此，因为连珏眼里的心碎，她看得清清楚楚。

没过多久，青青和许萌急匆匆推开寝室门来兴师问罪了，青青恨铁不成钢地举着手指一路"你你你"地走过来，许萌把玫瑰花一把塞进安颜的怀里，白了她一眼说："你还真的不下来，连珏伤心死了。"

"他回去了吗？"

"被你气得说要一个人静一静。"

连珏靠在学校外围的铁栏杆上，一再阅读安颜发来的短信："对不起，我还是没有调整好，还需要时间，如果等不到我，就不要等了，我并不值得你这样。对不起。"

他黯然地吐着烟，手无力地垂下去，屏幕暗了。

他有时候也不确定，真的有那么大的决心等到她么，一年，两年，到第几年时，她还没调整好，自己会不会放弃了。她让他也不确定，像等不到结局的苦情戏，不告而别的离散，没有结局。

"我从来不曾抗拒你的魅力，虽然你从来不曾对我着迷，我总是微笑地看着你，我的情意总是轻易就洋溢眼底……"路人用手机外放的声音音质不佳，连珏听得太入心，默默尾随着那个声音。直到那人已走失，脑海里自动无限循环起这首歌。他听着脑海里的歌，漫无目的地走着，一个人，想去哪里就可以去哪里，但也不知道要去哪里。

走到最后，他回头，茫然孤独如电影里一个斜向上拉远的近景到全景，身在哪里，已经分不清。

"两次表白都被你给拒了，"许萌埋怨道，"连珏这下肯定心里不舒服。"

"就是，"一向好说话的青青都忍不住对安颜颇有微词，"连珏肯定觉得你特别拿翘，难追死了。"

"她哪里难追啊，林子默什么话都没说就把她拿下了。"

青青觉得许萌的话有些过了，连忙打圆场，说："哎呀，也不是这样说，安颜，你还是想办法安慰下连珏吧，一个男生连续两次被拒绝还是满丢脸的，今天又是大庭广众之下遭到拒绝，晚上搞不好要上十大了。"

安颜不知道是什么原因让连珏突然来这么一手，仔细回想，今晚的任何事都好像不足以成为给他的信号。他们静静地看着老奶奶翻着相册，嘴里絮叨着那些往事，两个人在回来的路上都感动得不知道说什么好。也许吧，连珏太感动了，以为自己会是能够陪他一起白发苍苍的那个人。他的情意，她真怕自己会辜负了。

她握着手机，无论是联系人、通话记录、短信都只有连珏一个人的名字，这支手机不曾掺杂除他之外的任何讯息，独一无二，只有他。她看着他的名字，犹豫着该不该拨出去。手机突然振动，让她吓了一跳。

"喂，连珏。"

连珏没说话，听筒里只有他淡淡的呼吸声。

"连珏，你在吗？"

听筒里，传来他轻声哼着的歌声。

"我从来不曾抗拒你的魅力，虽然你从来不曾对我着迷，我总是微笑地看着你，我的情意总是轻易就洋溢眼底……"

他轻声吟唱，安颜听得到他每一字后面的情绪，没有说话，听他唱完一整首。连珏的声音，让她头皮发麻，那是巨大感动才会有的反应。

"安颜，"他正正经经地唱完后，突然笑了起来，"我迷路了。"

安颜第一反应以为是什么双关词，连珏重复了一次："我不知道自己现在在哪里，走着走着就迷路了，身上也没带钱，好惨啊。"他自己说着说着，伴随着苦涩的笑。安颜才确定，他没在打哑谜，是真的迷路了。

"你身边有什么建筑？高一点的，明显一点的。"她看了看手表，已经十二点多了，这个时候还找不清方向，越晚越难找到了。

"好多店都熄灯了，不过我刚才，好像看到一家西北面馆，路中间种了好多树，路两边有很高很直的杉树。"

安颜迅速在脑海里拼出一幅图景，猜到他应该是在进香河路那一边。

"你有没有看到一个叫进香河路的路牌？"

连珏四处望了望，那个蓝底白字的路牌就在马路对面。

"进香河路，有的，在十字路口的斜对面呢。"

"好，那你站着别动，我来找你。"

安颜挂了电话鞋子都没换就跑了出去，青青和许萌对视一眼，心照不宣地笑了，青青说："这下估计有戏，安颜急得连鞋子都没换。"

许萌长吁了一口气，说："哎呀，连大帅哥也要有主啦，我的花痴对象又嫁出去一位，心里的男人们越来越少咯，却没有新帅哥住进来。"

"你的心是厕所吗？蹲位那么多。"

许萌笑着跳起来扑到青青身上，两个人嘻嘻哈哈地闹成一团。

安颜在路口等了五分钟没打到车，索性往进香河路跑，该死的拖鞋，跑也跑不快，只能脱下来拿在手里。路不是很远，她心里莫名地着急，总觉得跑了很久还是没到。

肺里火烧火燎的，嗓子很干，大三结束的时候体能测试，她抽到了跑三千米，差点跑死过去，到终点时一心觉得再跑一米她都会直接死掉，现在这距离，远远超过三千米了，原来超过三千米她也暂时还跑不死的。

孤零零靠在路牌上的连珏嘴里小声地哼着歌，今晚这首歌在他脑里和嘴里起码已经十几二十遍了。他漫无目的地随便往旁边望了一下，看到有个女孩赤着脚，手里拿着拖鞋，披头散发地跑过来，一秒钟不到的反应，他认出是安颜，急忙向她跑去。两个人在一家甜品店门口相遇，连珏上下打量安颜潦倒的模样，心疼地一把抱住她。

"又不着急，跑什么呀。"连珏忍不住责怪，"还脱了鞋子。"

他连忙蹲下来，握着安颜的脚，还好只是沾了些泥，他心里简直怪死了自己，干吗要给她打电话。

"没事啦，赤脚跑步还蛮舒服的。"安颜对着连珏笑起来。

"还笑，"连珏依旧是气，"万一踩到玻璃什么的怎么办，就说你跑什么啊，怎么不打车过来。"

"学校那边打车好难打，等了五分钟还没打到，怕你不认识路着急，而且，也不是很远。"

连珏心疼地抱着安颜，紧紧地抱着，不肯放开。安颜没有抗拒，他的怀抱踏实安全，就像他一直给自己的庞大的安全感。被她抱着，就好像狂风之中抱住了坚实的大树。好安心。

午夜街头，痴男怨女久久地抱在一起。如果爱情真的不存在，这些担心又是从何而来。

"听说林子默跟那个苏小夕分手了。"阿泽向可能知情的薛芬芬八卦。

"你从哪听说的？"

"这种八卦要打听还不容易吗，听说苏小夕看了《会有风停在这里》之后整个暴怒，加上好多网友都评论安颜和林子默真般配，苏小夕简直气炸了，跟林子默大闹了一场，然后对林子默恨之入骨了。"

青青忍不住好奇心，凑过来问："真的假的？消息可靠吗？"

"我觉得挺符合苏小夕那人的性格，虽然不是很熟，但一直听闻是位公主病严重至极的女生，很难伺候。"

青青刚想继续问下去，薛芬芬看到安颜走了过来，连忙使眼色让他们闭嘴。

"在聊什么呢？"安颜走过来看到三个人头顶头地挤在一起，笑着问。

阿泽和青青干巴巴地笑了笑，挥挥手，说："没聊什么，随便八卦，反正你也不爱听八卦。"

安颜取笑地长长地"哦"了一声。

"连珏今天不来吗？"薛芬芬问，今天是出发去同里之前的碰头会议，后天一大早就正式出发了，在同里会待上一阵子，所以很多细节要商量好，以备不时之需。

"他昨天晚上接到学校的通知，今天一大早就赶回北大了，就不跟我们一起去同里了。"

青青暧昧地碰了安颜一下，说："那你不是很失望啊？"

"哪有？"

"刚好在同里那种江南小镇让他再跟你表白一次，这样你就没理由拒绝了吧，"青青比画着手指，说，"风景好，心情好，表白好，好值得回忆呀。"

"对啊，也可以在船上摇啊摇啊，那表白也很带感呀。"许萌凑过来插嘴。

"是在船上摇啊摇啊，还是在床上摇啊摇啊。"

"芬芬，作为一个女人，你口味未免太重了。"青青使劲把一脸骚笑的芬芬推开。

薛芬芬不以为然地说："切，你们就装纯吧，一个两个的，就装吧。"

"做人要含蓄，啊懂啊？"

薛芬芬忍不住白了许萌一眼，说："别卖弄你蹩脚的南京话了。"

青青作为地道的南京人示范了一遍这句话的南京话发音，许萌嘲笑她好像《金陵十三钗》里的红菱。青青为了证实自己是玉墨，站起来扭啊扭啊卖弄风骚，许萌掐了一下她的腰，说："还玉墨呢，小肚子都出来了。"青青尖叫着"我饶不了你"朝许萌扑了过去。

"好啦好啦，青青，你赶紧把事情说一下吧。"薛芬芬一闹久了就会一脸的不耐烦，青青向许萌吐了吐舌头，走上了讲台。许萌在下面小声喊，红菱，红菱。安颜在一边笑得很开心，只是连珏没在，他最喜欢看这种打打闹闹的场面了，一般还会在旁边助威，没了他，喊加油的声音也没了。

跟屁虫一样的他不在了，身边一下子变得好空。

青青调出 PPT，说："后天早上七点半在校门口集合，先坐火车到苏州，到了苏州有直接去同里的大巴，除去临时有事的连珏，我们这一次要去十个人，住的地方已经订好了，先订了五天，看拍摄进度。到同里的第一天先到处看看，找些合适的景，以薛导的效率，估计当晚会要求拍夜戏。"

她一张张放出同里的一些照片和挑选的旅馆的照片，这些照片拍出来的风景都不错，徐林很满意，说："蛮符合我当时的一些设想。"

"因为雕花大床比较贵，就只订了一间，这间房间不光住人，还要担当戏用场景。"

"挺有感觉的。"女主一点点头。

"因为设备比较多，所以需要大家各自分担一点，今天全部拿回自己寝室去，后天早上别忘了带出来。演员们多准备一些秋天的衣服，能够里面一件外面一件搭配着穿的。"

许萌兴奋地握着安颜的手臂，说："哎呀好激动，可以一起出去玩啊。"

"别高兴得太早了，"青青说，"薛导的拍摄强度那么大，估计没什么精力拿来玩了。"

薛芬芬立即站起来表态，说："拍完在同里的戏份，我们多留一天，玩个够。"

许萌冲过去抱着薛芬芬大喊导演万岁。

安颜在众人的喧闹中浅浅地笑着，她是开心的，只是突然觉得落了单。没有连珏，真的有些不习惯。

出发的早晨阳光不太好，安颜推开窗子确认有没有下雨，忧虑天气不好很难顺利拍摄。青青走过来，看了看天，说："应该不会下雨，如果会下雨的话，片子估计就不会成功。"

青青的话有典故，青木映画自成军以来出品了十几部长长短短的电影，有四分之一的片子遭遇了各种类型的失败，比如点击量不高、营销过头、恶评如潮等等，阿泽闲来无事总结了一下规律，得出结论，但凡拍摄期间遭遇天气等诸多方面的不顺利，片子最后也不会成功，但如果拍摄期间一直非常顺利的话，片子成功的可能性就大。他举了男女主角都被网友猛批的《记得你》为例，开拍第一天就摔坏了摄像机，拍摄期间又遭遇各种恶劣天气的影响，好不容易拍完了做后期的时候又遭遇教学楼关门、后期成员被关在楼里一整夜等等状况，女主角看到样片后直言不要上线丢人，双方闹得很不愉快，结果片子上线后遭受到的恶评让薛芬芬一度忧郁得想不开。但另一部片子《丑角》，从剧本创作到演员确定都非常顺利，几位主角堪称专业的演技让拍摄十分顺利，几乎所有镜头都是一条过，期间天气也不来干扰，也没碰到什么外界阻挠，拍完最后一场戏后恰巧下雨，阿泽笑言，看到我们拍完了憋了好几天的雨终于下了。《丑角》上线后几乎达到了零差评，点击率逐日大幅度递增，是薛芬芬独立执导的唯一一部冲破了千万次的作品。她不敢自揽功劳，《丑角》的监制是特意从上海过来协助她的叶鲤，叶鲤缔造的千万级点击量的作品不少，所以薛芬芬压根不相信阿泽的鬼话，但仔细回想，好像确实有这么一回事，只要一切顺利，结果会继续好下去。

"你也信阿泽的鬼话。"安颜取笑青青也学阿泽神神道道了。

"倒不是阿泽那套理论，如果天气不好，大家都心浮气躁不能专心，怎么能拍出好东西呢？"

"这倒也是。"

"可惜了连珏这次没能来，"青青说，"应该会蛮好玩的。"

安颜比任何人都觉得遗憾。他临走前说不要紧，以后总还有机会，我们不赶时间。安颜不是太敢期望明天的人，将来的事不敢想，只愿意顺其自然。

许萌终于整理好了她的巨大行李箱，大功告成地站起来，拍拍手，说："好了，我们出发吧！"

薛芬芬、阿泽和徐林已经在校门旁等着了，安颜有些微期待连珏会突然出现，他总是习惯给以惊喜，慢慢把惊喜也变成了习惯，总以为他会突然出现，就像每一次他的造访。安颜左右环顾，始终没有看到他。直到打扮得颇有波希米亚风的女主一和女主三像两只花蝴蝶一样在众目睽睽中到来，所有人都到齐，他到最后仍然没出现。把他当成了习惯，所以他的离席，变得让她不习惯。

在门口集结的剧组十人堆起来的设备和行李很有大阵仗的感觉，青青手里拿着清单一件件地确认设备都带上了，反反复复确认了两遍，又让芬芬确认了一次没问题。她插着腰最后打量了一下满地的东西，点了点头，指了指前方，意气风发地说："出发！"

南京到苏州要坐一个小时左右的火车，途经无锡和常州，到苏州的火车站旁边就有可以去同里的大巴，如果不是带了太多太多的东西，这应该会是心情轻松愉悦的一趟旅行。

薛芬芬全程一言不发地研究着分镜本，拿着笔在上面改来改去，面色凝重，所以改乘大巴后，只有徐林愿意跟她坐同一排，他们全程在讨论具体的表现手法，堪称敬业典范。阿泽趴在椅子上揶揄道："薛导，要是有最敬业奖，一定是你的，不过你要是一直这么敬业下去，总有一天能拿到终身成就奖。"

薛芬芬十分不耐烦地冲他吼了一声："滚一边去。"阿泽悻悻地吐了吐舌头坐下来，前排的青青回头嘲笑他："碰钉子了吧。"

"她一向工作起来就没什么人性可言，我早就习惯了。"阿泽傲娇地白了青青一眼。

青青高兴得直哼哼。

"连珏没来还挺可惜的。"阿泽趴到青青和安颜的座位中间，嬉笑地说，"安颜你会不会有些寂寞啊？"

"那你男人没跟来，你会不会寂寞啊？"青青反问着打趣他。

阿泽不屑地"哼"了一声，说："我到哪还愁没男人，等我一闲下来就开 APP 勾引几个给你看。"

"哎哟哟，"青青捏着阿泽的脸，说，"不愧是南京大学第一名媛啊，风范不减当年啊。"

"那是当然，要想永不老，保养得做好。"阿泽拍拍在一边咧着嘴笑的安颜，说，"那天你拒绝了连珏，后来怎么样啦，听说你又跑去找他了？"

关于连珏当众表白被拒的事，已然上了论坛十大，就算当晚出去约会没能及时参与的阿泽也透过各方消息自行脑补搭建出一个三维立体的情景还原。

"你跟他现在是怎么回事，被当众拒绝，但私底下达成共识最终还是成为情侣，"阿泽笑着说，"殊途同归嘛。"

"没有啦，"安颜说，"我跟他没在一起，那天晚上他迷路了，我去接他，然后就一起走回来了。"

"他怎么说？"

青青等不及安颜慢条斯理的陈述，急不可耐地插嘴道："连珏说没关系，很理解安颜的想法，他表示会一直等她，不在乎还要多少次表白才能成功。我和许萌听完都要感动死了。"当夜，安颜快到凌晨一点才回寝室，本以为青青和许萌早睡下了，没想到她刚一开门，灯立即被守在门口的许萌摁亮，她们俩一脸打算严刑拷打的表情把安颜押在角落，把一切事无巨细地全部打听清楚，听完连珏的一番话后，两个人感动得死去活来，抱在一起哀号了半天，然后开始数落安颜。

"连珏真是好男人，你说你干吗就不开窍，给他个机会试一试嘛，你到底喜不喜欢他？"阿泽像看着阿斗一样看着安颜，说，"还是你真的喜欢林子默喜欢到不能自拔？林子默虽然也很好，但连珏这么喜欢你，这点可加分不少。"

"我们也是这样子教训了她一顿。"先前还在跟女主一讨论化妆品的许萌听到这边在剧烈地八卦，立即赶走了阿泽旁边的某助理，加入了八卦阵营，"要不是连珏对安颜一片痴心，我早就下手了。"

"你得了吧，连珏不喜欢你这样的，他就喜欢安颜这种安静温婉的古代女子，像你跟我这样的，二十一世纪新泼妇，是得不到帅哥垂怜的。"

安颜在他们你一言我一语的吐槽中完全接不上话，只能任凭他们马上把话题从连珏转移到了现在男生的品位，安颜无奈地笑笑，看着窗外越来越有农村感觉的建筑，车辆和行人不像城市里那么多，一切都像慢了下来。

林子默当年来到这里时，是怀着怎样的心情。当初决定去哪个江南小镇取景时，她只是顺口提了同里，没想到最后真的会来到这里。他当年是跟苏小夕一起来的，虽然说起来，觉得她不够安静，但其实他心里应该也是高兴的吧。小镇是适合情侣们来的地方，听过不少这样的例子，两个正在暧昧却还没有决定恋爱的人一起去了一趟这样的小镇，回来后就成了恋人。同里、千灯、锦溪、西塘、乌镇、周庄等等，都有说不尽的这样的故事。何况无论后来怎样，当时的林子默很爱苏小夕，苏小夕也应该很喜欢他，两个相爱的人一起来，有多美满。

安颜握着连珏给的手机，他在早上才打来电话，确认一切安好。

"这边事情太多了，要不然真想跟你一起去。"

"你自己也说的，不赶时间。"

"唉，话虽如此嘛，那还不是因为去不了才找的心理安慰。"连珏说，"不过江南小镇还有那么多，我其实一直都非常想去锦溪看看，那里有座很长的湖上长廊，下次我们一起去吧？"

"以后再说吧。"

连珏不会勉强她说出承诺，笑着转移了话题后，再嘱咐了一些事情便挂了电话。

安颜看着窗外，对心里的连珏说，我只是想，如果我心里还有林子默，对你不太公平。不想承诺你什么，也不敢开口让你等，因为我不知道将需要多少时间才能忘记他。言不由衷，是因为不想伤害。

大巴到达吴江之后还得转乘电瓶车才能到同里，这种电瓶车原本可以坐二十来个人，剧组东西太多，一辆车坐进他们十个人就坐不下了。司机大妈用带着地方口音的普通话笑话他们是打算搬来长住的吧。

"对啊，我们都犯了事，到这里来避难的。"阿泽信口开河地开玩笑。

青青掐了一下他的嘴，说："你乱讲话，当心人家真报警了，到时可没人来赎你，你就在警察局待着吧你。"说完用手指戳着他的脑门。

安颜和许萌，还有青青坐在最后一排，许萌突发奇想，说："倒着坐好像在拍《遗失的美好》的 MV 啊。"然后扯开嗓门唱了起来，青青也跟着加入，两个人边唱边把手里并不存在的塑料泡沫作势撒了出去，搔首弄姿，玩得不亦乐乎。安颜在一边静静地笑着，连珏，可惜你不在这里。

趁着发小盛如初送另一批文件过来的空当，连珏咧着嘴给安颜发短信。他们已经到了同里，一切看起来都很顺利。上火车，转巴士，换乘电瓶车，她挺开心的样子，回复的字数特别多，好像有很多的话想说。

盛如初把文件放在连珏面前，一屁股坐到桌面上，笑着说："怎么样了，安颜现在怎么个态度？"

"答应是没答应，不过，我能感觉到一些细微的变化。"自从那一夜她赤着脚狂奔而来，他们之间的距离有了大幅度地拉近，主要是安颜走近了一大步，连珏始终在他该在的位置上等着她愿意靠近。他们走了一段夜路，越走越觉得靠近。这种变化也许连安颜自己都没察觉到，她主动打电话的次数多了，主动发短信的次数也多了，回复得也更加及时，内容也比从前更丰富。她不懂的变化，连珏全都能够体察。

"要不是这边确实有事，真不忍心叫你回北京，应该让你们去旅游增进感情。"

连珏宽容地笑笑，说："反正现在还不错，只要能保持这种进度，以后有的是机会一起去旅游。况且，薛导演那工作强度我是见识过的，他们这一次不见得能轻松，会一直忙拍片的事情。"

盛如初含蓄地笑了一下，说："有些事还是得告诉你，万一以后有个什么变数，让你也好有个心理准备。"

连珏的笑容慢慢收拢了，预感他马上要给出的消息不会让他高兴太久。

"林子默和苏小夕分手了。"盛如初语气平静地把话说出来。

连珏有些吃惊，问："你哪里得到的消息，准确吗？"

"小泽告诉我的，"阿泽和盛如初借着连珏的关系从社交网络上发展感情，很迅速地成了情侣，盛如初是阿泽交往的男生中为时最长的一个，已经有半年多了，"他是从上海那边的人那里听说的这事，事情有板有眼，据说是苏小夕看了《会有风停在这里》后暴怒，跟林子默断得很彻底，但叶鲤那边咬紧了牙关不承认这事，估计是不想让安颜知道，但事情应该确实就是如此。"

连珏看着盛如初，迟疑地说："你的意思是，林子默可能会去找安颜？"

"谁都看得出他们俩明明喜欢对方，但鉴于苏小夕的关系没办法在一起，林子默即使不去找安颜，安颜要是知道她和林子默之间的障碍扫清了，难保她不会动心思啊，毕竟你我心里都清楚，安颜对林子默一直都很痴心。"

"那……"连珏说，"阿泽他们告诉安颜了吗？"

"他们是站在你这边的，都统一口径要对安颜保密，至于上海那边的人就不知道为什么也不肯透露消息给安颜，好像全世界都在瞒着安颜似的，"盛如初皱了皱眉头，说，"我和小泽都很想不通这件事情，南京这边的人站在你这边是肯定的，但上海那边的人应该希望安颜和林子默在一起啊。"

连珏伸手抓了抓头发，说；"不知道，我现在脑子里乱死了，怎么这个节骨眼上分手了呢，这不是找事儿嘛，成心捣乱啊，这个死林子默，一天太平日子也不肯给我！"

"你做好心理准备，要不然就趁着事情还没暴露出来，赶紧把安颜拿下，万一让安颜知道了，不知道会发展成什么样子。"盛如初拍了拍连珏的肩膀，"你也别想着要去成全他们了，爱情有时候就需要你自私一点，否则后悔一辈子。"说完跳下桌子走开了。

连珏使劲抓着头发，脑子里一下子就乱了，本来正在良好运转的事情，大差不差估计就快成了，结果冒出来这么件事。他一时之间也不知道自己该怎么办了。林子默始终是个威胁，像个定时炸弹一样随时可能爆，有他在，连珏觉得自己这辈子都不会安心。苏小夕这个二货，可真会挑时间分手。

晚上，青青从浴室里走出来，用毛巾擦着头发。许萌正披着今天刚买的民族风披肩矫揉造作地自拍，安颜坐在床上刷微博，时隔几天，林子默终于又更新了一条微博，只有两个字，心经。依然搞不懂他到底在想什么。

青青坐到安颜旁边，说："看什么呢？"

"林子默今天更新了微博，可是只有心经两个字，不知道他在干什么。"

青青紧靠着安颜坐着，说："你还是很喜欢林子默么，一点都没变淡？"

安颜放下手机，仰着头看着民宿房间有些脏的天花板，过了很久，才说："小黎以前喜欢过一个男生，情况跟我喜欢同楼那个男生差不多。"

黎喃在大二上学期的时候，每天都会在图书馆遇到一个男生，他们的位置从隔着三张桌子，慢慢地到每一次都坐在彼此对面。就这样过了半年，两个人没说一句话，也没有任何表示。黎喃私底下翻过他放在桌子上的书，知道他念的是教育学专业，按图索骥地查到了一些他的资料，知道他的名字叫易胥，是福建人，知道他住在401寝室，知道他跟他班上的人关系一般，常常一个人去吃饭，等等，矜持如她表面上却没有任何动静。终于有一天，他们在文学类书架遇到，挤在同一个隔间里，狭小的空间让黎喃有点慌，随便抽了一本书就往外走，她心里一直在幻想着男生叫住她，男生确实叫了她，而且叫的是她的名字。黎喃一时没反应过来，男生的声音也不大，她就以为是自己的幻听，不敢在意，停了一步就赶紧走了。等她回到座位上，仔细回想了一下，才确信刚才是男生叫了她。等了很久，男生回到座位，神色平静地收拾了自己的东西就走了，后来，没再遇到过。相遇的时候，男生就已经大四了，毕业之后，虽然知道他的一些联系方式，黎喃从来没有主动联系过。

"小黎对我说，从男生叫她，她却没反应过来的那一刻，她跟他就注定是要错过了，他们彼此并不熟悉，也不可能就为了一句话没说过的暧昧就爱得无法自拔，但小黎一直觉得特别遗憾，过了很久，她依然会说，可能这就是她这一生中最大的遗憾了。"

"小黎后来怎么没去找他啊？"

"她说，从男生面色平静地走回来，她就明白了他只能是她的遗憾，她放任了这样的感觉，因为只有遗憾，她才会永远记得他，而一个人是不能与遗憾在一起的。"

"没道理啊，如果去找他，他们说不定就在一起了。"

"那时他就要毕业了，去向可能都确定了，"安颜说，"小黎常说，开始得太美丽的爱情通常没有好结果，他们的开始太有默契，她不敢相信这样的爱情能够走完一生，与其让他在经过之后变成遗憾，不如让感觉停留在最美好的那一刻。"

青青似懂非懂地点点头，说："我好像有一点明白了，可是，你对林子默呢？也是这样的意思吗？"

"我不知道，"安颜苦笑着摇摇头，说，"当同楼男生找到我，跟我说明一切的时候，我就彻底接受了他这个遗憾，可我偶尔还是会想起那种彼此相视的感觉，我想，林子默也终会成为我的遗憾吧，我会放不下，会念念不忘，但也只能这样。我们每个人或多或少都会如此吧，拥有自己的生活，但留着一些生活之外的念想。"

黎喃常常念叨起那个男生，当年他轻轻唤了她的名字而她未能当场察觉，以至于跟他最终失之交臂，让她每每想起都无法释怀。时间久了，她越来越不确定那时是否是自己的幻听，也越来越无法说服自己去找他一次。她幻想了太多与他的情节，这些幻想交织着现实，让她分不清虚实。她唯一能确定的是自己对他的喜欢，以及留下的无法言说的遗憾。

"我时常想起他，样子很简单，留着圆寸，戴着黑框眼镜，冬天会穿一身黑色的棉衣，换洗后是很多男生会穿的里面灰白色卫衣外面黑色羽绒夹克，挺学霸的，发了不少文章，很沉默，不爱说话，但眼睛里总藏着呼之欲出的内容。"小黎每每带着笑容回忆，"我至今常常惦记他，却不会去找他，他在我记忆里，永远那么好。"

"青青，"安颜看着青青，说，"遇见他，就是最美的时光。"

青青宠爱地让安颜靠在自己的肩膀上，用手指轻轻梳着她的头发。也许每个女孩心里，都有那么一个男孩，一段最美的时光。到最后忘了，只把他凝结成一个记号，系在心上某一个地方。

一个人自拍不过瘾的许萌把安颜和青青的民族风披肩向她们扔过来，说："别在这里多愁善感啦，快，披肩 S.H.E 走起来。"

三个人一扫阴霾，暂时把这些想不明白的思绪放下来，开心地享受当下。

下午稍作休整后剧组开始四处踩点，路过一间卖民族风披肩的小店，青青当即决定这些披肩可以用来做在这边戏份里的服装，不光三位女主角一人买了一条，青青和许萌也跟着凑热闹一人买了一条。她们披着披肩组合出披肩 S.H.E、披肩 4 in Love 和披肩五月天在桥上走秀，不少游客纷纷拿相机拍她们。

隔壁房间里，在和徐林就着下午拍的照片设计分镜的薛芬芬听到隔壁三个女孩子笑得无比欢畅，忧伤地叹了口气。誓要做女强人，连做女人的那点乐趣都弄丢了。刚想臭美披上披肩立即被嘲笑像村姑，彻底伤到了自尊。薛芬芬叹了几口气，继续研究着怎么拍片。

同里的夜很安静，月光也很皎洁。

迟迟不睡的人都在暗自想念。

次日的清晨没有阳光，阴天，也有可能会下场小雨。安颜在温度宜人的清凉中醒来，睡在身边的青青依然在梦里微笑，幸福地转过身去。时间才刚到六点一刻，同里的清晨格外地静，木窗户外偶有谁挑水的声音，除此之外，就是栖在院子里的小鸟的唧唧声。她披散着头发，眼睛因为刚睡醒而清澈水灵，坐在床沿抬头透过门上的窗户望着民宿的古老房檐和它后面灰白色的天空。

在这样的清晨醒来，心情出奇地平静，也觉得美好。

她轻手轻脚地简单洗漱，披上昨天买的披肩，拿了房间的钥匙，轻轻带上了房门。门外的院子里栽了一些常青松，蓝灰色的砖墙上覆盖着满壁的爬山虎。院子角落搁置着半米高的石缸，像是从远古而来的睡莲下有几尾红色的锦鲤，头顶着黑色的斑点。她站在廊檐下抬头看高高翘起的房檐，从那个视角一定能够看到屋顶上铺着鱼鳞一般的黑色瓦片。

安颜跨过店门口的木门槛，店门外是一条长长的河。

小镇还没完全醒过来，沿河边走，很少开着的门，路上行人不多，因睡眠变少而早起的老人们三五成群地坐在门前闲聊，或者一起坐着沉默。她慢慢地走，遇到桥就踏上一座桥，遇到弯就转过一个弯，不知不觉已走远，似乎离开了规划好的景区，面前的河里水在流动，而景点的那条河是安静不动的。河两边的房屋是纯粹的人家，没有店面，有的也是支一个小摊卖一点小食品的家庭生意。路是坑坑洼洼的，满地都是细碎的小石子，走起来，才有乡间的感觉。

不知道走了多久，不远处有一座古老的石桥，桥身上的每一个缝隙里都长出一棵野草，让石桥看起来比它的实际年龄还要沧桑，像是披着一身的风尘。

越走越近，直到站在石桥的身旁，她想起了林子默在火车上跟自己聊起同里时说的那些话。

"同里的早晨很安静，路上没什么人，流水的声音很清澈，我一个人走了很远，走到了景点之外的一座长满了杂草的石桥，坐在那里想了很多事情，那感觉很美妙。"

景区内的河水听不到清澈的声音，它与河流本该交汇的地方被水坝拦上了，其实只是一个两头封闭的池塘，只有这景区之外的河才能听得到流水的声音。安颜看着这座桥，笑了，没想到，她也走到了这个地方，也是在一个一个人醒来的清晨。她拾级而上，在桥的顶处坐下来，林子默的幻象应该是坐在她的对面。她隔着时光，对着他笑了笑，能看到他一贯的温和笑容，如同桥下平心静气的流水。

她和他中间隔着好几年，一同闭上了眼睛，感受清新的过路风。

林子默，你是对的，坐在这里，真的会不自觉地想起好多事情。这里很安静，太适合用来做一些回忆。在这里，仿佛才能真正触摸到自己的心，如此安静，所以听得见它的声音。

清风撩起安颜的头发，她在微微闭上的眼睛里，看见了连珏像个孩子一样开心的笑脸。他咧着嘴，一脸开心地向自己走来。安颜的嘴角有恬淡的笑意。

她摸出口袋里的手机，出门时，不想带太多东西，唯有钥匙和这部黑莓的手机。她打开语音信息，按住录音，说："呃，我现在在同里，在四下安静的清晨醒来，青青和许萌都还在睡，我一个人出门散步，沿着河慢慢地走，心里有久违了的宁静。很平静，像是还能听到心里的风。我喜欢这样的感觉。"她顿了顿,说,"在这样的时刻里,我有一点想你了。"

信息发出去了,不知道他起床了没,也不知道什么时候会听见这条留言,听见后会有什么感受。她不想管,也暂时没有一切的矜持和羞涩,在正确的时间地点,做一些不知道对错的事情,就放任它去发展出不知道什么样的结果。

一切都很好。

连珏在睡梦中感觉到手机的振动,虽然安颜再三告诫他睡觉时不准把手机放在脑袋边,可他总是怕会错过她联络他的第一时间,因而违逆了安颜的嘱咐。室友们都在睡,他耳朵靠在听筒上听安颜的语音信息,听了一遍,又听了一遍,直到每个字都刻在了心里。

安颜第一次说出对自己的想念,这喜悦来得太突然,他一时之间竟不知道怎么办才好。反反复复听了好多遍,他拨通了安颜的电话。

"喂。"她说。

"起这么早啊,"他说,"今天拍戏吗?"

"他们还没起床,我一个人出来走走,今天有很多室内的戏要拍。"安颜说,"吵醒你了?"

"如果每天都能被你这样叫醒,我心甘情愿。"

她不知道该说什么,呵呵笑了后,说:"傻瓜。"

"在外面待一会儿差不多就回去吧,跟他们一起吃个早饭,薛导演的工作强度那么大,别累着自己。"

"嗯,你的事情办得怎么样了?"

"一切都很顺利。"

"那就好,你没什么事就接着睡一会儿吧。"

"好的,你记得早点回去,别一个人。"

"知道了。"

挂了电话，连珏把手机放在胸口，直视着天花板，傻傻地笑着。

安颜刚要起身，收到他发来的短信，说：I miss you all the time.

目光顺着河流走，穿过在对面一同起身的林子默，向远方而去。不被树眷恋的叶子，随着河水慢慢流走。

吃完早饭没多久就下起了濛濛的细雨，河上面像是起了一层雾。薛芬芬抓着这千载难逢的机会赶紧让三个女主角往桥上走，拍一些可能会用上的镜头。身披民族花色披肩的三个女生巧笑嫣然地走上石桥，镜头里的画面很有江南烟雨俏佳人的味道，薛芬芬在场记单上记下这一段镜头的镜号，啧啧地说："好顺利嘛，今天下雨，碰巧今天安排的都是室内戏，看来这片子能行啊。"

上午的室内戏是在小镇口的一间两层的茶楼拍的，茶楼沿河，在二楼能看到一条贯穿西东的古老小巷，昨天他们探访了好几个茶馆，只有这一间的视角最好，倚窗而望，还能看到一座全木质的小桥，被阿泽赞美随便怎样构图都很好看。

三个女孩一人点了一杯茶，茶盛在青花瓷的茶碗里，碗不大，很容易就喝完，旁边有热水壶可以随时续杯，一个人一杯茶，可以打发一整个下午。安颜坐下来，虽然身边围着打灯光的、补光的、摄像的、收音的各种人，用杯盖拨开茶叶，轻轻呷一口茶，很快能忘掉旁边的一切。

旁边有一对路人情侣，饶有兴致地看着这一群拍电影的人，很配合地做着画面的背景。安颜回头看了一眼他们，羡慕地说："看看人家多好啊，我们三个女生再快活，也完全比不了人家一对情侣。"

按照剧本，女主一将要在这里遇到男主一，那是特意追随她而来却佯装偶遇的一个男生。

"来这里玩的有情侣，肯定也有像我们仨一样求偶遇的光棍，"

女主一趴在窗棂上望着老街上人来人往，"我有时候特别纳闷，你们说，这地球上最不缺的就是人，怎么就遇不上合适的呢？"

女主三手掌垫着下巴，说："都大四了还找不到男朋友，我可不想当老处女啊。"

"爱情是这世界上唯一一件你怎么努力都可能没有用的事情。"安颜也忧愁了，看着身后那对情侣依靠着彼此双双望着窗外的同一个方向，这声感叹来自心底，"虽然你很想，但就是没有办法。"

三个女生不约而同地叹了口气。

"老板娘，我们坐楼上。"先有一个声音传来，镜头对着楼梯口，一个男生先一步走入画面，然后再走进来一个男生。女主三拍拍安颜，小声说："你猜他们跟我们一样都是单身，还是一对儿啊？"

安颜侧着脸仔细打量了一下在一张桌子外坐下来的两个男生，说："应该不是一对儿，看着不大像啊。"

女主一慵懒地把视线从窗外收回来，伸了个懒腰，说："虽然没有男朋友，不过坐在这里喝喝茶，看看风景，也蛮不错的，换个角度来说，我们也该珍惜单身的生活，真谈恋爱了，可能就没这么自由了。"

"春晓？"女主一听到身后有人叫自己的名字，回过头去，眼前的男生看着有些眼熟，但不是特别熟悉。安颜和女主三对视了一眼，心想，这都行，被一个加强连的人追的人就是不同凡响，到哪都有熟人。

"你是？"

"我王天啊，"男生憨憨地笑，说，"你可能不记得我了，我高中跟你同班，给你写了一年的情书，结果毕业前还是没敢当面跟你说。"

三百多封情书的事情她当然记得。高中暗恋的女神，情书被淹没在情书的海洋里，毕业前依然不敢当面告白，大学去了不同的城市，一个在苏州，一个在南京，看到女神的微博说要来同里玩，特意来碰一碰运气。

电池没电了，演员们松了一口气，可以休息一会儿了。换电池的空当里，薛芬芬突然灵光一现，知道了苏州的戏应该怎么拍，连忙坐下来写思路，顺手端起女主一的茶牛饮了一口。

安颜端着茶，往窗口靠近了一点，凭窗而望，同里景区的入口有一座宽阔的石拱桥，来的时候，青青手里拿着绿茶效仿刘若英在一个广告里的举止，优雅地在桥面上转圈。石拱桥上永远有那么多的人，茫茫人海中相遇，有多难。她在没有遇到同楼男生前，偶尔会想，每天跟那么多人擦身而过，会不会跟那个命中注定唯一的人早已经错过了。遇到林子默后，她才算真正走出了同楼男生的影响。感情是会被代替的事情，最终跟你在一起的人会帮你解脱执念。在遇到他之前对每一个爱过的人依依不舍，执迷不悟。

那么连珏，会让她走出来吗？与林子默分开那么久，她已经渐渐在期待，有人能够带着她走出来。

杯子里的茶，添水很多次，味道越来越纯粹。添进去的，都是时间。

同里第三天，前一天晚上在房间里拍的戏折腾到快一点，这一天上午大家都起不来。安颜迷迷糊糊听到手机铃声，以为是自己设置的闹钟，条件反射地关掉了。过了一会儿，那个铃声再度响了起来，她迷糊地看了看屏幕，是连珏的来电。

"喂，在忙？"连珏以为安颜正在拍摄过程中所以才掐掉电话。

"没有啊，昨晚到好晚，困得要死。"安颜说，"都睁不开眼睛了。"

"那你继续睡吧，等你睡醒了再给我回个电话吧。"连珏好脾气地说。

"有什么事吗？"

"没事，就是打个电话给你。"连珏说，"你赶紧接着睡吧，听你声音都特别没精神。"

安颜没多想，挂了电话后继续睡，太困了，一下子就扎进了睡眠中。

直到快中午，许萌先醒了过来，叮叮当当的洗漱声把青青和安颜也叫醒了，没过多久，薛芬芬一个一个房间地敲门让大家赶紧起床。安颜洗漱好，精神多了，想起来连珏好像给自己打了个电话，查了通话记录果然有一通十点一刻的来电，打了过去，刚响一声连珏就接了，想来，大概是一直在等安颜的回电吧。

"醒了？"

"这都到中午了，你吃了饭没有？"

"还没呢，"连珏说，"你醒了的话，就出来吧。"

"出来？出来哪里？"一秒钟的疑惑，安颜瞬间反应过来了，"你现在在同里？"

"我不知道你们具体住在哪，就知道是在三桥的附近，我就在这里等着了。"

"你上午十点钟就到了？"那通电话原本的内容应该是告诉自己他来同里了，自己居然毫无顾忌地又睡了两个小时。

"嗯，是的吧。"他的语气却丝毫没有怪罪。

安颜拉开门就跑了出去，青青在后面"哎哎哎"了半天也没叫住她。安颜跑出店门，往十米开外的三桥看去，那个熟悉的高个子男生就坐在石桥的台阶上，正饶有兴味地看着河里游来游去的鸭子。

安颜跑到他面前，他笑着站起来，高过了安颜的头顶，安颜看着他，他一如既往地满眼温柔和笑意，总是那么平易近人，没有距离。从他像跟屁虫一样跑来南京，这是第一次分开这么久，身边没有他在的空荡感让她总是无法适应。作为演员，她去了这个小镇上所有值得去的地方，却一直遗憾少了一个他。就像《毕业之前再恋爱》在同里这边的拍摄主题，没有爱人的旅游总有一种缺斤少两的不足。她戏里戏外地感受这点，比他们体味深得多。

终于他来了，如他每一次不吭一声地从天而降，却没有哪一次有这一次这样让人惊喜。对视的他们，站在桥上，三秒后，抱在了一起。

身边响起掌声，有路过的游客，也有追着出来的青青以及尾随而来的剧组成员。他们笑着看看身边，被祝福的感情才能走得很远。最好的朋友们恰巧做了见证，这一点让他们非常安心。

"那你们现在算在一起了吗？"青青问。

连珏给安颜的碗里夹了点银鱼，说："我要设计一下第三次表白，然后安颜终于答应了我，我们才算在一起吧。"

"那赶紧的啊，"青青说，"趁着亲朋好友都在，赶紧把事儿给办了。"

连珏看了看安颜，有些疑虑，说："再等等吧，等把在同里的部分拍完了再说吧，我就不添乱了。"

"就是，"薛芬芬说，"看人家连珏多有觉悟，刚来就知道立即进入工作状态，不像在这里的某几个人，"她用筷子指了指许萌和青青，"每到一处必定自拍半天，完全没有自觉性。"

许萌和青青相视一笑，薛芬芬嘴里含着饭嚷嚷道："赶紧吃，赶紧吃，拍不完都别想玩。"

"那你说的拍完了在同里畅玩一天的诺言可得兑现啊。"许萌讨价还价，她一直担心薛芬芬万一赶进度拍完了同里就马不停蹄赶去苏州拍，那这趟同里就算是白来了。这种事情以前发生过，不得不有所防范。

薛芬芬这一次很爽快地兑现了她的诺言，在同里的拍摄过程一直非常顺利，比预计要早半天完成所有拍摄任务，她关机前检查最后一场在船上的女主角跟在桥上的男主角的一段对话，这一场戏很巧妙，男主角在石桥上经过，看到载着三位女主角的木船由远及近地划过来，他们隔着越来越近的距离喊话，木船钻过桥洞，男主角跑到另一边，跟回望过来的女主角暂时告别。视觉效果非常不错，为此还特意租了一条木船，反反复复地在桥洞前后划过来划过去，撑船大叔见惯了来同里拍戏的剧组，面对镜头有坦然自若的专业度。

薛芬芬鼓起腮帮子，缓缓地把气吐出来，然后说："好的，在同里的戏杀青了，关机！"青青和许萌欢呼着抱在一起，薛芬芬不满地白了她们一眼，说："少装了，你俩又没少玩。"

安颜和连珏相视一笑，忙了好几天，终于可以放下心来好好玩了。虽然拍戏去过了这里所有值得去的地方，却没有一个地方是真的好好去看过的。安颜一直都很想再去看看那些园林，拍摄时太匆忙，只挑了几个视觉好的地方拍上一段，还有很多值得看的部分。

青青和许萌嚷嚷着自由行动，拉着单身的女主角们跑了。薛芬芬叹了口气，让剩下的人把东西先放回住的地方去，连珏刚弯下腰收拾灯具，薛芬芬招招手，说："你俩就不用了，赶紧该去哪去哪吧，这点东西我们这几个人一人一个都足够了。"看到连珏有些犹豫，补了一句，"去吧去吧，赶紧去培养感情。"

连珏乖巧地笑笑，说："那我们就走啦。"

"走吧走吧。"

连珏温柔地对安颜说："我们走吧，想去哪？"

"到处慢慢看看吧。"

薛芬芬面带慈母般的笑容望着他们，没有牵手，但紧挨着并肩走。应该八九不离十了吧，安颜的心防已经松动了。林子默那边，总算有个交代了。

连珏和安颜没走多远听到了前面很热闹的声音，转过弯，镇上的广场正在进行老年人广场舞比赛，平时用来唱戏的舞台上一群穿红绸衣的老头老太太跳得特别开心，舞台下乌泱乌泱的观众，想要靠近一点看都有难度。

安颜个子不高，被一层一层的人挡住了视线，连珏使劲挤开人群，让她能够站到花圃上去看。大概是镇上的大事件，加上国庆假期游客量巨大，安颜站到花圃上视野一开阔，被眼前海洋一样挤挤挨挨的人头给镇住了，人海前方，坐着一排十个煞有介事的评委，很认真地看表演打分。

所有的参赛队伍都站在路上候场，唯一能够分辨他们的就是团队统一的服装。老头老太太们热情很高，虽然动作时有出错，每个人看上去都格外精神。

音乐声很大，安颜和连珏的对话都需要贴近对方的耳朵才能传达，说话呼出的热气冲在脸颊上，他们有几次差一点亲吻到了对方，因为太开心，所以也没太在意。安颜因为每一个值得开心的瞬间笑起来，连珏微笑地仰望着她，左手环抱着她的腿为她做安全防护。

她看起来很开心，人群笑时，她也跟着笑。音乐很大声，人群很嘈杂，他的世界安静得只剩下她一个。她站在花圃上高兴地鼓着手掌，时不时回头对他大笑，指着跟不上节奏的舞蹈队员让他快看快看。连珏的开心货真价实，从未有如此真实的感受，仿佛拥有了全世界的王者。

自从他收到安颜的语音信息，快马加鞭地把事情弄完然后披星戴月地赶来同里，跟她碰面后的这几天，他每分每秒都在巨大的开心和满足里，安颜变了，变得不再防备，不再躲闪，他为她每一个不经意的亲密而喜不自禁。他们一起坐在庭院里赏月，聊一些过往的人生；一起在一条小船上随波逐浪，听河岸边有人唱起古老的歌谣；一起在夜色中的水乡沿着河散步，走到没有人的地方，她害怕地紧紧握着他的手；一起逛江南园林；一起赏字画根雕；一起在贯通东西的古老街市上看各种纪念品；一起吃着同里有名的芡实糕……他们做了一切在这里该做的事情。他好不容易拥有了一个有实质性进展的如今，有了一旦拥有便不舍得放开的幸福。

只是，这幸福虽在，他却无法轻松享受。

连珏望着开心拍手的安颜，她的笑，她的美，她给予他无法抗拒的吸引。他毋庸置疑地爱着她，可是安颜，她的心里，有一个名叫林子默的遗憾。她曾遗憾他早已经有了女朋友，听到消息的当下失魂落魄地离开。她孤注一掷地在一场虚拟的电影里跟他真实地相爱，最后不得不背负着沉重的道德枷锁忍痛离开。他知她所有，知她感受。

现在，她和林子默之间的蔽障已经扫清，就算她没有在等，也终于是等到了一个可以消除遗憾的机会。该不该放开她，让她去追求她想要的幸福？连珏环抱着安颜的腿，为她的欢乐带来保护，让她能在他给予的安全感里愉快地跳动。

他敛下了笑容，忧愁地看着她。

现在的我们看起来很快乐，可是，安颜，该不该跟你说，如果你听说了，会怎样选择未来的路？我很想拥有你，但更希望你能真的幸福。

第五章

上海，十二月

小黎：

　　一转眼这一年就快过去了，说好的世界末日不知道会不会来，倘若真有末日，你和我会不会遗憾末日来临却未能收获到爱情。可事到如今，我却不那么焦虑了，万事万物因缘际会，经历了许多，变得比以前从容。

　　上次你来信问起我和连珏的事情，我一直不知道怎么说，所以才一再回避这个话题。我和他至今也不是情侣，虽然如果有些事我们都不知道的话，早该走到一起了。也许我跟他是真有一生的缘分吧，才会走在这么坎坷的路上，满脚泥泞，却没有停下脚步。

　　我记得今年五月份的时候，南大110年校庆的前夜，我和青青、芬芬、阿泽和徐林还有一个男生为了在这样的日子里表示下对母校的敬意，决定赶在凌晨十二点，也就是5月20日凌晨，在南大最高点天文台呼喊生日快乐。听起来是不是很热血？只不过我们六个人居然没有一个人去过天文台，加上学校那时在搞基建，往天文台去的那条路全是工地，没下雨时，这里扬起漫天的灰尘，可见度极低，可下雨了，这条路上全是泥，走起来极其艰难。

出发时已经十点半了，我们的步伐很慢，眼看着天文台就在眼前，却怎么走都走不到，走到脚下却发现似乎要绕过一座山才能上得去。每踩一步，脚下的泥就多一点，时不时需要停下来去掉脚下的泥，因为实在太重了，可是刚去掉没多久，又会有新的泥粘上去，反反复复不胜其烦。那一片没有灯，路上很黑，还好我们有六个人，其中有三个男生，比较好一些，但还是很怕，时不时会听到不知道哪里传来的狗吠声，在空旷的路上此起彼伏，徐林捡了根小木棍权当防身。

我们走走停停，因为总到不了，队伍中不断有人提议往回走，也发生了一些彼此埋怨的不愉快。那真是一段前途未卜、后路遥遥、举步维艰的旅程。过了工地，进了山路，遭到狗群的狂吠攻击。我们像闯关一样一关一关闯过去，终于到达了天文台。到达的时候，差五分钟到十二点。我们在山顶上听到十二点一到全校突然从寂静中爆发出的生日祝福，也跟着一起喊起来。青青和我都哭了，芬芬是铁娘子，还笑话我们是爱哭鬼。

我很感慨，就算现在想起来也抑制不住心里的激动。虽然走了一段很难的路，不断地否定、焦虑、怀疑、痛苦，但最终到达时，那种快乐和满足是真实得无法回避的。在天文台上能看见远方的路上如星光般撒了一路的灯，也只有经历了那么多辛苦才能看到这样的美景。那时候，我想，我大概不会再害怕路上辛苦了吧，因为我知道，辛苦过后，会获得一种通透的幸福。

离开同里，苏州的戏份里没有我，都是女主一和男主一的对手戏，我和连珏都闲了下来，跟着剧组在苏州城里四处找景，也算是来苏州玩了一趟。我一直纳闷连珏时而露出深邃的沉默，问他，他却总是笑而不语。直到芬芬让我们去买一些道具，跟大部队脱离开，他开口跟我说了林子默和苏小夕分手的事情。他说他想要一直隐瞒，就当作不知道这件事，起码就算最后我知道了这个消息，也不该是他来成全我。我承认，在听到这个消息时，我有一种窃喜的感觉，有一种早该如此的感觉，我知道这不够光明磊落，但我也只是个平凡的人，有喜欢，有羡慕，有嫉妒。但这感觉过去后，我却没有如释重负之感，连珏犹犹豫豫地问："那你会去找他吗？"我的第一反应居然是，找他干吗？

连珏认为我这种反应不正常，我一时三刻也真的无法清楚地整理自己的思维。我从不认为自己在等林子默，我早已经对自己说了放弃，也终于认可了这份遗憾。我向连珏说起了你和易骨的故事，他听完后忍不住唏嘘。我说我已经放下了，遗憾有遗憾的美，至少我和林子默都能永远停在彼此心有灵犀的喜欢里，随着时间愈发透亮光泽，值得回忆。

我知道这之后连珏心里有了障碍，他的笑没以前那么纯澈。我们虽然亲密无间，他却再未开口说过在一起的事情。我问他是否想要放弃了，他说不是，他只是不想我人生有缺憾，他怜惜你和易骨最后没能在一起，说不要让我也如此。他想追求人生百分之百的完美，所以他可能无法和我们一样认同遗憾可以被谅解。我们没有强求往前，却有原地踏步的浪漫。

连珏说，在我和林子默重逢之前，他不会占掉我心上唯一的那个位置。

我亦想试着证明自己真的能够坦然面对深爱过的林子默。

我们暂时不适合，不再是我需要调整自己，我和他都需要。

这个月，我就要来上海了，你知道的，《会有风停在这里》以大热之势入围了中国大学生独立电影新盛典的六个奖项，不出意外的话，我和林子默将在上海重逢。时隔半年，我和他终于要见到对方了，我比哪一次都更期待这个遇见早些到来。

我也许还混沌不明，还不能够完全梳理好自己的心情，我也想要找到系铃的人，为我解开绳结。

　　小黎，我们也要见面了，我从没有过像这一次一样期待上海这座城市。

你的 安颜

十二月

中国大学生独立电影新盛典，旨在嘉奖一年以来认真制作独立电影作品的大学生及团队，今年是第三届，组委会选在了上海举办。

薛芬芬这一年执导了两部独立电影，除了和叶鲤联合导演的《会有风停在这里》，她还有年初单独执导的《诗》，两片均入围，但《诗》只入围了最佳剧本，而《会有风停在这里》则风光入围了最佳电影（何青青，叶鲤）、最佳导演（叶鲤，薛芬芬）、最佳男主角（林子默）、最佳女主角（安颜）、最佳剧本（叶鲤，徐林），最佳摄影（鹿泽、言明）六项大奖。对于安颜来说，这是她第一次入围电影的奖项，并且入围的还是表演奖，一年前一直在做幕后的她绝对想不到未来会有这样的事。

《会有风停在这里》上线后，男女主角的表演得到了外界一致的肯定，甚至有电影学院的教授盛赞安颜和林子默是无差错的、毫无表演痕迹的一次演出。叶鲤得知入围名单后，预言其他奖项也许还有变数，但他看过其他入围作品里的男女演员后，认定《会有风停在这里》一定能捧回这两个奖。他一直说，《会有风停在这里》能成功，很大一部分功劳要算在演员身上，演员逼真的表演让故事生动立体。

颁奖典礼的早晨，安颜在酒店房间里和青青一起换上礼服，青青是《会有风停在这里》的制片人之一，她说，为了讨个好彩头，特意借来一身火红色的长裙。抹上大红色口红的她一下子就女人味十足。

安颜的礼服是一条及膝的白色裙子，天生自然卷的头发稍微做了做，看起来清纯可爱。

她帮青青整理背后的坠饰，说："我怎么觉得今天会出点什么事啊？"

青青转过身来，说："担心遇到林子默吗？"

安颜摇摇头，说："一切都不会如预料的那样。"

化了精致妆容的青青笑起来颇有风情，她说："没关系，跟随你自己的心，我们支持你的每一个决定。"她顿了顿，深深地看着安颜，说，"不管最后是连珏，还是林子默。"

房间门被敲响，薛芬芬在门外问换好了吗，该出发了。她为了显得干净利落，只穿了一件黑色的西装，看着还真像个导演。青青拉开门看到薛芬芬，笑着说："你戴个墨镜直接可以混帮派去了。"

薛芬芬嫌弃地扯了扯青青松松垮垮的礼服，说："我可不愿意穿成你这样，走路都不方便。"

"反正你也没有追求女人味这种东西。"

安颜的亮相还是让薛芬芬眼前一亮，大赞安颜果然是真女神，开玩笑说："女神，我跟你签个合约，以后你就一直演我的戏吧。"

青青一把挡在面前，说："你得先问过了我，我是安颜的经纪人。"

"边儿去！"

她们在楼下和坐在大堂的叶鲤遇到时，叶鲤也开了一样的玩笑。叶鲤今天穿了一身亮灰色的西装，特别英气。阿泽骚包地穿了一身白色西装，连一向不爱打扮的徐林都穿得很笔挺正式，一群人走在一起，更衬出薛芬芬随意得很。叶鲤打趣薛芬芬是以不变应万变，身边人一光鲜亮丽，暗淡无光的她倒醒目了。看起来，她才是幕后BOSS，低调得很。

安颜左顾右盼了半天，没见到林子默，叶鲤看到安颜四处搜寻，说：

"林子默身体不适，在住院，今天就不过来了。"

"他生了什么病啊？"

"反正是需要住院观察的病，麻烦得很。"叶鲤似不愿多说的样子。

红地毯上《会有风停在这里》剧组的亮相得到了极高的关注，作为领跑入围名单的大热门，他们被安排在倒数第二个走红地毯。走完红毯，他们还在展示板前留影，最后一个剧组踏上红地毯，引发了更大声的尖叫。安颜循声望过去，那个剧组打头的是一个穿衣看似随便，细节却非常得体的男生，她认识他，一直被薛芬芬开玩笑说是叶鲤的死对头——蓝柯，他们俩有过数不清的交锋，所得成绩暂时领先于叶鲤。这一次携带另一大热门影片《宠儿》剧组前来参加颁奖礼，气势如虹。

进入会场，没有一起走红地毯的剧组成员早已经坐在了里面，连珏见安颜走过来，赶紧起身去接。今天的安颜漂亮极了，礼服是他陪她一起去选的，他第一眼看见那件短裙就知道它一直在橱窗里等待着安颜。虽然价格不菲，他当即拍板买下送给安颜。

他由衷地微笑着，说："今天真漂亮。"

"这得谢谢你。"安颜试穿时看到自己与这件裙子惊人的契合度，惊讶于连珏对自己的了解，"你的眼光好。"

《宠儿》剧组坐在《会有风停在这里》剧组的前面，蓝柯回头跟叶鲤寒暄了半天，他们虽然暗地里较劲，却也一直是英雄惜英雄，蓝柯一再提起合作拍片的事情，叶鲤不知道是什么原因一直没应诺下来。等开场音乐响了，蓝柯把头转回去，全程没看薛芬芬一眼，在他眼里，多少还是有些看不上她的。在蓝柯心目中，青木映画一直以来都是靠徐林的剧本在撑，薛芬芬的导演能力上不了台面。徐林剧本拿奖无数，薛芬芬其实还没得到权威奖项的肯定。这一次若不是叶鲤，她入围的可能性很小。珍重叶鲤的蓝柯，对薛芬芬十分不屑。况且，蓝柯那么想跟叶鲤合作，都没成，居然让这样一个在他心目中没什么能力的菜鸟导演给抢先了，更是不悦。

"真没礼貌。"青青忍不住在安颜耳边埋怨，"虽然很厉害，但也不能目中无人吧。"

"就是，鹿死谁手还不一定呢。"阿泽看到蓝柯这么高傲，也有些愤愤不平。

小黎笑了，说："鹿不是一直在我们手上吗？"大家半天才理解到小黎是在说阿泽，纷纷哆嗦着感叹好冷。

"今天，"连珏口气有些迟疑，问，"林子默好像没来啊。"他是最佳男主角的大热门，没道理回避不来。他随同安颜来到上海就一直在观察，林子默从头到尾都没出现，以为会在颁奖礼上碰面，没想到还是没出现。他心里咚咚咚地打着鼓，也明白安颜这两天一直不安，林子默就像一把悬在头顶的剑，不知道什么时候会掉下来，也不知道会引发出什么样的结果。

安颜凑近了一些说："叶鲤说他病了，来不了了。"

"那你要去看看他吗？"

"去吧，"安颜看着连珏，说，"毕竟是朋友。"

这样也好，化被动为主动，总好过他突然出现，让人猝不及防。

典礼先颁出了几个估计是主办方内定的奖，入围名单上并没有出现这些奖项的名字。颁完这些奖才开始颁发入围名单上出现的那些单项奖，阿泽最终失意最佳摄影，本以为摄影奖是囊中之物的阿泽忍不住失望。

"亏得我还花巨资买了这一身西装。"

青青笑话他肯定不记得穿红内裤。

"肯定没穿啊，白西裤配红内裤，会显出来好吧。"阿泽说，"我当然是穿白色的。"

"那怪谁？"青青笑着说，"明明是灰姑娘，硬要假冒白马王子，白内裤，白来一场了吧，哈哈哈哈。"

阿泽气恼地白了青青一眼，女孩们在一旁乐不可支。

紧接着，剧本奖旁落《宠儿》剧组，颁奖人不无惋惜地说徐林的《诗》文本非常不错，但因为同时入围两个剧本而导致票数分流，最后错失最佳，徐林诚恳地说："能入围就不错了，《会有风停在这里》和《诗》的故事都比较简单，《宠儿》的剧本叙事复杂，给出的观点非常强烈，我一直觉得他们能拿到的。"

青青啧啧地说："看吧，男孩子家就是比较大气，女孩子就喜欢叽叽歪歪。"阿泽往青青胳膊上使劲拧了一下，差点让她叫出声来。

薛芬芬不耐烦地低声说："吵死了你们，马上颁女主角奖了，我紧张死了。"

叶鲤内敛地笑了笑，听到颁奖人喊出安颜的名字。

安颜众望所归拿到了最佳女主角。连珏兴奋地站起来大力鼓掌，在安颜发表获奖感言和与主持人互动的过程中，他都张着嘴巴憨笑地望着安颜。他的眼睛里没有别人，只有安颜。

安颜在后台留影时，听到颁奖人颁出了最佳男主角的获奖者，他说："虽然整个评选过程非常艰难，《宠儿》的梁泽明表演收放自如，完美演绎出大悲大喜的极端情绪，堪称教科书级别的表演，而《会有风停在这里》里的林子默，是一个很有经验的演员，他温润如水的表演让人很难不为之所动，他用眼睛演戏，内敛稳定却张力十足，令所有评委难以取舍，不过既然是竞赛，那就一定会有胜负，经过三轮投票，林子默以领先一票的优势赢得了最终的胜利。"

竖起耳朵听着这一段长长的抉择过程，安颜紧张得忘了回答记者的问题，直到听到最后胜出的是林子默，她忍不住欢呼起来。

叶鲤代表林子默上台领奖，说："林子默先生身体不适，所以由我来代他领这个奖，不知道这会不会是我今晚唯一一次站上领奖台，还是替人拿奖。"全场都笑了起来，"最近每一次见到林子默，他都跟我说，生命无常，我也一直回答他，人生中有过一次精彩，再无常也坦然。我很感谢林子默，没有他就没有《会有风停在这里》，我代表他谢谢评委们，你们的选择是对的。"

安颜在林子默的微博上看到过他说无常，当时一直不知道他在指什么。后来的他总是讳莫如深，欲说还休，让人无法理解。叶鲤走到后台时，安颜问："到底是怎么一回事？"

叶鲤笑笑，说："等我先留个影再跟你说吧。"

走回座位上，叶鲤告诉安颜，林子默得的不是什么小病，而是绝症，在医院已经躺了几个月了。安颜有如五雷轰顶，呆滞地坐下来。连珏看着面色如灰的安颜，连问了好几个怎么了，安颜都没有听见。

思维乱得像一群被网住的鸽子，横冲直撞，却没有一个明确的念头冲出来。她不知道该怎么应对这些消息，脑子很乱，耳朵嗡嗡嗡作响，连叶鲤和薛芬芬最后被蓝柯击败失手最佳导演的消息也没听见。直到《会有风停在这里》拿到最佳电影时，身边爆发出一阵欢呼，她才有如回到人世，回神太慢，感觉到被青青重重地抱了一下，却没有回应，呆滞地看着兴高采烈的青青和叶鲤牵着手走上颁奖台。

叶鲤站在台上，对着麦克风，沉默了一会儿，说："这些话，我憋在心里很久了，我拍了很多片子，《会有风停在这里》不是我最好的一次，但是，它是我最想拍的一次。有一天，有个朋友找到我，说他喜欢上了一个女孩，可是因为很多缘故不能跟她在一起，他知道这个女孩也喜欢着他，他说，想给女孩一个礼物，把他想象中他俩会有的恋爱故事拍出来，让他们在一场假戏里真爱一场，只为了让女孩没有遗憾。我这个朋友将不久于人世，他说他只有这最后一个愿望，让女孩能心有宽慰，坦然面对以后的人生。所以，我找到了跟女孩息息相关的一群人，拍出了我最想拍的这部电影……"

叶鲤后面说了什么，安颜已经听不清楚了，早已知情的薛芬芬心虚地看着安颜。安颜眼泪掉了一地，叶鲤在颁奖台上看见她飞快地跑出了会场，连珏紧跟着追了出去。他释然地笑了，如果听林子默的话，将这件事保密到他死，会让他因此而愧疚一生。

安颜拉开会场的门，门外强烈的光照让她成为一个剪影，连珏眯缝着眼去看她，那一瞬间，以为她要随着那光线一起消失，就好像午夜十二点丢下王子而遁走的灰姑娘。只不过，灰姑娘是怕现出窘态，安颜却是奔赴爱情。

在走廊里，连珏喊住了安颜，安颜停下了脚步，连珏慢慢走过去，看着她缓缓转过身子，已经哭成泪人。安颜看着连珏，又哭了出来，连珏想靠近一步去抱她，她却往后退了一步，躲开。

"对不起，连珏，"她说，"我一定要去找他，不管未来如何，我知道他在等我。"

"我陪你去。"

"让我一个人去吧，我一个人去面对就好了。"

连珏沉默着不知如何回应。安颜深深地凝望着连珏，他依然如此，一直未有改变过的美好模样，此时此刻，他眼睛里有破碎的心酸，等了两年多，终究只等到她为了另一个男人奔赴而去。

安颜心有愧疚，对他们两个都是如此，可林子默，已经没有时间可以用来浪费。她留下一句对不起，转身狂奔而去，踢踢踏踏的脚步声经过几个回声也彻底消失。她走了，走廊尽头的门开了又关上，她随着那些光一同消失了，看不到他一动不动地掉了一地的眼泪。

在属于林子默的城市里，他终于失去了安颜。

沉沉的睡梦，也许距离死亡太近，每一次的睡眠都像是醒不过来。他执拗地不肯就范，一遍一遍地回忆着那些短暂而美好的光阴，不知道能不能，也许已经不能。林子默艰难地睁开眼睛，看到安颜温婉的笑容，她穿着白色的裙子，有一头迷人的卷发，像个仙女一样坐着，安安静静，面带笑意。这大概是一场幻觉吧。

他不敢去碰，万一真是幻觉。

他们彼此对视，每个眼神都有时光的深度，不介意什么话都没有，这沉默让他们都很受用。时间静静流过，看似平淡不惊的两个人，在争分夺秒地体味在一起的感觉。忘记生死，这时候很足够。

他清瘦了许多，除此之外无太多变化，那双眼睛还是温和的老样子，看一眼就无法移开视线，就像个温柔的黑洞。她从未放任自己这样去看着他，以前不好意思看，从没有过像现在这样仔细打量，分毫都不放过。他的黑发、额头、眉毛、眼睛、鼻子、嘴巴，以前没发现他的左耳朵上有颗小痣，听说耳朵上有痣的人有才华，就像林子默这样吧。

安颜忍不住伸手去拨了拨他额前的头发，直到她温热的手触摸在林子默的肌肤上，林子默才有一种如释重负的安然，她是真的，不是幻觉。忍不住比刚才更开心地笑了。

"你笑什么？"

"还以为你是幻觉呢。"

"怎么会？"安颜也笑了，"以后我都不走了。"

"今天特别漂亮，是为了参加颁奖典礼吧。"

"嗯，你拿了最佳男主角，"安颜开心地笑着，说，"封帝了。"

"可惜我都没能发表获奖感言，"林子默说，"我要感谢亲爱的安颜，没有她，我拿不到这个奖，感谢她愿意跟我在一场假戏里相爱，从相遇到托付终身。"

"我要感谢你，感谢你默默地做了这一切。"

　　林子默拍完《意》离开南京，那时的他不清楚自己对安颜的感觉，身边有小夕了，他不是一个朝秦暮楚的人，对于爱情，一直觉得有就可以，过了狂热的爱慕后，就需要靠责任去维系。虽然小夕一贯任性，他却从未想过要放弃她。就是他庞大的责任感，造就了他对安颜亏欠的心。他本以为自己不会爱上她，只会一直停留在淡淡的好感和喜欢，却在幻想与她会发生怎样的故事时陷入了，他原本只是为了写一个电影，让他们之间会有一个值得回忆的满足，让她不会遗憾喜欢他却触不可及，未料到自己也爱上了温婉的安颜。她那么值得去爱，爱她是无法回避的情绪。

　　他找到叶鲤计划这件事时还算清醒，交给叶鲤一个完整的故事时已爱到不能自拔。他设计会与她发生的所有事情，那是如果他们相爱就会发生的故事，一切都平淡而幸福。这就是温和如水的林子默和同样如此的安颜会经历的事。原本想给她的礼物，却成了两个人唯一留下的幸福。他还以为一切都能掌控，圆了梦，醒来后，各自生活。爱情永远不按牌理出牌，爱上后，就没办法保留。

　　好遗憾，爱在世界崩溃的时候才到来。

　　林子默的手摸索到安颜的手，他们都迟疑了一秒钟，然后紧紧地握在了一起。从前不敢如此，现在，再也不担心任何了。他们有过错把对方当成恋人的经历，梦醒时分的惊愕，再也没必要了。他们从未如此真切地感受着彼此的体温，就算在那一场爱到彻骨的戏里，也没有。

　　"小夕？"安颜有些犹豫，"是怎么回事？"

　　"她看到了《会有风停在这里》，以她的性格，当然会怒不可遏，闹了很久，她说要去找你麻烦，我只能拿分手威胁她，"林子默缓慢地说，"她起先还是怕的，后来看到一些网上的评论，她的几个朋友也说三道四，她就想通了，提出分手，但要给你一点颜色看看，我就把病例给她看，让她看在一个快死的人面上，别计较。"

安颜对此很抱歉，林子默笑了笑，说："没事的，小夕一直都有男孩子追，我们感情早就出现了问题，她也就没再抗拒那些追求，跟我分手后没多久，一个挺优秀的男孩子就把她追到手了，据说两个人现在很好，我也就安心多了。"

"她没来看过你吗？"

"来干吗呢，何必呢，我的病一年前就查出来了，她从没有察觉到。"林子默有些心酸，看起来那么爱他的人，完全没感觉到他越来越虚弱的身体，和三不五时带的一身医院消毒水味。

"也就是因为查出了这个病，知道救不了了，才想着弥补你一些什么。"

《会有风停在这里》是他生前做的最后一件上心的事。

安颜轻轻抚摸着他的脸庞，笑说："傻瓜。"

"有些事没办法的，都是命，我只想着，会不会到死都不能够再见你一面。"林子默说，"你来了，我就知足了。"

他虽然一直平静诉说，安颜听着，却掉下了眼泪。

"我陪你，不走了，一直陪着你。"

林子默笑着点点头，也流了眼泪。

颁奖典礼结束，《会有风停在这里》剧组拿到两个单项奖的男女演员均没有出席闭幕仪式，连珏也不见了踪影，在这栋可以看到整个外滩的建筑物楼顶，小黎找到了一个人游离而去的他。

他卸下所有的伪装，在落地窗前沉默，眼泪落在玻璃上，划出一道水痕。接着是许多的水痕，眼前的玻璃转眼就花了。上海下雨了。雨越下越大，花掉的玻璃被雨水冲刷，一股股水流汇聚滑落，玻璃很清澈，但透过去看到的光却都一块一块地晕开了。

"你还会等她吗？"小黎走到他身旁，连珏闻声看了一眼，迟疑着，像在思考，良久，点了点头。

"连珏，你是个好男人。"小黎也直视着远方被雨水晕得光怪陆离的城市，"可是我们都还年轻，不可能这么轻易就得到一生的幸福，所以就算路上辛苦一点，也没什么关系。"

连珏没说话。

"你要原谅安颜，如果临终的人是易胥，即使他在天涯海角，我都会去找他。我们还活着，总会有希望，而对于林子默，一切都来不及了。"小黎看着连珏忧伤的侧脸，说，"林子默爱安颜，不会比你爱安颜少。可是他没有时间了。"

连珏苦笑着摇了摇头，说："我没有怪谁，只是一时之间太乱了。其实当我知道林子默和苏小夕分手了，我就猜到会有这样一个时刻，却没想到事情远比我想象的要复杂。"他撑着窗户，冰冷的玻璃印出一个他的掌印，"我只是，太乱了。"

小黎笑了笑，说："爱情，就像命运，没什么道理。我们其实都能够遇到那个命中注定的好伴侣，只不过老天不会让你得手得太容易。"

连珏看了一眼小黎，她微笑着直视远方，眼睛里起了回忆的雾。

"我相信总有一天我还会遇到他，我们的分开是为了未来的重逢，如果还会再相遇，我相信不管是我们俩中的谁都会愿意往前走一步。"小黎说，"如果再也遇不到，那就是最美的遗憾，也没什么不好。"

至少，这份遗憾把最美的那份感觉封存起来了，变成时光的琥珀。

"你相信有世界末日吗？"

"我只知道，如果放弃，那就是末日。"

连珏笃定地说："不管未来如何，我都会等她，哪怕林子默将永远活在她的心里。"

眼前的城市被电闪雷鸣笼罩，世界那么危险，我们相互保护，不分彼此。

下过雨的午后，空气很清新。林子默时常感觉疲惫，说不了几句话就会昏睡过去，他总说不舍得把珍贵的时光用来睡觉，"可是总是控制不住。"他每每醒来时冲着安颜抱歉地笑笑，"越想控制，就越觉得累了。"

安颜帮他掖好被子，坐在他的身边，温柔地说："累了就睡吧，我就在这里，哪里都不去。"林子默睡着时，她目不转睛地凝视着他，像看不厌似的。有时候，她会轻轻亲吻他的额头，当他做梦眼皮颤动时，她会亲吻他的眼睛。他们总握着手，他在睡梦中偶尔挣扎，会牢牢握住她。

当他醒来，会将一些过去的事情告诉她。他们抓紧所有清醒的时间聊天，把彼此身后的二十几年时光交换。他说了很多他的事情，从前来不及了解的，现在一口气全部展现，林子默远比她想象中要复杂得多。

"我的妈妈是爸爸在外面的情人，妈妈在我十岁的时候不愿意再躲在阴影下生活，扔下我走了。爸爸没有办法，只能把我接回他原本的家里。阿姨是个很时髦的女性，对我不冷不热的，她没有偏心，她对她亲生的儿子也是如此。她热衷于出去跳舞，对我们很少照顾。

"她亲生的儿子比我大四岁，叫林子居，我小时候很任性，因为自己的妈妈不在，所以总要做出很强的样子来保护自己。哥哥人很好，他的个性很淡然，像个忧郁的诗人。他的眼睛，像小鹿一样，很温和，让人觉得没有距离。"

安颜轻轻地笑了，说："就像你的眼睛。"

"我对阿姨很抗拒，对父亲也不够友善，唯独对哥哥，我不愿意对他太任性。爸爸说我们虽然不是同一个母亲生的，却注定要成为兄弟。在阿姨出去应酬，而爸爸工作很忙的时候，是他照顾我吃照顾我穿，渐渐地，我把他当成了依靠。

"哥哥学习很棒，一直都是年级的前几名，可是生性清淡，没什么朋友，加上身体不那么好，也就不爱体育运动。可是他经常代表学校参加比赛，每次都能捧回来奖杯，我一直都非常崇拜他。虽然每次都嘴很硬地讽刺他有什么了不起。"

"你呢，小时候成绩怎么样？"安颜问。

林子默不好意思地笑了，说："那时候全年级大概有 500 个人，我一般都稳定在 450 名的地方。"

"你那时候是典型的差生啊。"

"不光成绩不好，还皮得很，跟学校里不愿意读书的那群小混混一起逃课、打架、偷东西、混网吧，简直就是个野孩子。开家长会根本不敢叫爸爸来学校，只能让比自己年长四岁的哥哥来代替爸爸被老师教训。每次看到哥哥明明也还很稚嫩的脸上露出成人式的尴尬，我心里就暗暗发誓要好好念书。可是没有办法，我那时候对读书就不感兴趣，别人只要一叫我，我就跟着去玩了。"

"那你怎么考上复旦大学的？"安颜笑着问。

"哥哥一直非常喜欢复旦大学，那是他梦寐以求的大学，为此他付出了巨大的努力，终于拿到了复旦大学寄来的录取通知书。备考的时候，他就老觉得特别累，我们都以为是念书念得太辛苦，没多想，考完之后他却越来越容易累，常常坐着看一会儿电视也会睡过去，去医院检查了才知道他得了癌症，而且已经晚期了。

"哥哥到底是没有念成大学，在那年暑假就离开了。爸爸很伤心，有一次晚上我梦见哥哥，哭醒了，想去哥哥的房间睡，却发现加班归来的爸爸坐在客厅里，面前的烟灰缸里堆着小山一样的烟头。爸爸不常表露情感，那时我才知道他心里藏着多么巨大的痛苦。

"哥哥死后没多久，阿姨跟爸爸离婚了，跟了一个经常和她一起跳舞的男人。以前有四个人的房子，就剩下我和爸爸相依为命。爸爸工作很忙，我只能自己学着哥哥的样子做饭，洗衣服，照顾自己。慢慢地，我发现自己越来越像哥哥了，我才意识到，也许哥哥的生命在我的身上延续下来了。领悟到这一点，我更加发奋念书，发誓要考上复旦大学，圆了哥哥的夙愿。"

安颜帮林子默擦掉眼角的泪，林子默伸起手臂，拭去安颜掉下来的眼泪。他轻轻吸吮落在手掌上的眼泪，笑着说："眼泪好咸啊。"

"在我上大学的第一年，爸爸重新结婚了，第二年就添了一个小弟弟，经过了这么多事情，爸爸想开了，不能把所有的心思都放在工作上，应该多照顾照顾家庭，现在的他笑容多了，但也越来越老了。

"我这一辈子，有很多很遗憾的事情，第一是哥哥，第二是不能陪爸爸到老，还有一件，"他抚摸着安颜的脸颊，安颜顺势躺下来，靠在他的胸口，任他温柔的手一下一下地轻轻摩挲她的脸，"没有办法陪你走得更久一些。"

"都怪我不够果断，如果在相遇的时候就舍得放下已经变质了的感情，至少能为我们争取到更多的时间。未来的事谁能料得到呢，就像我一直以为哥哥会一直在身边，结果他却永远地离开了。在我才刚要懂得他的辛苦，想为他分担时，他却走了。我总是差了一步，总是来不及。

"如果有时间，我多想陪你到处走走，看看这个世界，我想陪你去一趟海边，去三亚，去青岛，最想陪你去鼓浪屿看看，牵着你的手，沿着海边慢慢地走……"

安颜的眼泪留在他的胸口，在浅蓝色的病号服上洇开一片深蓝。

林子默说着说着，这些话用了他太多的感情和力气，他手上的动作轻了，缓了，停了，安颜知道他睡着了。她靠在他的胸口，伴随着他的心跳，也一同进入了梦乡。她做了一个梦，梦到要赶去参加考试，时间已经来不及了，却又走错了路，就在她决定要不然就放弃时，林子默出现了，他好像并不太认得她，笑容很淡，他带着她穿过小巷，抄近路走，新铺好的水泥路面上洒了水，有一半地面湿答答的，这条路上没人。这条近路让安颜得以踩着铃声进了考场，考试很难，但总算是艰难地考完了。她长吁一口气时才想起来都没来得及向林子默说声感谢，再跑出去时，林子默已经不在了。她不知道他在哪里，终究是没能说出那声感谢。她记得慌张跑进教室时，林子默在身后招了招手，仓促告别，没来得及反应。

安颜从梦里醒来，雨后的阳光透过窗子落在床前的地面上，微微有风，轻轻拂动着白色的窗帘。窗口的天空，架起一道彩虹。她起身想让林子默也看看，却发现他还在睡着。他静静地睡着，异常安静，连呼吸也停止了。安颜没有动，看了看他，复又躺下来，靠在他没有声响的胸口。眼泪无声地滑落，洇湿天蓝色的被面。

林子默，我们最终没有好好告别。连一声永别都来不及说，也没有来得及约定什么。

我用了一年多的时间去爱你，最后做了你九天名正言顺的女朋友。这九天里，我们将经过的人生交换，成了世界上最懂得彼此的人。我的生命一下子多了二十二年的长度。以后我的年龄要以四十三为基础往上递加。我比同龄人多出了一大段人生。你活在我的年岁里，容颜不老。

我们的时间总不够用，但我很庆幸，从我第一次遇见你时就爱上了你，今后，也将一直爱着你，虽然时间不够用，我总算把它用得特别完全。我们还有很多事情没来得及做，时间很赶，但聪明的你选择用一部电影诠释我们爱情会有的样子，那电影把相爱的所有光阴浓缩到了一起，我们共同经历了一次，就像经历了有你的一整个人生。也许，是我们一不小心，用光了一生的缘分。

往后的路，你会成为一道影子，在我余下的生命里与我如影随形。

林子默，你终于成了我一生的遗憾。

第六章

北京，九月

　　当五位评审老师宣布毕业答辩通过，最后一个来答辩的安颜标志着全班同学都顺利毕业了。当晚的毕业酒会，安颜、青青、芬芬、许萌、阿泽、徐林都喝得很醉，几个人吵着要去那间据说会闹鬼的教室外面的天台上接着喝酒。连最信鬼神的阿泽都没有反对。

　　"怎么，你今天喝了酒不怕了？"许萌醉醺醺地笑着，说，"酒壮尿人胆啊。"

　　"去你的尿人胆，送给我我都不要。"阿泽说，"我一个虔诚礼佛的人，才不怕鬼来上身呢。"

　　"反正我还没见过鬼呢，"青青说，"要真遇上了，还真算开了眼界了，不枉此生啊。说不定还能许个愿让他帮忙实现一下呢。"

　　六个人故作清醒地绕开门卫，跌跌撞撞地爬上了顶楼。门没锁，阿泽很开怀地笑了，说："鬼跟我们都熟了，专程来给我们开门。"

　　推开门，一切依然是老样子。这间教室除了他们，好像真的没有人来过，时间在这里，好像没有走。

青青嬉笑地跑到当年林子默和《意》的女主角拥抱的地方，朝安颜招招手，说："安颜，快来，我们来演一遍。"

安颜走到门口，说："那应该从这里开始才对啊。"

她推开教室的门，迟疑了片刻，说："这？是又来电了？"

青青故作矫揉造作地说："刚来，就是有点冷。"

安颜走过去，装作好像从脖子上解下围巾然后给青青系上，刮了刮她的鼻子说："傻瓜。"

她们俩相拥在了一起，安颜喃喃地说："我多希望自己是袋鼠，这样就可以永远把你抱在怀里。"

许萌大声尖叫了起来，青青也跟着人来疯地尖叫着，三个女孩子抱在一起又跳又叫，醉醺醺地唱着歌。他们翻过窗户，爬到外面的天台上，尖叫着玩老鹰抓小鸡，然后嬉闹地跌成一团，在地面上横七竖八地躺着。

没过一会儿，闻声赶来的保安们吆喝着把他们赶了下去。醉醺醺的青青说："早干吗去了，你们迟到了两年了。"

保安大叔没空跟几个喝得烂醉的学生计较，不急不慢地把他们全哄出了教学楼。安颜回头看着教学楼，大门口有两盏很复古的灯，这栋楼经历了很多年月，从一个城市的兴起到几乎被战争摧毁，然后在废墟中如凤凰一般浴火重生，如今依然威武伟岸，她轻声说了"再见"，转身赶上边走边唱的伙伴们。

不久之后，《毕业之前再恋爱》的首映会在学校的大教室里举行，虽然在考试周期间办首映会，到场的人却非常多，正式开始时已经座无虚席，随着首映会的推进人数还在不断增加，教室里乌泱乌泱全是人，每一个搞笑的桥段都能引发海潮一样的笑声。

阿泽担纲首映会主持，很省话，简单介绍了一下这个片子的情况，就"话不多说，下面开始放映最终版《毕业之前再恋爱》"，人群中爆发出巨大的掌声，随着进入正片的第一个琴键按下的声音，大家都安静了下来。

早在今年的三月份，《毕业之前再恋爱》的第一集正式上线，旋即引发了观影狂潮，后面两集还未制作完毕就被某知名视频网站买断播放权。在第一集单集点击一周冲破百万次之后，第二集趁热打铁地上了线，前后两集相互作用，共收获了千万级的点击量。青青决定暂时不释出第三集，而是加大宣传，制作了一些花絮和剧照，维持十天只见一斑不见全貌的神秘状态，前两集爆好的口碑加上饥饿营销的运作，第三集一上线就瞬间冲破千万点击，三部分一起作用，整个《毕业之前再恋爱》创造出了五千万次的点击量。可以说是大获全胜。

剧组连续工作了一个礼拜收集各方的评论，汇总整理筛选，挑选出最值得采纳的意见，然后进行最终版的制作。很多网友都在关注最终版的上线时间，五月份，时长一个小时二十分钟的最终版制作完毕，作为剧组成员的毕业设计作品交给学院检视。顺利毕业之后，《毕业之前再恋爱》最终版首映会的宣传在学校论坛上发布，这次校园内部的首映会没有做大规模的宣传，依然冲进了当天的十大话题。

首映会这一天，从北大毕业了的连珏和复旦那一边的小黎和叶鲤他们都赶来南京参加。这场以"青春的纪念"为主题的首映会非常成功。最终版与之前的版本有很大的不同，吸收了广大网友的意见，使得全片虽然很长却节奏均匀，没有尿点。电影片尾响起孙燕姿的《遇见》，大家都自发地跟着一起唱，一直到这首歌放完，才如梦初醒般爆发出了海浪般的掌声。

薛芬芬带领全体成员上台向观众致谢，然后她说："这是我在大学期间拍摄的最后一部电影，很感谢青木映画全体成员一路以来的相伴。这是我迄今为止最满意的一部作品，带我入门的启蒙老师看完之后终于给了我一个非常正面的肯定，很满足。下个月我就要去美国继续学习电影了，未来的事情说不定，现在热爱的未必能够相伴一生，但我能够肯定我现在拥有饱满的热情，也有足够的勇气去继续。谢谢。"

青青接过麦克风，向全场致谢，说："在这里，我想宣布一件特别值得高兴的事情，在《毕业之前再恋爱》里出演男女一号的两位演员假戏成真，在现实中也走到了一起。不光如此，这几年以来，我因为电影的关系认识了我的男朋友，和我们一样，阿泽、安颜、许萌、徐林都因为拍片的关系结识了生命中最值得珍惜的人，虽然有的还在相爱的路上，有的分分合合最后还是在一起。非常开心，工作室在制作一些作品的同时，能促成这么多的幸福。我不知道未来的我们会在哪里，但希望工作室留下的这份福气能够一直流传下去。"

在现实中成为恋人的男女一号手牵着手，女主一说："通过这几个月拍戏，我跟他从陌生到熟悉，从戏里走到戏外，在一个无法相见的寒假里，我们彼此都梦见了对方，有人说爱情很简单，夜里梦见的人，第二天醒来就该去找他。我们在一起，没有跌宕起伏的浪漫，一切都很简单，我们都觉得就算和对方一起走一生也没有什么困难。相爱之后，他放弃了自己已经找好的工作，决定和我一起去厦门发展，我没什么能够回报他的，只想一辈子照顾他。"女主说着，从口袋里拿出一个小盒子，全场都兴奋得疯狂了，女主一打开盒子，里头是一枚男式的银戒指，她说，"我只问一次，你诚实地回答我，你，愿不愿意娶我？"

男主一愣了一下，有些吃惊，但马上高兴得不知所措，一直傻傻地点着头。许萌推了他一下，激动地说："跪下求婚啊，笨蛋！"

男主一单膝跪下，头仰着望着女主一，问："那你愿意嫁给我吗？"

女主一含着眼泪肯定地点着头，男主一站起来和她拥抱在一起。

这个不在计划当中的突发事件将首映会全面推向最高潮，人群轰动，不断有人跑过来站在门外围观这件事。置身鼎沸人声中的安颜感动落泪，连珏递给她一张纸巾，她含着眼泪看向他，他一如从前，对她的笑容从未改变。

身穿紫色衬衫的连珏在人群中微笑，笑容宛若春风，在人潮轰动的当下，没有人关注到他们，连珏轻轻牵起安颜的手，安颜看着他，笑着，点了点头。

这个女孩名叫安颜，她在大学期间拍了两部电影。一部叫《会有风停在这里》，安颜和一位名叫林子默的男演员在一场电影里真实相爱，演绎了他们之间所能发生的所有关于幸福的事情。另一部电影叫《毕业之前再恋爱》，她出演其中的女二号，温婉静美的形象得到很多人的喜欢，一如戏里所讲的故事，她在毕业之前才确定自己找到了生命中的那个他，然后跟随着他去了远方，她有一句台词，是离开前跟好姐妹说的话，她说，世界很大，有他才有家。

很多女孩的爱情就像电影一样，有电影里的故事，最后，如安颜一样，收获了电影里的结局。

她跟随着对她一见钟情、锲而不舍的那个人，走去了未来。

这个男孩名叫连珏，他在大一的某一次学术会议上遇见了那个像菊花一样恬静的女孩，一见钟情。因为遇到了她，他的心里没有再出现过别人。虽然在大学里，不乏中意他并且追求他的女孩子。甚至有个女孩子固执地追求了他半年，最后只能哭着离开。他也有他的故事，只是他从未把这些苦恼告诉别人。

大二那一年，他参加外地一所高校的暑期学校，因为那所大学是她所在的大学，他抱着侥幸的心理期望能够再度遇见她。上天眷顾，他在报到的当天就重逢了这个女孩。狂喜之下，以为一切会水到渠成。

却不曾料想，在女孩正式发现他的十四个小时之前，她遇到了那个让她心动不已的男生。于是他沉默不语地陪伴着这个女孩，不敢太期望，但心存小小的希望。两年过去了，他的爱未减分毫。

　　命运翻云覆雨地改变了他们，有些成了停住的青春，有些人成了今后的人生。没有等到的结局，经世的他带着哀伤的她，去了最初相遇的城市。

小黎：

　　来到北京已经两个月了，我渐渐开始适应了在这里的生活。北京的生活节奏很快，相比之下，南京像安稳的岛屿，北京像风雨飘摇下的大船。大一刚来南京的时候，我以为我会一辈子留在那里，求学，然后在本地找工作、结婚、生子、养老，度过一生。大一那一年，无忧无虑的我在南京过得很开心。可是，当我情窦初开，懂得了人世间情爱的魅力后，平静的生活就被打破了。我开始体味心无所依的无助。有一次，我去距离学校很近的一个商业区购买生活用品，在茫茫人海里，突然有一种无法抵挡的无力感。那时我才明白，没有爱的城市，不会成为家。

　　后来的我喜欢上了三个男孩，与第一个擦身而过，与第二个生死相隔，与第三个携手前行。

　　前些日子，我整理了一下大学期间的资料，找到了当初暑期学校的课程安排计划。第一堂课也是我和连珏正式碰面的时间，在一个上午的九点。青青把跟林子默有关的拍摄手记都寄给了我，我第一眼看到他时，他拍摄的那场戏标记在晚上的七点。这之间差了十四个小时。就是这十四个小时的时差，决定了后面的事。我以为是这样的。我不确定如果我先遇到的是连珏，事情会是一个什么样子。

　　人这一辈子能够遇到你爱的人是一件好事，可是同时遇见两个就难以抉择。讳莫如深的暗示，往左走还是往右走，最开始都不知道结局。我已经过了先遇到林子默的人生，也猜不到先遇见连珏的人生该会是什么样子。

人生没有二次选择，当下的决定，是前因后果的作用。爱上林子默是我的必然。他拥有和同楼男生近乎一致的气质，本以为遇见他是弥补我对同楼男生的遗憾，却没想到，所有作用的结果，是我一生将无法释然的遗憾。

林子默离开的那个下午，我做了一个梦，梦见我迷路了，正在思考着该怎么办，是继续寻找还是断然放弃。林子默在梦里带领着我走出困境，使我最终能够抵达，结局尚不可知，但他确实帮助我走出了一场迷局。他离开后，我一直在思考着他对于我的意义，虽不甘心只有这样的定义，但林子默的出现，的确结束了我对同楼男生无果的相思。他前来搭救我，又自己隐忍，成全我的幸福。

小黎，你不知道，他留下了一本日记，那是他住院时记下的心情。他说他听到死神渐临的脚步，人生已无其他盼望，唯独希望能够再见我一面。而他知道他无法给我幸福，终究会因他的离去带给我无尽的痛苦，就如他哥哥离开他一样。他体会过，不忍心让我再受。他认可连珏，也认定连珏会带我到达远方。他不能言语，只能把所有辛苦都隐藏在自己的相思里，想要透露给我的话，浓缩成微博上不知所云的一两个字符。从他睁开眼看到我的第一个眼神里，我看到了他对我的情深义重。我被他以他的方法保护，却浪费了能够争取来的更长的时间。我自以为是的不打扰，原来是对他最无可弥补的辜负。

我们终于错过了彼此，以及彼此的时间。

如今，他离开已经九个月，我已经不再能够梦见他，确切地说，他离开的那个下午是他最后一次走进我的梦里，而后，就像他挥手告别，永远地离开了我的梦和世界。他不肯来打扰，就像我对他那时候，忍住思念不肯打扰。随着时间，他逐渐成为我心里的一个印记，隽永存在。

也许，每个人的心里，都有一个印记。代表着青春，代表了爱。

连珏一直都很好，他没有勉强我去接受他，只做最好的朋友。我知道他的爱，从一开始就知道，那时我没有办法接受，现在，也还需要时间。离开南京是我的意思，他提出了几个方案，第一是他来南京，我们都留在南京，第二是我们一起去一个新的城市重新开始，第三才是北京，他的家。我选择了第三个，因为我已打算跟他不再分开。我们能在一起，中间经历了太多的曲折和离别，我们都无法辜负那些经受的苦难。我爱他，他理解林子默在我心里的位置，这样的人我已不能保证还能遇到，也并不想遇到另一个。

我们没有住在一起，他住在家里，我住在自己租的小公寓里。他下班后会先来我的公寓，我们一起做饭，饭后散散步，或者在房间里看一场电影。夜深了，他会回家，太晚时，他就睡在沙发床上。我们相安无事地相处，暂时没相恋。我满意现在的生活，与他在一起，一切都不拘束，因为我知道终有一天，我会像那个勇敢的女生一样向他求爱。他已经向我表白了两次，这一次，该轮到我了。

有一天晚上我和他在公寓里看电影，看的是杨紫琼主演的《剑雨》，他说以前学校的人看这电影都说缺点什么，既不够快意恩仇，也不够诗情画意。这部电影我早已看过一次了，当时没什么感觉，就觉得杨紫琼都已经是女神级别的侠客了，打一个王学圻还那么艰难，真不过瘾，而且还在戏里谈情说爱。在我的印象里，她那么高的地位，应该扮演无所不知的睿智女侠，出来就横扫一片，更不该谈情爱有染。可是第二次看这电影，我竟然泣不成声。杨紫琼在戏里向阿生求婚，问他愿不愿意娶她。后来阿生知道了杨是他的杀父仇人，最后却抱着她离开，说以后的日子还长着呢。能做到不计前嫌地去爱一个人，是很不容易的事情。不计较前尘过往，不计较仇恨敌对，不计较背叛，只计较她还爱不爱他，他还爱不爱她。我不知道导演是否真有这样的爱情观，我为之感动不已。

我对连珏说谢谢。他懂，只一如既往地对我微笑，能看到他这样的笑容，我就安心了。红绿灯变换时带来汹涌的人流，我就像随波逐流的叶子，而他总牵着我，即使我们只是洪流中两片相依为命的叶子，也足够让我觉得安全。

有时候人生就这样吧，经过了他们，我能更清晰地听见自己的心。

毕业了，你终于决定不为家族所累，去鼓浪屿追寻自己的生活，你说你不打算在一个地方待得太久，想到了就该立刻出发，人生没有那么多时间拿来浪费在犹豫上。你说你期望在不断的迁徙中遇到易骨，等你能够再靠着缘分遇见他，就不再走了，或者随着他一起走。我总忍不住担心你，但知道这就是你一直以来追求的生活方式，如果你觉得这样会幸福，会满足，我支持你。

芬芬去了美国，叶鲤也去了美国，我一直说他们在美国可以经常碰面，也不愁不会说中文了，叶鲤嘲笑我地理盲，美国那么大，他们之间要靠四个小时的飞行才能连通。我第一次知道，原来美国这么大。看来我真是当家庭妇女的命啊。小黎，你说，会不会每一个现在在家里操持家务、相夫教子的家庭主妇在年轻的时候都有过我这样的经历，年岁如皱纹不动声色地增长了，遗忘了很多事情，依然会在洗好碗摆放到碗柜后撑着腰休息的片刻，想起来那些年的事情。

青青和她的男朋友留在了南京，但暂时不工作，说是要在毕业后的这一年里好好地享受生活，然后再进入职场，为了生计努力。连珏看到他们到处玩，羡慕得不行，说等我们存够了钱，也休息一年，把间隔年的遗憾补回来。我在很认真地考虑这件事。我现在很明白，如果有一些遗憾可以弥补，就不要让机会错过。如果没有林子默出于弥补遗憾的举动，恐怕我会少了很多幸福可供回忆。

徐林成了畅销作家，同时也在写电影剧本，人去了英国。我们都知道他一直非常向往能够拥有英国绅士那样的气质。阿泽目前在北京，他破天荒头一次谈了一次这么久的恋爱，阿泽说他们一不小心成了圈里的典范。他跟我说，盛如初不计较他以前多么爱玩，让他很感动。我说我懂，我真的懂。许萌快要结婚了，具体的没说，消息特别突然，以她的个性，想必是真找到了那种感觉。

青木映画工作室交给了一些学弟学妹们。有一次，一个小学妹跟我说，他们试着拍了一个小片子，编剧跟男主角相爱了。就如青青的期望，不管片子拍得怎么样，都希望他们能玩得开心，以及找到幸福。我现在依然经常怀念那段日子，不为任何目的，大家一心只为了做好一件事情，在这个过程中，因为不功利，所以每个人都玩得很开心。就好像对待人生，何必太较真呢？

小黎，现在的我很满足，虽然我不知道未来会发生什么事情，在未来到来之前，我也不愿意去做太多猜测。我曾尝试逆着水流，享受水花的欢舞，而我现在只愿意顺着水流，去享受人生的平静。我有时会想起林子默的眼睛，温和淡然，如天山湖面。他的时间沉淀在我的生命里，庇佑我在行走中，内心静和。

我的心上有一朵遗憾的云，往后的岁月里，它始终不发一言，如同他的名字。

小黎，北京下雨了。

我关上窗，听见了自己。

你的 安颜
九月

番
外

这一天的早晨，跟往常的日子没什么区别，我照样坐在前台，边吃早饭边听要出门的小萌说昨晚房间的预订情况。小萌说有三个客人，两个是昨天下午订的，一个是昨天晚上订下的，都是今天过来住。

"你就是一辈子做家庭旅馆的料了，"小萌看了看天色，犹豫着要不要带伞，抬着头也不忘要损我，"坐在前台吃早饭，我也真是服了。"

"是啊是啊，"我一边痛快地吃着老板妈妈陈阿姨做的粽子，一边说，"哪像你，是要去五六七八九星级酒店做前台的。"

小萌嘿嘿一笑，没理我，最终没有拿伞就走了。

我们所在的家庭旅馆，在鼓浪屿这个岛屿很中心的地方，地段不是特别好。老板租了十年，把这里打造得非常温馨，有些客人来这里住时，居然也懒得去岛上逛逛，坐在房间里看一天电影，写一天东西，或者干脆就在房间里继续办公。两年前，我第一次来到鼓浪屿，预订的旅馆居然临时放鸽子，我坐在旅馆门前的大台阶上，被路过的小萌捡到，把我带到了这间家庭旅馆。我原是号称来疗伤三个月，三个月后，我就成了这里的一员。我虽然生性有些热爱自由，热衷漂泊，但在这个地方，竟然暂时不想走了。

吃完粽子，我在隔壁厨房洗了手，回到前台翻开预订登记本，找了半天都没有找到小萌说的预订的那三个客人。头顶有个声音说住店，我光顾着翻找，头也没抬地问："预订了吗？"

"预订了，昨天晚上。"

"叫什么名字？"

"易胥。"

我翻找的动作缓慢到停止，抬起头一看，来人的脑后是初升的太阳，在他头发的边缘展开六棱的光，把他的五官都挡在一片光亮的后面。我因这光，眯了眯眼睛，还是看不清楚。

"伍子胥的胥。"他补充道。

我看着他，他终于把阳光挡住了，视线在一点点缓和强光的刺激，他的脸也慢慢清晰。他在微笑，如阳光温和。

我笑着，说："我知道。"

七月十五

七月。

白天的路上很少出现行人，天气太热了，凡是有空调的教室都无一例外成了纳凉胜地，有心学习的同学跟有心避暑的同学在经历了一系列的骂战后，终于达成了不成文的协议，划地为界，各自为营，井水不犯河水。有的教室热闹得像菜市场，有的教室安静得像停尸房。黎喃和林章绕着整座教学楼走过去时，能很直观地感觉到这种区别。

"这么热的天，在室外简直是找死。"黎喃对陪林章回寝室拿东西这件事情已经抱怨了一路。为此，林章已经不知道自己该怎么接话了，索性当没听到。黎喃极不满地白了他一眼，也不说话了。

空气中沉默地扭动着腾腾的热。

"对了，今晚李敬不来。"林章突然想起来这个事。今晚是微电影《倾慕》剧组的庆功宴，这部由叶鲤导演、林章编剧、黎喃监制的微电影在上线一个礼拜内轻松突破千万次点击，叶鲤在小南国订了一桌盛宴犒赏剧组成员。

"干吗不来？"

"称病。"林章言简意赅地回答道。

黎喃噗了一声，说："癌症晚期，还是白血病？"

"据他自己说是发烧，"林章说，"其实压根是相思病犯了。"

黎喃咧着嘴笑了，关于让李敬犯相思病的对象，她也算略知一二。

李敬是《倾慕》剧组的摄影，黎喃跟随叶鲤拍过许多的微电影，李敬是直到这部片子才加入的。跟他第一次会面是在《倾慕》女主的海选上，黎喃是评委之一，李敬则负责将海选情况拍摄下来。黎喃那天因事耽搁了，匆匆忙忙跑到海选教室，隔着玻璃看到有人正架着三脚架在试相机，远远看去她还以为是以前的摄影，正疑惑他不是去外地实习了不参与这部片子么，坐下来才看清是另一个人，内心不由自主地感叹长得实在是一般，他的长相不足以让她产生什么太大的印象。

拍摄的过程中，也算是朝夕相处，黎喃跟李敬却一直不算熟悉，只是泛泛之交，喝酒时也就是象征性地你来我往一个来回地敬一敬酒，像是再说几句话都觉得特多余。这样相处倒也相安无事。

有一天他们去一处石库门拍摄，一直忙到一点多才停下来吃饭。那天林章带了一个朋友过来帮忙，好不容易把原本剧组人数记清楚了的导演助理黄小姐，因这个人的突然加入忘了要多买一份饭，分着分着发现少了一份。饿得直发晕的黎喃没多管，拿了饭就吃，吃完了得意扬扬地去扔垃圾时发现李敬还在收拾东西。

"等下收拾呗，先吃饭啊。"

"没饭了啊。"李敬的口气里有一点点小孩子一样的委屈。

"怎么会，导演助理黄小姐昨天扬言今天绝不会买少了啊。"这个导演助理也是新来的，不太熟悉剧组的运作，第一次买饭少了两个人的，第二次买饭少了一个人的，昨天她对天起誓绝对不会再少买，结果依然如故。大家一直在猜测她哪次买对了数量后，再下一次会不会就多买一份。

"她今天是没少买，"李敬边收着三脚架边说，"可是林章不是带了个人来吗？"

"好吧，那你怎么办？"

"我哪知道，饿死我了。"李敬说完，把三脚架收进袋子里，走到一边去收拾其他东西了。

黎喃看了他几眼，说："我让黄小姐再去订一份吧。"

李敬不置可否地回头看了黎喃一眼，没说什么，又低着头继续收拾东西。

最后因为再订饭不太方便，饭量不大的几个女孩子各自匀了一点饭凑了一份给李敬吃，黎喃再出去检查东西有没有收好时，李敬可怜兮兮地坐在台阶上吃百家饭。黎喃愣愣地看了一会儿，没说什么。

印象中，每次李敬都因为吃得太多被大家取笑是饭桶，有一次在饭桌上林章还嘲笑李敬，他妈妈是不是特嫌弃他。

李敬不知其意地问："干什么？"

"因为你吃得太多，连你妈都烦你了。"

大家哄堂大笑。

这样一个饭量巨大的人，没吃到饭的痛苦是别人无法体会到的。

这件事之后，黎喃跟李敬才渐渐熟悉了些，黎喃开始愿意跟他开玩笑，常常和林章一唱一和地嘲笑李敬的饭量。林章的"吃太多被妈嫌弃"后期渐渐发展到"吃太多吃垮全家"，每次李敬都笑笑地表示无语，任由黎喃和林章各种嘲笑挖苦。脾气显得特别好，特别开得起玩笑。

片子杀青的那天，以前的那个摄影突然来探班，叶鲤跟他合作很多次，很习惯，就让他来担任主要拍摄任务，李敬一时没有事情可做，穿着斯坦尼康的钢铁背心坐在一边给谁发短信。黎喃也无事，就凑过去偷看，虽然李敬时不时躲开不让她看，但黎喃还是大致知道是有个女生的电脑坏了，想让李敬飞奔过去给她装操作系统。两个人关系大概匪浅，李敬的每一条短信都很耐心，虽然他不了解，装操作系统这回事，说得再清楚，女生也是很难驾驭得了的。对方的意思不是让他来教，而是矫情地让他赶紧来装。

黎喃装作很失望地摇摇头说："你完全不懂女生。"

"怎么不懂？"

黎喃依然摇着头，恨铁不成钢地说："在女生的情怀面前，颤抖吧，工科男！"

李敬无语了。

黎喃还进一步嘲笑了他的品位，因为李敬把那个女生的照片做成了输入法的背景，看起来实在是不咋地，黎喃对该女生的长相一顿抨击，还喊来林章一起评判，让李敬无语到不行。他们俩快活地奚落李敬，李敬还频频无力地回击，说，好看，很好看。

当天拍完，李敬急急忙忙地说赶紧回去啊，叶鲤说大家一起吃个杀青饭，黎喃看到李敬想再提出异议，但到底是没说。叶鲤没察觉到这些，直接打电话给饭店订桌子。席间黎喃和林章一左一右继续围攻李敬，让李敬去给这个女生多装几个操作系统，什么 Windows 95、Windows 98、Windows XP、Windows Vista、Windows 7、Windows 8，都装上，这样坏了一个还有其他的可用，他就不用急急忙忙去给她装系统了。

"再装一个苹果的。"黎喃提议。

"最好再装一个 Ubuntu 的，"林章说，"装八个操作系统。"

从此，他们给那个女生取了个外号叫"八个操作系统"，简称"操作系统"，每次光说起这个外号，他们都要笑上半天。

李敬暗恋"操作系统"有快半年了，一直以好朋友相处，可是李敬很喜欢她，一直在等时机成熟就去表白。可是情商比同龄人还要低许多的他根本不能很好地理解这份喜欢，显得很盲目。

"那个操作系统怎么对他了？"黎喃问林章。

林章不屑一顾地说："真不理解李敬什么眼光，吃窝边草，也不想想工科女生有真正的女神吗，偏偏工科女生又最不缺男人，各方面都不行却挑剔得很，李敬去表白，显然跪了。"

"跪了？"黎喃想起来那女生确实长得，呃，不尽人意，她心想虽然李敬不咋样，但是配她还是绰绰有余，原以为只要他去表白，八九不离十能成。

"工科女生，呵呵。"身在文学院见惯了各色美女的林章对这个"操作系统"一向是不屑到不行，加上他跟李敬关系很好，很为他鸣不平。

"别攻击面这么广，"黎喃说，"《倾慕》的女主也是工科女，人家还是学机械自动化的，多漂亮。"她顿了顿，说，"不过那个操作系统，长得就蛮像操作系统的。"

林章斜着眼笑黎喃也刻薄得很。

"还有多远，热死了。"黎喃深觉大热天在室外走动，路途显得特别遥遥无期。左右望过去，路上行人极少，极少，少到黎喃觉得其他人是不是都热死在哪里了所以看不到，自己也快到那一步了。

林章抬头看了看，一路上他们怕太阳把脸晒黑，都是尽量低着头走的。他抬头看完后，突然停了下来，说："我们走过了。"

"什么？"黎喃失声喊道。

"别喊了，赶紧往回走吧，要不然真要化在路上了。"

黎喃想杀了他的心都生出来了。

折腾了半天，两个人终于能够坐在寝室里吹空调，学校里装的破空调，一开机就吵得人心烦意乱，眼下有它真是再好不过了。黎喃站在风口下，让空调风轻曼地吹拂着自己的头发，林章坐在一边看得有点出神。黎喃是个长相算不上特别美的女生，却特别有味道，性格也非常好，动如脱兔，静时却真的能够如处子，叶鲤一直希望她能来演个女主角，说她身上有三毛那种洒脱和知性的味道，演一些文艺女青年应该是如鱼得水。不过黎喃不爱上镜，叶鲤软磨硬泡也仍是没有能够说服她。

"有味道？"黎喃常常这样回应旁人对她气质的评价，"你是在嘲笑我体味很重吗？"

就是这样的一个她，如同一本封面素雅但细节丰富的书，初看时觉得不过尔尔，但读上一阵子，就会忍不住一直读下去，读着读着发觉一时半会是读不完也读不透的，但却甘心沉迷其中了。

"你花痴啊？"黎喃斜着头发现林章正盯着自己发呆，一爪子落在他的头顶。林章笑了笑，歪歪头，起身收拾晚上要带去庆功宴的东西。叶鲤人在外地参加微电影节，今晚赶回来参加庆功宴，所以只能让林章把相机带过去，晚上拍一些聚会的照片。

黎喃在林章寝室里踱着小步检视，男生寝室一向以脏乱差闻名遐迩，林章的寝室倒还算是干净整洁，她站在书架前仰着头看摆在上面的书，一边讽刺林章买了那么些看起来高深莫测的书其实压根看不懂。

"装博学，假深沉。"

林章咧着嘴不声辩。

闹着闹着，黎喃突然捂着肚子皱起了眉头，脸上有点尴尬，林章问她怎么了，她从书架上扯了好多纸巾，冲林章歪歪头，林章瞬间领悟。黎喃已经不是第一次来林章寝室，剧组以前借林章的寝室拍过片子，因为寝室没有设置独立卫生间，当时黎喃还自告奋勇地带着女制片人去走廊一端的男生公用厕所解决个人问题，她像个门神一样守在厕所门口，让想来上厕所的男生自动绕行。那时候天气冷，出现在走廊里的男生大多衣冠完整，大家都不会特别尴尬。

"守住！"黎喃对林章说完，就迅速冲进厕所里，关上了小隔间的门。林章百无聊赖地站在厕所门口，拿着手机靠在楼梯护栏上，装着只是在这里玩手机，时不时会有人企图走进厕所，林章赔着笑脸说自己女朋友在里面，路人也就笑笑，去到其他楼层的厕所了。每当听到有其他的声音，蹲在隔间里的黎喃心里就一紧，心理压力过大，导致整个过程变得特别长。

"该死，搞得跟地下党似的。"她紧紧握着手里的纸巾。

紧张了大半天，终于把腹中的压力排了出去，黎喃的心情轻松了许多，稍微整理好就拉开了隔间的门，喊了一声林章。眼前便池处有一个全身上下只穿着一条暗红色短裤的男生，正站着小解。男生听到身后有女声，回头看到黎喃，吓了一跳，连忙提起裤子。惊讶不已的黎喃和惊慌失措的男生对视了几秒钟，然后黎喃说了一声"不好意思"飞快地逃离现场。正站在窗口打电话的林章听到动静，马上意识到发生了些什么，冲着电话那头的叶鲤说先不说了，急忙挂了电话赶过去。迎面从厕所里走出来一个面色尴尬的高个子男生，欲盖弥彰地捂着湿漉漉的内裤，急匆匆地从他面前走过。

林章一进到寝室，就被黎喃掐住了脖子。

"让你守着，你跑哪里去了？"黎喃松开了林章，在寝室里惊魂未定地来回暴走，"抓狂，抓狂！"

"叶鲤打电话过来了，谁知道这么点工夫就被人钻了空子。"林章说，"你不至于吧，不就是半裸嘛，你还算幸运的，平时经常有全裸的在走廊里走来走去。"

"关键是……"黎喃努力平复内心翻江倒海的情绪，说，"关键是，他长得还挺帅的！"

刚才匆匆对视的几秒钟，谁也没想到，居然嚓嚓地碰出了火花。就这样几秒钟，黎喃还是看清楚了他的长相，虽然无法清晰名状，但如果再遇上，一定认得出来。高个子，圆寸，黑框眼镜，头有点圆圆的，嘴唇有点小厚，眼神虽惊恐但非常温柔、诚恳、敦和，在那种情况之下，黎喃依然觉得，这个人看着特别实诚。与心目中的男朋友，特别妥帖地重合了。

"你把你的帅哥吓得尿了裤子。"林章想起男生捂着裤子的狼狈样子忍不住笑了，"我总算是见识到了什么才是活生生地吓尿了。"

黎喃坐在椅子上，埋怨地看着林章，说："都怪你。"

"你该感谢我，要不是我走开了，你的帅哥就被我给拦下了，你们就……"林章做了个吹了的姿势，说，"见不到了。"

见黎喃不说话，他继续打趣道："一般情侣得谈多久才能看到对方身体，你还没谈呢，就把人家看光了。怎么样，身材还不错吧？"

黎喃顺手抓起一个抱枕就朝林章扔了过去。

晚上吃饭的时候，林章把这件事很迅速地告诉了在座的每一位，大家都祝福黎喃终于找到了幸福，黎喃辩解不清，最后只能表示不回应，她顿时很理解李敬每次被她和林章联手欺负时的心情，也彻底理解了无言以对和哑巴吃黄连这两个成语。

"李敬怎么没来？"叶鲤隔着桌子问林章，今晚难得剧组全员人马都能到齐，就差了一个摄影，他正要掏出手机打过去，林章忙阻止，说："算了吧，他肯定会跟你说自己发烧，他昨天就跟我说今天扬言发烧，刚才还特意发了一条人人状态说自己正在发烧。"

"怎么了，有什么隐情？"

"还不是感情出意外了呗。"

"哎哟，"叶鲤笑着叫了声，"看来看起来最幼稚的李敬也没能逃出魔咒啊。"

叶鲤口中的魔咒是因为工作室曾经拍过一个关于光棍节的微电影，拍完之后，整个工作室的人都先后遭遇了感情上的困境。不光光棍节那个片子的成员受到影响，之后接连两个电影的成员也受到了波及。当剧组成员一个一个遇到感情问题时，叶鲤百思不得其解，直到他自己也陷入了一段要死要活的虐恋里，才慢慢反应过来这其中是不是有什么玄机。后来他跟黎喃把所有问题汇总分析，一个一个排查，才发现只要跟剧组有一点关系的人都会或大或小地遭到感情困扰，最无辜的是林章上次带来的一个朋友，只是帮着送道具服装，结果和他女朋友大吵了一架差点分手，说是认识六年来第一次吵这么认真。

　　之后，叶鲤就铁了心认定剧组被诅咒了，虽然这看上去是无稽之谈，可是剧组成员一个接着一个遭到感情困扰，也着实让人不敢不信。他心想，所有人都会被感情虐一次，虐完了这个魔咒大概就能结束了。直到这一晚，也就剩下小孩子一样的李敬和从不怎么谈论感情的黎喃没有被虐到。

　　"我一直以为李敬会是个意外，"叶鲤说，"他看起来就像是跟谈恋爱不会有什么关系的人，连他都虐到了，小黎，你是最后一个了。"

　　黎喃没好气地白了他一眼，说："你少咒我了，我压根不想谈恋爱，虐不到我这里。"

　　"你逃不掉的。"叶鲤笑着说。虽然当初他也因为感情被虐得死去活来，消沉过，痛苦过，难以自拔过，可是当他从感情阴影里走出来时，倒比从前更看得开，显得释然而成熟。所以后来他就非常爱说，被虐一虐也不是坏事，他也喜欢自己现在的状态。对感情，愈来愈能随遇而安了，以前，多少是些强求和不满的。

　　黎喃端着杯子，说："来来来，敬你敬你，闭上你的乌鸦嘴。"

　　她心里虽不很相信这些玩意儿，但也还是有些担心的。坚强稳重如叶鲤，当时也困顿得一下失去了人生阅历的负重，像个被打回原形的小孩子，无助无奈得让人心疼。那时候，黎喃发自内心地觉得感情这种东西，就是来要人性命的。

庆功宴喝到了晚上快十一点，人喝倒了一大片，清醒之流比如黎喃也不知道自己还能清醒多久。制片人突然大哭起来，男主角喝得不省人事，趴在栏杆上说胡话，没怎么喝酒的女主角在跑进跑出地照看大家，局面很混乱。黎喃在清醒被击倒之前的最后一件事，就是拨通了李敬的电话。

"干什么？"李敬的声音有些没好气。

"你没事就赶紧过来。"

"我才不过去，我发烧了。"

"你少来，哪有人昨天就能预言自己今天发烧的。"

"那我也不去，太远了。"

黎喃定了定神，尽量将自己的语气控制得清楚一些，说："李敬，现在不是你闹脾气的时候，这里的大多数人都喝了很多酒，几乎都醉倒了，只有女主角一个人在照顾大家，你也知道很远，我们回不去，我们需要一个完全清醒的男人来控制好局面。"

电话那边沉默了几秒钟，说："你们在哪？"

刚才那番话像是把她的清醒都用上了，说地址时，嘟噜了半天仍然是没说清楚，她喊来女主接电话，自己像一团泥一样趴在了地上。隐约之中听到女主惊声喊："黎喃，你别躺在地上啊。"可是她已经没力气站起来了。

不知道这种全身麻痹的状态持续了多久，迷迷糊糊地感觉有人拍了拍自己的脸，惺忪的视觉里，仿佛看到李敬在朝自己说着什么，那声音和画面都变得缓慢，不太能够听得清楚。而，随后自己的手被人紧紧握住，身体腾空，伏在了另一个坚实的身体上，她没醒，但不自觉地露出了笑容。

酒醉的回忆如同大浪，涌上了岸，好像是真的有浪涌上了岸，那是拍《倾慕》时，剧组远赴青岛取景，在海边，男女主角有他们在电影里的浪漫，常常让站在一边看的黎喃有点忘记这是假戏，生出了真实的羡慕。阳光、沙滩、脚印、爱情。她时常看着看着，不自觉地笑了。

"傻笑个啥？"闲下来的李敬走到面前，扫兴地在眼前挥挥手。黎喃回过神来，不耐烦地啧了一声，李敬咧着嘴笑了，每每他这样笑，黎喃都觉得他傻到家了。

"再笑也没你傻，你笑起来跟个傻子一样。"

李敬面对黎喃的刁难常常无话可说，只能咧着嘴继续笑，笑着笑着，连黎喃也跟着笑了起来。插着腰站在沙滩上望海的林章听到笑声，转过身看了他们俩一眼，说了声有病，继续转回去看海。不远处叶鲤正在跟演员们讲戏，海风吹着女主的白纱裙子，飘得很美。到处都是好的风景，好的朋友，这样的情景让黎喃感到很窝心。跟李敬说话也变得知性了些，不再闹他。李敬不常得见黎喃温婉的一面，这样的她如傍晚的海风，让人感觉很舒服。

"你有没有女朋友啊？"没等李敬回答，黎喃接着说，"跟喜欢的女孩子在这样的地方散散步，牵着手，随便聊些什么，或者不说话。"黎喃没说下去，自己先会心地笑了起来，像是很享受那个自己幻想出来的画面，先把自己给感动了。

李敬把手伸到黎喃面前，说："我们俩来试一下。"黎喃看着他脸上那无害的笑容，也不曾多想，当真就牵了他的手，两个人在沙滩上有模有样地感受起来。正在讲戏的叶鲤眼观六路地看到了这一幕，冲他们吹了吹口哨，大家都往他们的方向望，不知道眼下这是什么情况，怎么平时一说话就拌嘴的两个人突然牵上手了，连林章都扭着身子看了半天，不知道该说什么。

手心里好像有彼此跳动的心脏，这时候频率一致，跳得很齐整，也很自然。黎喃一时兴起，牵着李敬的手跳起了一些简单缓慢的小舞步，李敬随着她的身体上下起伏，虽不会跳，但他觉得自己像是牵住了一只翩翩起舞的蝴蝶，看着她被自己牵着，翩然舞动，有说不上来的好感。黎喃一个旋转，背对着李敬，他们此时双手都牵住了，黎喃把他的手往自己的腰处拉了拉，这本是一个舞伴配合的动作，李敬不懂，只是顺势就搂住了黎喃的腰。

黎喃一惊，醒了，疑惑自己这是在做什么，李敬的双手仍搂在腰间，她不好突然挣脱让两个人都尴尬，就喊了林章，说："林章，快看，我们俩的动作标不标准？"

林章似乎会意，说："跳得还不错，只是你的舞伴像个呆子。"

黎喃笑着，轻轻从这个动作中释放了出来，离开了李敬的环抱。心里不免有些余悸。李敬的人畜无害，美好的善意，或者无心之举，太容易让人产生误会和错觉。在上海某一座高楼取景的时候，黎喃已经被这样的无心之举触动过一次。

那晚他们要去上海某一座高楼俯拍大上海的夜景，黎喃原先没打算去，系里老师叫去有事，临时却又改了时间，黎喃想着闲着也是闲着，索性就去剧组探班。当黎喃到达大厦的时候，所有人都已经上到了楼顶，她刚想发短信问怎么上去，门口突然走出来一个李敬，说："快点吧，他们都上去了。"他手里还提着一盒饭，那是剧组的工作餐，他还没来得及吃。

两个人跟好多人挤在一个电梯里上楼，中途虽然下去了很多人，但上来了一辆推车，黎喃不得不站到推车上。那推车太灵活了，轮子直转，李敬一手拎着饭，一手扶着她，就这样过了二十几层，推车下去了，电梯里只留下他们两个。

"不是说过不来吗？"李敬问。

"老师放我鸽子了，我没事就过来看看，"黎喃盯着他手里的饭，说，"还不吃，你不是到饭点就要喊饿的吗？"

"上去再吃呗。"

顶楼天台的夜色景致极美，她们几个女孩子忍不住抱在一起尖叫了半天，先各自拍了照片才准叶鲤开始拍摄。这一晚叶鲤亲自掌镜，因为李敬拍夜景不太在行。无事可做的李敬架着三脚架在一边拍延时照片，他对好了焦，就让相机自己在那里不断曝光，黎喃跑过去看他在干吗时，他站在三脚架旁边，眼睛盯着屏幕，还边吃着饭。黎喃忍不住笑起来，说他真像个搞摄影的，吃饭还不忘要拍照。

"这边车子不多，都没什么很好的效果。"

吃完饭的李敬扛着三脚架到天台另一边，寻找车流密集一些的大马路。延时拍摄进行时，他们俩有一搭没一搭地聊着，那夜色很美，美景总会让人忍不住忘情，那种美，还能染到眼前人的模样上，然后记得了这夜色，就记起了他。

也许吧，从那一晚开始，黎喃对李敬，已经发生了连她自己都没察觉到的变化。对李敬这样一个看起来过于平凡的人，她从未想过要设防，于是他们之间没有一点点防备，变化了，就无法抵挡。

拍摄结束后，叶鲤提议大家在这样的夜色背景下，在上海繁华如星的夜景下合一张影。相机架在小摇臂上定时拍摄，照片里，原先各自为营的黎喃和李敬，站到了彼此的身边。而这些变化，未有人察觉。

酒醉的黎喃感觉有人把自己放平在一个柔软的沙发上，然后这人啪啪地轻轻打着自己的脸，黎喃不耐烦地说："你别打我了。"她慢慢恢复了一些感知，但浑身上下竟使不出力气。她隐约知道现在在一个 KTV 的包厢里，刚才，是李敬一路背着自己上了楼，中途自己吐了一次，吐完后，他又背着自己继续上楼，直到躺在沙发上。

有人在唱歌，好像是林章，他唱了黄绮珊的歌，他也喝多了，平时是唱将的他这时候也走调得厉害，一曲唱完，他拿着话筒说："今晚，第三次挑战黄绮珊的歌。"女主角迫不及待地附和着他一起说，失败。黎喃感觉自己好像笑了。

在黎喃模糊的意识里，感知得到李敬一直蹲在自己的脑袋边，握着她的手。黎喃睡得很安稳，其实也不是睡，她只是觉得很安稳，就让自己的身体在舒缓的状态下慢慢回归清醒。他们十指相扣，黎喃把头向他靠了靠，李敬把自己的身体挨她更近一点，头低下来，靠在她的发际，他们就像两个相互取暖的小兽，紧紧相依。

时至后半夜了，他们都没力气唱歌，不知道谁去打开了一部电影，沙发上或躺或坐着一排人有心无心地看着大屏幕上剧烈变幻的枪战画面。影片貌似有一点恐怖，女主角被吓得尖叫了几声，想看又不敢看。被女主的尖叫刺激了几下，黎喃突然坐了起来，头虽然还有点晕，但总算是醒酒了。

李敬朦朦胧胧地看着她，说："你醒了啊。"

虽然酒醒，但有些尴尬的黎喃不看他，说："嗯，差不多了吧。"

刚才发生的所有，以及酒醉时回忆的那些，并没有随着酒精褪去而跟着褪去，反而越发的清晰鲜明。黎喃不知道如何面对他，坐起来，假装认真地看着大屏幕。半晌，发觉李敬还蹲着，看也不看他地说："坐上来啊。"

李敬站起来时感觉脚麻了，站着揉了揉才坐下来，隔着黎喃有十几厘米的距离，并不再紧靠。

这场午夜的电影放的是《生化危机4》，米拉依旧像个女英雄一样砍杀那些丧尸，演《越狱》的大帅哥米勒一出现，导演助理黄小姐就会从昏睡中惊醒，发出两声好帅，直到他消失在画面里，复又昏昏睡去。酒力仍在作用的叶鲤一直在絮絮叨叨，不停地询问林章电影后面的情节，疲惫不堪的林章疲于应付，索性装睡，却被叶鲤不依不饶地摇醒，继续询问后面的情节。男主角睡得很沉，在饭局尾声的时候，他不知道为什么突然干了一瓶红酒，到现在依然无法醒酒，睡得不省人事。在没开灯的包厢里，借着屏幕闪闪烁烁的光，黎喃打量着每一个人，但不敢看身旁的李敬，但她可以感觉到他的存在。他歪着头靠在沙发上，不像是睡着了，只是漫不经心地看着大屏幕。这个夜晚由之前酒醉的混乱变得安然祥和，身边有开始喜欢上的人，和一群共同经事的朋友，她的微醺，除去了一切不愉快和多余的担忧，大家心思单纯地、昏昏欲睡地靠在一起等待天亮。这一晚，竟美好得不像是人间的日子。

她从来没有这么满意过活着。

她想去牵李敬的手，但到底是没有。借着屏幕变幻的光，她偷偷斜眼看他，没什么表情，眼睛里闪烁着荧幕上的光，时不时会眨一下。思维并不清晰，所以不能猜测他的心。美好的夜晚，这样的他仿佛比平时都更好看些。她自顾自地笑了。

天亮时，KTV 的服务生挨个房间敲门示意包夜的时间到了，大家你拉拉我，我拉拉你，都伸着懒腰醒了。电影放完后，没人有力气去动操作台，就任它播放一些点好了却没唱的歌，大家都睡了。睡饱了的男主心满意足地腾地跳起来，原地蹦了蹦，灵魂回体似的。昨晚他因喝醉闹了许多笑话，当时的黎喃是不知道的，在 KFC 吃早饭的时候，女主和林章一唱一和地把他闹出的笑话复述了一遍。

"根本是个小孩子，抱住拦自行车的柱子死都不肯走，我劝了半天才勉强走两步，昨晚真是累死我了。"林章说，"他赖在草坪上，不肯走，又说有蚊子，给他喷花露水他不要，被蚊子咬了，居然让帮他抓痒。"

林章学着男主的样子，歪着头，眯着眼，把手举过头顶，说："痒，痒，抓抓。"

大家都笑，林章一向好演技，不光做编剧，有时还指导演员演戏，几个动作把男主的囧样完全演了出来。

"他昨晚一直赖着林章，不让其他人扶他，"女主笑着说，"我过去扶了他一下，他说，谁？我说，我！他一把推开我，说，你不是林章，我不要你扶。"

男主急忙辩解道："那是因为你是女的，我一个大男人怎么能让女人扶呢。"

"那李敬来了，你也不让他扶，死活就要林章，林章去上个厕所，你还赖在地上不动了。"女主说，"李敬力气超大，昨晚把黎喃扛到楼上后，又跑下来和林章一起把叶鲤扛了上去。"

黎喃看了一眼李敬，李敬浅浅地笑了笑。他不大像从前那个李敬了，那个李敬笑起来总是很无忧无愁，现在的李敬，笑容里有了很多藏而不露的心思。黎喃渐渐回想起庆功宴之前，林章说起李敬去跟操作系统表白，结果被拒绝了，他的心情，大概是很不好的吧。以前断断续续地听他和林章说过操作系统的事，暗恋了近一年，一直尽心尽力地鞍前马后，有求必应，虽然很不光彩地坐等着操作系统跟她那个没了感情的男朋友分手，但也是费了很多的心力去喜欢她。操作系统也并不排斥他的追逐，享受他给予的好，但最终对他的表白表示拒绝。林章一直不齿这个女生，说她热衷于跟好多个男生搞暧昧，仗着工科专业女生不多，俨然把自己当成了系花。

黎喃看着在大家的谈笑声中时不时会出神、会兀自沉思的李敬，不知道如何安慰。经历了这一晚，他们之间的关系已经不似从前。她攥紧了自己的手心，那里头，有他留下的温柔和踏实。她不确定，这是否是爱情。

吃完早饭，大家搭地铁一起回学校，一整夜没睡好，坐在地铁上的他们都忍不住犯困。李敬眼睛木然地盯着一处，黎喃时不时看看他，保持这个姿态很久了。她想开个玩笑让他开心一点，可是好像已经不知道怎么跟他开玩笑了。两个人并排坐着，都没有说话。直到回到学校，也只是简单仿佛没有情绪地相互告了个别，就各回住处。困倦的人来不及细想，只想着赶紧回去补一觉。

躺在床上的黎喃却始终睡不着，其实很困很困。

酒的力量如潮水一样退了下去，铭心的记忆变得更加清晰。

李敬的手，握着的那股力量，让她回味不已，那种踏实从未有过，像是飘泊的风筝突然被拉住了线，一下子就有了寄托。那种感觉很奇妙，让人不知道怎么去形容。何况，记忆里明明白白地有着他们十指相扣的触觉。黎喃对这个手势的意义很了解，至于李敬是否了解，她并不知道。她心底里盼望他是了解的，刻意为之的。何况，他们挨得那样近，那样亲密，他的额头就靠在她的耳朵边，有时候还会拿带胡楂的下巴蹭蹭她的手臂，酥酥麻麻的美妙。他们俩相互依偎着，像是原本就是一体。

她仔细回想着与他的从初识到此刻的过程，一路上都觉得他太平凡了，除了吃得多，好像想不出有什么其他的特点。平时的话不多，在剧组这种活跃人士扎堆的地方，他不太容易被人注意到。一起吃饭的时候，偶尔象征性地互相敬敬酒，别无更多情感的交流。再平凡不过的一个人了，不会有心去与他深交，不会有心去试图了解，不会在意他在想些什么，他们原本只是普通朋友。

"普通朋友？"电话那头是好友安颜，她说，"在你喝醉的情况下，你为什么会第一时间想到他，你的潜意识里早已经没有把他当普通朋友了。"

"因为剧组的人都来了啊，只有他没来，我还能叫谁？"

"小黎，"安颜说，"你能叫很多人，可你偏偏叫了他。"

握着电话的黎喃沉默了，不知道如何辩驳。

"李敬确实平凡，可是偏偏就是这种最平凡的人，你不会对他有所防范，他一不留神就钻进了你的心里，并且连你自己都不知道。"安颜说，"李敬不是林子默，我第一眼见到他，就喜欢上了，可是又不敢太唐突，总想跟他保持距离。虽然没什么效果。我们恰巧是两个极端的例子。"

"我真的，早就在喜欢他吗？"黎喃说，"我以为我忘不了的只是那一晚上的感觉，他给了我一种很踏实的感觉，我喜欢那种感觉。"

"喜不喜欢你的心里是最清楚的，"安颜说，"我无法理解如果他不喜欢你为什么做出这么亲密的举动，握着手已经超过了普通朋友，十指相扣，头挨着头，这已经不是朋友关系能解释得了的。哦，还有，拿胡楂蹭你，这太亲密了。"

黎喃横躺在床上，双脚踩在粉刷成白色的墙壁上，有些欣喜，又有一些对于未知的担心和无奈。虽然李敬绝非自己原本预想的男朋友的人选，也不大符合黎喃所有对男朋友的预期，可是他这样一个人居然就悄无声息地，在心里停住了。

爱情当真只是一种感觉，来无声，去时也无声。

因为在学校外面租了房子，黎喃很少会在学校里出现太久，一般上完课就回出租屋里练练瑜伽、看看电影之类的，过着闲云野鹤、世外桃源一样的幽静日子。她也从来不热衷于社交活动，只有被人约了，约她的人又是不会拒绝的那一类好朋友，才会参与。现在她上完课，也许就抱着书在教学楼里走来走去，在每一个教室门口不着痕迹地望一眼，或者也在学校里走动，装作散步，路过了操场、食堂、超市。有时候遇见一个与李敬相似的身影，不由得心里一紧，顿时激动不已，看清不是他后，立即失望透顶。连安颜都嘲笑她，原先那个黎喃像风一样自由，现在这股风只愿意围绕着李敬旋转了。

李敬却始终没有动静，如果剧组不拍片、不聚会，就没有过私下跟他见面的先例。平时只能在他的人人主页上看他发几条状态、分享一些东西，然后自顾自胡思乱想一会儿。李敬安静得像是锦衣夜行的黑猫，不动声色，也不知道他在哪里。黎喃有心求偶遇，却没有遇到过他一次，哪怕是剧组里其他的人都差不多打齐了照面，唯独是他不得见，好像已经不在这个学校似的。如果不是他发状态时显示地点定位在学校里，她当真想问问他是不是去外地了。

他不动，她的心里就乱极了。百爪挠心，无可奈何。爱上一个人的滋味如此不好受，黎喃一度在怀疑，让人这么忧心忡忡的是她要的爱情吗？她原本想要的，是像岁月一样平淡，像时光一样平静的爱情。默契与共，举目微笑那种。琴瑟在御，莫不静好那种。与李敬这般，简直就像是在接受折磨，无人搭救。他也不肯现身，救自己出这样的樊笼之中。

很久以后，黎喃再跟人谈起这段过往，当时很多的苦楚已完全无法回忆，好像从没有发生过一样。她只能笑着解释，有些人就是一段弹错了的像波澜一样的旋律变化，跟整个旋律不符合，弹过去后就不会再出现了，因为跟大旋律不同，所以也会很快被忘记，就好像一个令人尴尬的错误。她已不再能够记得。

某一天，她突然看见李敬在人人网上再次点了那个操作系统的名时，虽然那个女生并没有回复他，黎喃却突然明白了，有些事是不可能的。她有些不甘心，干脆跟叶鲤摊了牌，叶鲤沉吟了片刻，说："可能，你想多了。"

"我也觉得，"黎喃微微苦笑，说，"喝醉了，兴许是我感觉错了也不一定。"

"那晚的事是真的，"叶鲤说，"事后他们都在传那晚你和李敬过分亲密了，以为李敬是趁势表露了心迹，因为你们在片场就已经让人有所怀疑了。"

黎喃看了看窗外，上海的天空灰蒙蒙地压着乌云，好像望不穿的心。

"叶鲤，我不是因此就爱他爱到有了阴影魔障，而是如果他的举动不是喜欢，我怕是也不知道什么才是喜欢了。"黎喃转过头看着叶鲤，笑了，说，"就算是误解，我也觉得那当真就是爱情了。"

叶鲤有些担忧，想了想，说："干脆我们几个主创一起吃个饭，叫上李敬，你不是一直都没能见到他，没机会了解他的态度吗，我觉得他也有必要解释一下当晚的行为。"

那场晚宴李敬却借故没有来。叶鲤一再打电话要求李敬起码出现一下，李敬说："等黎喃走了，我单独跟你说吧，你们好好吃饭。"

坐在一旁的黎喃有点控制不住的失落，她想掩饰，笑起来却憔悴不已。聪明如她，已经猜到了。李敬是在回避，这再明显不过了。林章气不过，直接打电话给李敬让他过来，李敬苦苦央求不要逼他。黎喃猛地干掉林章面前的一杯白酒，趁叶鲤还没反应过来，她又干掉了叶鲤面前的那杯白酒。她不是能喝的女生，两杯白酒足以击垮她的理智。

她忽然神经质一样笑了起来，直接抢了林章的手机，说："李敬，是我。"

李敬的声音里透着一点点胆怯和犹疑，说："黎喃。"

黎喃笑了，说："你是不是该给我个说法啊，人家是女孩子，被你牵了手，还十指相扣，不管你出于什么心理，该给个解释吧。"

"你喝酒了？"

"酒壮怂人胆，我一直没胆子找你，你也狠得了心完全不理我，我喝点酒为自己讨个说法。"黎喃脸上依旧是笑，叶鲤和林章面面相觑，不知道该怎么办。

"黎喃，你别这样，那是场误会。"

终于听到了这句话，心里悬着的那颗石头终究是落地了，重重地落地，砸在心口上，生生的疼。黎喃脸上还是笑着，似轻描淡写地说：

"一句误会就解释了全部。李敬，我们不仅仅是那个晚上，还有这么多的日子，难道都是误会吗？"

"黎喃，对不起，"李敬嗫嚅道，"那几天我表白失败，心情很差很差，看着酒醉的你，也不知道怎么了，就想靠着你找个安慰。"他有一点点不确定，说，"我们，是很好的朋友啊。"

"免了，我们还没有好到好朋友那个份上吧，你在我身上找安慰，为什么要把我拉下水？"黎喃说，"你不觉得这样做，很过分吗？"

"对不起。"

黎喃咽了咽，使劲忍着，说："好了，我收下了。"说完不由分说就挂了电话。右手背捂着眼睛，眼泪从手背和脸颊间流了出来。在叶鲤和林章都没想出该如何安慰时，黎喃忽然站了起来，拿着挂在椅背上的包，急匆匆地走出了酒店包厢。林章连忙起身去追，叶鲤也要追的时候，被服务员拦住了。

"先生，您好，您一共消费一千六百块，请问现金还是刷卡？"服务员摆着事不关己的标准笑容，叶鲤叹了口气，说："刷卡。"

谁都没有追上黎喃，上海的街头灯火迷离，要找一个人没那么容易。黎喃打了车回到学校，不接任何人的电话，她想接到李敬的电话，只是这件事仿佛跟他无关，他安静得像是消失在这个次元里。她在校园里疯狂地走动，也许有目的，也许只是发泄她的愤怒，一直到大半夜，走得累了，脱了鞋子坐在球场看台上，吹着夏季温暖的晚风。

城市的夜晚看不到星星。

她轻轻哼着歌，晃悠着脚，慢慢地哭着，又停，哭了，又停。

凌晨的时候，关切的朋友收到一条短信，来自黎喃，她说她一个人去厦门了，散散心，大家别为她担心，"虽然爱情很失败，但我不是那么容易被逼上绝路的人"。

在鼓浪屿的那几天都下着雨，台风的影响还没有完全过去，黎喃撑着伞，赤着脚走在海边栈道上，雨很大很大，那把伞艰难地撑起一片无雨的空间，从世界里分割出一个小小的疆域。黎喃站在积水的木头栈道上，并不冷，她望着灰蒙蒙的大海，即使是一场大雨，沙滩边依然有零零散散的行人。她注意到一对目测年过四十的中年男女，他们撑着同一把伞，其实撑不撑都无所谓，他们全身都湿了，只是暂时还没湿透。他们手牵着手，像一对年轻的热恋中的情侣，女人手里提着高跟鞋，赤着脚兴致很高地踩着沙子，两个人一起小心翼翼地爬上礁石去望一望远方。这么大的雨，一般像他们这个年纪的人都懒得出来，而他们却仿佛是在争分夺秒地享受这种能在一起的幸福，很着急，也很开心。不像一般的年轻情侣笑得那么畅快，他们的笑内敛而真实，发自内心。黎喃久久地望着他们，不自觉轻轻地笑了。

也许是一对久别重逢的恋人，但他们脸上的沧桑和逃离世俗一样庆幸却收敛的笑容，又好像是一对有深厚感情却各自有了家庭的恋人。那种情状，她无法形容，只是觉得难得，难得而令人动容，令人觉得温馨。

"去看看那边。"女人兴致勃勃地指着另一边的礁石，男人没说话，微笑着首肯。他们走到黎喃身边，诚恳地示意黎喃让一让，让他们过去。黎喃退了一步，眼睛追随着他们，那种有了年岁的默契和知足，她觉得，以她的年纪暂时还理解不了。

她唯一能确定的是，他们一定不是夫妻，但可能是刚刚才结成的夫妻。他们一定分开了很多年，各自有了很多年没有对方的生活，也许是音讯全无。经了时光，终于能够重新与对方并肩携手。黎喃心里满满的感动。命运曾经安排他们遇见彼此，相爱，却也被安排着分开，各自为生，但至此刻，峰回路转的人生让他们重新聚首。温和稳重的男人和依然有颗少女心的女人，在雨幕里越走越远，蒙蒙的雨让他们渐渐不见。

久站雨中的黎喃忍不住笑了。

也许生活本来就没有什么道理，你以为喜欢就要在一起，而一切都是说不定的事情。人生很长，不知道何时会遇见谁，何时会分开，何时又会重逢。不知道此刻爱着的人是不是永远，不知道此刻不愿多看一眼的人会不会成为一生的陪伴。人生说不定，也没什么道理。

她并没有释怀，只是领悟，但领悟并不能让人瞬间看开。但明白了这一切，并不是坏事。

回上海的那天，厦门的天空终于放晴。她坐上回程的飞机，在飞机起飞失重的一刹那，她心里一紧，看了看窗外。她把那个自己，留在了窗外的世界，不带她回去了。

黎喃到上海后，在微博上宣布退出工作室，同时，也停更了微博账户。叶鲤问她什么时候会想通。她说："也许是明天，也许一辈子都想不通。"

没有工作室的事情可以忙碌的黎喃闲着的时间顿时多了很多，前几天她用大量的时间窝在房间里，看电视剧和电影，无聊至极的她把以前跳着看的《甄嬛传》重新看了一遍，居然看到了很多以前没注意到但特别有看头的桥段，比如浣碧害甄嬛，还想当娘娘。以前她不爱看甄嬛受欺凌的那一段，直接看她在宫外升级成功，杀回皇宫打遍大小 BOSS 的后半段。她以前不爱直面不美好的画面，不忍心看残缺的人生，现在，也渐渐地不那么排斥了。前半生太顺遂，总要栽了跟头才会懂人生的真谛。

那阵子免不了会想念李敬，也反思与他相识以来的点滴，甚至偶尔会幻想跟他在一起的生活。他吃得那么多，家里大概常常要买米吧，不过他吃饭倒不怎么费菜，有点味道的汤汤水水就可以拌一拌，吃得照样开心。真是饭桶。每每想到这，她都情不自禁地高兴起来。黎喃厨艺很不错，她以前跟安颜聊天时说，如果李敬跟她在一起，她还能天天做菜给他吃。她是喜欢做菜的人，但不喜欢吃，与李敬这样的搭配看起来真是天作之合。只是可惜了，就算是看起来般配登对的人，也可能最后连朋友都不是。

当黎喃把存在电脑里一直没时间看的那些电影通通看完时，终于察觉到宅着很无聊。没别处可去，就只好去图书馆，看看馆藏的那些想买却没买的书。阅读的时间缓慢而快速，不是考试周期间的图书馆找位置不难，她甚至可以每天坐在同一个位置。只要不去争临窗的座位，她的位置是可以固定下来的。

时间如风，风在窗边扬起的窗帘上有了具体的形状。她时常支着下巴，久久地凝望着窗外，这样的平静让她很满足。

快中午的时候，图书馆里的同学们纷纷起身去吃饭，书桌上零零散散地放着占座的书，无人看管，被风哗哗地翻开，像是风在读着似的。她出神一样看着那些书，行人路过，视线断断续续的。下午不打算来了，看完这最后的十几页，她就打算把书还回书架，然后离开。

她百无聊赖地抬起头望一望整个渐渐空旷的阅览室，抬头的那一瞬间，她看到了一双目光。那人也恰好抬了头，也正好望见了她。他们之间的视线连接偶尔被行人打断，行人走过后，又执拗地连上。时间好像忽然慢下来了，整个空间里只有他们彼此对望的目光，和穿堂而过的夏季风，有一点温温的热，升高了空气里的温度。

黎喃感觉到一种解救的力量，瞬间治愈了她心上那个原本不知何时才会愈合的伤。这种神奇至极的力量，来自那个相望的男生。黎喃记得他，当然记得他，他是不久之前在林章寝室楼的公共厕所里把彼此都吓了一跳的男生。他温润无争的眼神，就像这样的季节风。他们隔着三张桌子望着彼此，久久没有移开目光。

风依然温柔地吹拂着窗帘，哗哗地翻着书桌上的书，像在认真地阅读一样。

大概十米远距离的两头，黎喃和他，都释然而欣慰地笑了。

多年以后，这个画面，依然会无数次地出现在黎喃的梦里，她在梦中无数次故地重游，熟悉那里的每一个细节。她站在风的位置，看着画面里的那个男生和那个女生，相望着，都露着会心的笑容。因为记得，她在一个人漫游的路上，才会一直觉得有希望。那是她此生不可多得的温暖，曾经救她走出了错爱一场的困境。

能遇见，已经感激不尽。

黎喃对安颜说，所有的重逢，都是余音回响，都不简单。

夏日午后的图书馆，蝉声让室内更显得静谧。

自那天遇到他之后，她每一次来图书馆都能遇见他。黎喃也不是没有事情可做的大闲人，虽然一有时间就去图书馆，但也都隔着一两天、两三天的样子，每次走到那次相遇的地方，远远便能看见他低着头，在认真地看书。她有时候会停滞了脚步，靠在书架旁远远地望着，魔怔了一样。他有时会抬头看看窗外，有时会朝她这边看看，每每那时候，她都像被抓到一样，连忙躲在书架后面，也不知道他有没有发现。

男生看到黎喃走来了，脸上没有什么过多的表情，连笑也很内敛，看不出情绪。他只是静静地看着她坐下来，摊开书，然后又回到自己的阅读里。这样的举动反而充满默契，像是一对老朋友，对于对方早已经稀疏平常，觉得彼此就该这样出现，就该这样在身边。

一个礼拜两个礼拜，他们都是如此，相遇、相视，各自忙自己的事情，从不说话，但经常看着对方，宠辱不惊。两个人已经由相隔三张桌子变成面对面坐着，却依然没有说过任何一句话。黎喃不去多加猜测，他让她非常心安，只要她来，他就会在。岁月如此静美，她无须去探究个什么所以然。而经了李敬那一场，她也不敢对感情的事再妄加揣度。

黎喃知道男生的名字叫易胥，那是他起身去打热水时，她偷偷地翻过他的书，再翻看他的笔记本才确定下来的。那一张他摊开的书页，她因像做贼一样慌张，也不记得自己到底有没有复原。易胥回来时，不动声色地翻了好几页，找到自己离开前看的那一张。黎喃低着头小小地吐了吐舌头。知道了他的名字，她在无聊时曾经去踩过他的人人网，他只有寥寥几张照片，但足以证明那确实是他。他的资料显示他已经大三了，这个夏天过后，他就是大四了。即将成为毕业生，他们的时间好像并不多。那时候，黎喃第一次觉得有点慌。

而易胥回踩了她的主页，两个人都没有申请加对方为好友。但自那以后，易胥偶尔会来看一看黎喃的主页，从不留言，安安静静地留下一个最近来访，不做更多停留。黎喃每每看到他来过了，都要盯着他的头像发半天呆，然后也回踩一下，他的新鲜事却鲜少有变化，是个不怎么水人人网的男生。看起来，社交不太丰富。

正在翻看着他的一些距今很久远的状态时，叶鲤打来了电话。工作室有新的电影要开拍了，"这一次我们就冲着奖项去，剧本很牛，"叶鲤很激动，"去年这个编剧就几乎横扫了几大电影比赛的最佳剧本，能拿到他的本子相当不容易，并且，这一次的摄影是我从傻瓜王那里挖来的，技术非常专业，黎喃，不要感情用事了，这片子你不参与真的太可惜了。"

黎喃顿了顿，没说话。

"李敬这次是第二摄影，不经常来，"叶鲤知道她的疑虑，说，"而且，都过去快两个月了，你们还真打算老死不相往来啊。"

"没，一想到见面，就有点尴尬。"

"如果你不打算跟他老死不相往来，这一面总归是要见的，要不然永远都说不清了。"

"好尴尬啊大哥，我一想到那个画面。"黎喃甚至不敢去想，她原先真打算永远不再跟他见面了，她是特别怕尴尬的人。

"你们都往前走一步，我跟他说你肯定会回来的，李敬说好的。"

黎喃忍不住冷笑了一笑，说："他当然没关系，呵呵呵。"

"别这样，他那时候也不对劲，只能说你们的状况发生得真不是时候。"叶鲤说，"这个本子真的很好，我费了好大劲才说服他让我来导，看在我的面子上，你挑演员的眼力不是一般人比得了的，交给别人我真不放心，这次演员太重要了。"

黎喃沉吟了一下，叹了口气，说："你的面子我总不能不给，我的情况你是知道的，尽量让我跟他少见面吧。"

"好的好的。"叶鲤忙不迭应承了下来。

"把你那了不起的剧本发给我看看吧。"

几乎在挂掉电话的瞬间，黎喃就看到电脑屏幕上提示收到了新邮件，暗自感叹叶鲤根本就是打算不达目的誓不罢休的。剧本倒是真的好。讲一对异地恋的情侣，两个人隔着几十个小时的火车车程，为了能多见面，几乎把生活上的钱都用在了路费上，感情却还是因为隔得太远出了问题。他们都各自怀疑感情的必要性，觉得爱情应该是在身边如空气般围绕，而不是若有若无、气若游丝。女孩为了男生流过一次产，又被闺蜜诱惑进了一个滥交的圈子，以放纵自己来报复这个社会，而男孩却只能责备自己无能为力。两个人抱着怀疑的态度坚守着这份爱情，最后的结局没有明说，用了一个两个人共同的美好回忆结束，就当作是对未来的一个设想。黎喃在阅读剧本时脑子里几乎就有了那几个主人公的样子，这是她在工作室最具价值的能力，每次只要看看剧本，她就知道要找什么样的人来演，她挑出来的演员已经借由工作室的戏拿过好多表演的奖项了。

选演员那阵子很忙很忙，她每天要看很多报名者的资料，这是她为时最久的一次选角，所以她有近半个月没有去过图书馆，脑子混乱的时候，她特意去过一次，坐了一下午，却没有遇见他。她坐在阅览室左顾右盼，不知道他去哪里了。

所有的配角和女主角都慢慢敲定了下来，唯独这个最重要的男主角一直找不到合适的人选。连叶鲤都觉得这一次开头就这么不顺利，担心会不会拍不成了。

"如果这个周日之前还找不到男主角，"黎喃说，"我看悬了，以前没有这么不顺利过。"

周日的白天，制片人发给她无数男生的资料，她看了个遍，变得很绝望。有几个感觉特别对，但是身高不够，女主角身高173，不是一般男生能hold住的。吃晚饭时，她本想去市里大吃一顿以弥补失落的心情，走到学校喷泉那里突然想要叫林章出来吃个饭。林章最近在忙着和原编剧磨合关系，希望把剧本打磨得更完美，好久都没见到他。

"还活着吗？"

"还成，快被大编剧弄成心灵残废了。"林章说，"没想到大编剧性格如此扭曲，难怪会写出这种剧本来。"

"还有口气就出来吃个饭呗。"

没多久林章就笑嘻嘻地从寝室楼里跑了出来，黎喃视线穿过他，在他身后十米左右的地方，易胥慢悠悠地骑着车靠近过来，他原本低着头，抬起的时候看见了林章面前的黎喃，眼里没有过多的色彩，只是静静地看看她，和她对视了片刻，然后从她身边经过。

好久不见了，依然很亲切自然。

"谁啊？"林章问。

"你不认识？"

"眼熟，好像是我这层楼的。"林章想了几秒后，做恍然大悟状，说，"貌似经常拎着一个红色的桶子来水房洗衣服，碰见好几次了。"

"那就是他了。"

"怎么了？"

"没怎么，"黎喃不愿就此事多聊，"去吃饭啦，饿死了。"

两个人吃完饭绕着学校散散步，黎喃看看时间，都六点半了，说："看来这戏拍不了。"

"怎么会，剧本都弄得差不多了。"

"男主到现在都毫无头绪，我有个感觉，今天如果定不了男主，这戏拍不了。"

"说得这么邪乎，又没有截止日期，慢慢找呗。"

黎喃突然停下来，看着林章，说："你认识那么多高个子男生，你也不推荐几个过来，大家都在找演员，就你没一点动静。"

"我认识的都不帅，你肯定看不上眼，"林章说，"况且我最近很少上网，都在被编剧折磨呢，压根不知道你们连男主都还没定下来，还以为很顺利呢，叶鲤还跟我说下周开拍，我还以为万事俱备，只等剧本呢。"

"就差男主了，哎呀，死马当活马医，你看看你那里有没有合适的。"

林章搜肠刮肚地想了想，拿出手机相册翻了翻，好久后停在一张照片上，递给黎喃，说："我看就这个勉强符合了。"

黎喃看了一眼照片，翻了一个白眼，没好气地说："作为一个编剧，你觉得这个人能合适吗？"

"他是不大上相，要不然你见一下真人？"

"我看够呛。"

林章自顾自拨通了男生的电话，男生正在附近吃饭，林章说见个面，"有个女生对你很感兴趣。"黎喃失声喊了出来，说："谁感兴趣啊！拜托！"林章咧着嘴笑着，和男生约了马上见个面，带着黎喃直奔男生处。

　　黎喃在看到男生从店堂内走出来的时候，摇摇头，只感觉真人比照片还更不适合。她白了一眼林章，作势要走，林章一脸尴尬，男生问干吗。

　　"叶鲤，你认识吧？"

　　"废话，老叶嘛，干吗？"

　　"有部新片，她负责找演员，"林章指了指站在一边为演员的事继续发愁的黎喃，"本来想找你演男主的，可惜她觉得不合适，不好意思啦。"

　　男生一脸大度地笑了笑，说："我推荐一个呗，你去人人网上搜一个叫齐林的人，他也喜欢弄些电影啊什么的，演过好几部了，你觉得合适就跟我说，我来帮你们联系。"

　　男生和林章互相告了别，走远了。

　　黎喃没抱期望地看着林章用手机查那个叫齐林的人，林章把他的照片递到黎喃眼前的刹那，黎喃眼睛一亮。那是个气质很文艺、眼神非常温柔的男生，黎喃有些小激动了，说："就他了！"

　　他们赶紧约男生见面。男生原本不是黎喃他们这个校区的，但最近都住在这边，方便在附近的公司实习。彼时这个叫齐林的男生还在工作，不方便详说，但是他又接连打了四个电话给黎喃，黎喃接通后喂了半天，结果都是手机放口袋里的误拨。这一系列奇奇怪怪的事情，倒让黎喃对他很有信心。有一种就是他了的笃定感。晚上十点多的时候终于跟男生碰了面，一切都很适合，齐林原本有点犹豫，但最后还是禁不住黎喃和林章的恳请。林章看到他犹豫，作势要跪下来，把齐林逗得很开心，这事也就谈定了下来。

　　快凌晨时，黎喃兴奋地用工作室的官方微博宣布所有的演员都找齐了，她甚至用了"众神归位"这种虚张声势的词汇。这样的际遇，让她感觉特别神奇，她从来没有这么期待过一个男演员，初次见面，齐林给她的感觉特别好，特别舒服。

不几日后就正式开拍了，前期工作很繁杂，好在演员们都很配合，开会基本都能全部到场。可能是因为齐林在剧组第一个认识的是黎喃，大事小事都爱找黎喃商量，开会也要挨着她坐。黎喃总笑他像个小孩子。大部分演员都是新人，大家都是第一次合作，唯独他，好像特别缺安全感似的。

正式开拍前的最后一次会议，久未露面的李敬姗姗来迟，黎喃事先也不知道他要来，当他推开门走进教室时，心免不了慌了一下。李敬笑了笑，跟大家说了声来晚了不好意思，就找了个位置坐下来。黎喃不敢看他，他看了她几眼，也就没再看了。大家都有一点尴尬。

因为这一次要上火车拍，选择的最合适的列车是晚上从上海出发到济南的一趟慢车。这一次会后，再有一天就要上火车了。到了济南休整几天，正好也借机在济南玩玩，大家都显得很兴奋。会议间，黎喃偶尔会扫一眼李敬，他像个没事人一样，好像已经完全放下了，或者，从来就没有在意过。她想起那一晚在校园里的失控暴走，几乎崩溃的心智，为自己感到不值。齐林看她沉默不语，时而出神，问她怎么了。

黎喃看了看齐林，无所谓地笑了笑，摇摇头。

会议后，她一个人，去学校附近的后街随便走走，散散心。

后街似乎永远都那么热闹，已经开学了，从四面八方散开的学生又重新聚首在这里，后街人声鼎沸，好久不见的老朋友们都特别开心，脸上的笑容很美满。黎喃一个人走着走着，心情无所谓好，也无所谓不好，为不值得的人心情不好，也为即将要开拔去外地有一点小小的激动。她走着走着停在一个红灯的下面，马路上穿行着车流，流动着晃眼的光，她抬头看对面的红灯，再看着，易胥正站在对面，也望着这一边。他依然眼神温柔，没有更多的表情。黎喃心情忽而就变得宁静了。他总在最恰当的时候出现，出现了，就把自己给治愈了。

他是最神奇不过的存在了。

新的电影拍摄并不顺利，叶鲤千辛万苦从竞争对手那里挖来的第一摄影蒋凡是个极其自负的人，并且性格古怪，不合群，平时总爱以专业人士的口气批评剧组里的成员不够专业，也没有放过任何讽刺叶鲤的机会。叶鲤倒不在乎他口头上的评断，可是蒋凡在片场几乎不听从他和编剧的任何意见，刚刚从中国传媒大学赶来参与拍摄的副导演的想法，他也一概不予理会。他自顾自地拍，拍完了自己看一看回放，然后自己跟自己说这条过了，如果他觉得没过的就直接删除，不理会有些废镜头的可用性。很多镜头叶鲤甚至都不知道他拍了什么。

叶鲤有一种有苦难言的感觉，每每都无奈地摇摇头。

"你怎么搞的，"黎喃私底下跟叶鲤说，"他这根本就是乱来啊，你怎么一点反应都没有，你这么相信他的技术？并且，"黎喃顿了顿，说，"我看他根本就不会用斯坦尼康。"

叶鲤对着黎喃欲言又止，最后说出口的话是："李敬去三亚旅游去了，我们只有一个摄影，已经开拍了，计划也定好了，我们停不了。"

"可是你也不能由着他来啊，你总该……"

叶鲤伸手拦住黎喃的话，故作轻松地笑了笑，说："我都知道，我也在想办法，要考虑很多事情，往往就没那么简单了。"

黎喃对他的怨恨由来已久，在女主角定服装的时候，黎喃陪着女主去店里试衣服，将一些她觉得可以的照片发到微信群里供大家参考，有一套格子衬衫和牛仔裤的搭配得到了大家的一致认可，偏偏在附近借镜头的蒋凡有不同声音，他让黎喃和女主马上到另一家店，他要亲自挑。黎喃疑惑他作为一个摄影的职权所在，但出于尊重，依然带着女主找了过去。结果穿着打扮一向让人匪夷所思的蒋凡挑出来的衣服断然无法得到黎喃的肯定，甚至女主根本就不愿意去试衣间换上，蒋凡得不到认可竟拂袖而去，让黎喃和女主两个人面面相觑，大为错愕。

黎喃将这些事都如实告诉了叶鲤，叶鲤只说会想办法解决，蒋凡却依然我行我素地在片场随心所欲地拍摄，因为涉及情欲戏，他以讲解镜头的名义，直接就对着女主角的胸部指指点点，女主角脸青一阵红一阵地看着坐在一边的黎喃，在用尴尬求救。黎喃压着怒气，尽量和气地说："你讲就好了，别指啊，人家是女孩子。"

　　蒋凡白了黎喃一眼，说："你学过摄影吗？没学过就闭嘴！"

　　"我们以前从不这样拍！"

　　"但你们拍得很专业吗，不专业！"

　　黎喃吃了这一憋，脸顿时涨得通红。

　　蒋凡继续给女主讲解镜头，说："到时候，我们起码要拍到这个程度。"然后抓住女主的衣服往下拉了拉，这一拉猝不及防，女主差一点就走了光。黎喃无法继续忍耐，打开蒋凡的手，说："我再不专业，也不允许。"

　　蒋凡一脸"你算哪根葱"的不屑，说："你不懂，就不要插嘴。"

　　黎喃毫不犹豫地说："我不懂，但这是我们的工作室，我们的剧组，这个我们里并没有你，你不高兴可以走，这里完全可以没你什么事。"她站起来，说，"你要明白你作为一个摄影该做的事情，除了摄影其他事情一概不需要你管。"她毫不留情地看着蒋凡，斩钉截铁地说，"你，只是一个摄影，别忘了自己的身份和职责。"黎喃越说越来气，索性趁势将压抑在心中已久的怒气发泄出来，继续说道，"并且，你这个人不光长得丑陋、举止娘炮、人格不全，品位更是让人无法理解，你所谓的专业在我眼中甚至抵不过业余，你质疑我们的水准，而你自己的作品从来都是恶评如潮，对，我就是在对你进行人身攻击，你听不下去，可以立马走人，我放鞭炮欢送。"说完这一席话，黎喃有一种如释重负的畅快感，坐下来，挑衅地看着蒋凡。

　　蒋凡想反击，下意识地看了看叶鲤，叶鲤把头转到一边，完全没有要为他帮腔的意思。剧组的其他人更不需说，蒋凡的我行我素已经惹恼了全部的人，这个工作室一向都是希望能够开开心心地一起把片子拍完，一直的原则是玩得开心。蒋凡害群之马的姿态让大家都很不舒服，并且不舒服了很久，此刻偷笑的人不在少数。总剧务金昌性子比较急，有几次都想动手揍他，这时正摩挲着拳头，只要蒋凡有任何对黎喃的冒犯，他就会顺势把以前的气也出了。

蒋凡自知这里没有愿意支持他的力量，也不再继续跟黎喃争。黎喃有些得意地看着蒋凡，齐林的声音斜刺里冲进了这阵尴尬的沉默里，"镜头是该讲讲的，以前我演一些微电影的时候，摄影也会讲讲。"

黎喃不可置信地扭头去看着齐林。

蒋凡没有借机发挥，继续讲解镜头手脚都老实了许多。

黎喃没有耐心听下去，起身就走，齐林连忙去追，快步赶上了走廊里的黎喃。

两个人沉默地并肩走了一段，齐林开口说："我不希望闹得特别僵。"

黎喃听完更气，说："你不觉得他有病吗，整天一副没有受过家教的德行，搞得大家都很不爽。"

"他确实很，"齐林努力寻找合适的词汇，想了一会儿说，"很令人头疼。"旋即被黎喃抢了话去，说："他哪里是令人头疼，根本就是身心有残缺！"

见黎喃怒气越来越盛，齐林安静了片刻，才说："你别生气了，我只是觉得，你是工作室的元老，地位跟他不同，他到底是个外人。"

黎喃深深地看了一眼齐林，没再说什么。

后来她想，那些日子里，她和齐林朝夕相处，不能不说确实有一份暧昧，齐林喜欢她，她也并不讨厌齐林，也许用些时日，就能走到一起。可就是那一刻，她心里很明白，她跟齐林再如何，都不会有太深太亲的关系。

夜色如醉，今晚的月亮很圆，是农历十五。黎喃站在校门口，呆呆地站了很久，心里乱得一塌糊涂。叶鲤对于这个微电影的在意，带动了所有人的热情，可是眼下情况朝着越来越不乐观的方向发展。恰巧是今天，他们拍了火车站里的戏份，几个元老级的朋友都过来助阵，大家都很感慨，一个片子能够聚拢工作室第一批成员们的力量。黎喃和以前的老朋友们聊了很多，他们有的去了别的剧组，有的开始去各种公司里实习，有的专心读书搞学术。大家都没有想过要靠拍微电影来达到什么目的，只是喜欢那种在一起做事的感觉。久不见面，很多话想说。当年一起拍片子的热情和默契瞬间复燃了，黎喃回想着今天那种美好得让人禁不住激动万分的情境，被月光感动了。

她拿出手机，拨通了李敬的电话。

李敬没有想到黎喃会给自己打电话，迟疑了很久才接起来。听到黎喃略带疲惫的声音，先问了一声："怎么了？"

"这次，是真的遇上难处了。"

黎喃把蒋凡的事情说了说，李敬沉默了一会儿，说："我明天回来吧。"

那一瞬间，黎喃原谅了他的所有。

挂了电话，她仰着头看头顶的圆月，特别亮，特别圆，农历十五是团圆的日子。李敬是一路以来的陪伴，虽然只合作了一次，但关系却好像久远深刻。叶鲤一直视他为弟弟，林章更是跟他好得不得了，他们曾经像亲人一样，亲热自然而不暧昧。可是男女之间，总会有些不容控制的问题，但到底，他们都是亲人，会在最难的时候，义不容辞地站起来。

她突然想起了易胥，心里百感交集，好像有很多话想要跟他说。当时的境遇，此刻的心境，此间的变迁，有好多的话。她视线下移，在转动的过程里，看到了易胥，如神兵天降一般正停在不远处。他只是经过而已，也望见了站在校门口的黎喃。隔着一段小距离的相视里，添进了千言万语。

他们没有说话，但好像都明白了彼此。

黎喃自然而然地背过身去，往住的地方走；易胥依然推着他的车子，沿着刚来的路，继续走着。

新的微电影在学校举办首映礼的前一天，安颜从南京坐高铁来上海，彼时已经入了冬，冬天的萧瑟也开始初见端倪。不愿意在外吹冷风的安颜和黎喃在学校附近找了间咖啡馆，那里暖气开得恰到好处，一切都很舒服。

黎喃把手放在窗台上，下巴支在手肘上，呆呆地看着窗外。路上行人很少，偶尔会走过去一两个，都是行色匆匆的。易胥如同走进了屏幕的路人，入画自然，黎喃也没有很惊讶。她继续呆望着他，他穿着一件黑色的羽绒服，天气变冷以来，每次遇见他似乎都是这件衣服，偶尔会变成一件黑色的羽绒背心，配一件灰白色的卫衣。林章说他在寝室楼里经常遇见他，风格一直都挺运动，但貌似其实他并不是特别运动的人，大概就是一般男生懒得在挑衣服上花太多时间，运动型的衣服中规中矩，不会出大差错。

"肯定没有女朋友。"林章说，"不然多少会帮他打扮打扮。"

黎喃想到这里，不自觉地笑出了声。安颜放下手里的杂志，问："你笑什么？"看到她望着外面，顺着看过去，发现了那个男生。他站在窗外的不远处，好像是在等人。安颜以前来上海时，有幸跟黎喃一起碰见过他，但如果不是在这种情况下，她应该是认不出来的。易胥到底是个过于平凡的男生，比起林子默，比起连珏，都不够显眼。

"也不知道你喜欢他什么，我看着是挺一般的。"

"我也觉得挺一般的，可是，喜欢这种事情，谁说得清楚。"

"可能你本来就不喜欢太出挑的男生，李敬也是属于扔进人群里绝对不会被轻易发现的种类。"

黎喃笑了笑，没说话。

易胥在窗外看了半天手机，然后下了台阶，往马路另一边走了，很快，就看不见了。黎喃依旧保持着那个姿势，半晌，说："他的眼神，让我好安心。"

无论遇到什么事情，只要他静默无语地看她一眼，就都可以化解。就算是不遇到什么事，他们彼此遇见时，不带情绪地看对方一眼，她的心都会异常平静，好像许多年岁月沉淀下来的默契。

"你都不肯跟他正式认识一下。"

"谁知道他究竟怎么想的啊。"

"你这算是'一朝被蛇咬，十年怕井绳'吗？"

"算是吧。"

"他如果对你没意思，他一个大四的学生，现在都快十二月了，还整天在图书馆里待着，你又说他没在准备考研，整天看一些闲书，那他不是想陪陪你，是想干吗？"

黎喃直起身子，靠在椅背上，说："我是不大敢那么想。"

安颜顿了顿，口气变得有一些严肃，说："小黎，快十二月了，他在这个学校的日子，也就还剩下不到半年了，他还要出去找工作，如果你不抓紧他，可能就真的要错过了。"

而来年寒假过后，黎喃就真的没有再遇见过易胥。以前那么频繁的相遇不是缓慢地减少，而是突然就不见了。他的微博和人人更新不多，猜不到他最近在做什么，黎喃一度怀疑，他的微博和人人都是僵尸号，早就不玩了。

到了四月，她还没有碰见过他，她不光每天争取去一趟图书馆，并且也加大了在校园里晃悠的频率，三不五时出没在他们经常遇见的那些地点，而易胥，却仿佛人间蒸发了。有的人，真的可以说不见就不见了，黎喃甚至猜测一切是否只是自己的错觉，其实从未有过易胥这个人。四月底，叶鲤开拍新的微电影，她想再去图书馆，大概也不会遇见了，想找些事给自己做，分散掉那些想法。新片的男主还是齐林，他对黎喃的心意已经很明确，连安颜都劝她可以试试，"相比之下，齐林各方面都比易胥要出色太多了，并且也不用担心他马上毕业，从此茫茫人海再也难遇到"，可是对于齐林，她却一直都敷衍了事。

开机拍摄的前一晚，黎喃在学校里四处走走，脚步惯性一般地带她到图书馆，图书馆仿佛永远都那样灯火通明，在黑夜里，如同灯火城堡，玲珑剔透。她突然有一种预感，这预感很快被证实，当她走到老地方，易胥正低着头翻阅着一本她看过的小说，她慢慢走近，在他的对面坐了下来。易胥感觉到有人，抬头，如同往常一样看了她一眼，眼神依旧温和。他们没有说话，也没有所谓怦怦跳的心，只是平静地，明白了对方没有离开。

他们之间好像永远都有着"知道你在这个世界上，光这一点就让人很安心"这样的默契。

易胥起身去书架那边还书，黎喃抬头望着他的背影，望到他消失在转角的地方。很久，他都没有回来。他的桌上原本也就只有他拿去还掉的那本书，此刻空空如也，无法证明他是否还会回来。黎喃若有所失，心里隐隐有些着急了。她也起身去书架处还书，眼睛四处望着，并没有发现他。把书塞回到书架上，叹了口气，一抬头，易胥却出现在距离自己五米远的书架入口处，黎喃若要出去，只能经过他。

半米不到的书架间隙，他们的身体再怎么努力回避，终于还是擦着了彼此。黎喃的内心狂跳，脸红成一片。想快步走掉，突然听到一个男声。

"黎喃!"

那声音不大不小，刚好被她听见。只是此刻激动不已的她，一时也分不清到底是真实的，还是自己幻想出来的。她只停驻了片刻，终究不敢相信，走了。事后，她也没能回忆起这一切到底是真是假。

而易胥，却再也没有出现在图书馆里，黎喃没有在老地方再遇见过他。

与此同时，他的人人网账号，注销了，虽然他玩得本就不多。微博没有注销，可是最新的一条微博，已经是半年前的事情，他大概都忘了自己还有微博账号吧。易胥，再一次人间蒸发，比之前还要更彻底一些。

转眼，毕业季到了。

校园里经常出现穿学士服拍毕业照的人，越来越多的人从学校里消失了。叶鲤的新片讲的也是毕业的故事，黎喃则忙着四处申请场地，总是匆匆忙忙地在校园里跑来跑去。那一天是她以为的，最后一次见到易胥。路过教学楼前的草坪时，她听到很多女孩子的笑声，循声望过去，又是一群穿着学士服拍照的人。她近来总是不自觉地在这样的人群里找那个身影，眼睛游移了一会儿，黎喃看见了他。

易胥正撑着腰在笑，也许是感觉到她的目光，望了过来。他们隔着一块十米宽的草地，凝望着对方，这一次比以往的哪一次都要更久一些，好像怕这辈子都会再看不到了，所以要认真地把对方记下来，连细节都不肯放过。易胥的同学喊他，他没有反应，依旧是固执地望着黎喃。他仿佛突然变得坚决，可是黎喃，最后选择了转身离开。她快步离开那一片地带，不敢回头看。

那其实是他们倒数第二次相遇。

有一天早晨，她和齐林一起去拍摄场地，看到校门口站了一排排准备毕业合影的毕业生。她习惯性地去找，可是大片大片的黑色学士服混淆了所有人，她没能找到。摄影师喊着"3、2、1"，她突然哭了起来。身旁的齐林疑惑不已，连问怎么了。

黎喃紧紧握着拳头，什么都没说。

她不会知道，在易胥拿到的毕业照里，所有人都在比着手势，唯有他一个人，痴痴地看着某一个地方，脸色温和平静，但能看出一点点伤感。他显得在所有人的激动里格格不入。易胥把那张照片好好地收藏着，虽然看不清楚，但他知道在自己瞳孔的倒影里，有一个黎喃。

林章将一包干净的衣服给黎喃，说："这是放在水房里的，好几天都没人来拿，我那天刷牙时好奇地看了一眼，觉得这个桶子特别像易胥的，翻了翻里面的衣服，有几件我确定是他的，我想，他大概是留给你吧。"

"只有衣服？"

"嗯，我也以为会有信啊什么的，可是没有。"

黎喃把衣服挂在楼顶上晒，风吹着那些她分外熟悉的衣服，摇啊摇啊。

那衣服上有他的气味，她抱着衣服轻轻闻着，然后流了一脸的眼泪。

阳光刺眼的夏天，到处都是明晃晃的光，就好像那一年相遇的午后一样。

今生大概是再也碰不到了吧，他再不可能在她危难之际，前来搭救了。

那些始终没开口的话，一直在岁月里沉默无声。

楼顶上晾着的衣服，被风吹着，像是好多个他，还在陪着她。

那一天，她记得，是七月十五日，和遇见的那一天，隔了整整一年。

后会有期

　　毕业后，我听从家里的安排在上海的一个大企业工作，忙碌而乏味的工作让我每天都很绝望。我从来没有在那段时间里那么向往自由，不想未来会怎么样，就想赶紧离开。终于，我鼓起勇气违逆了家里的意思，来到了鼓浪屿。

　　在鼓浪屿的日子平静安宁，我很喜欢，但我依然会在一个适当的时间动身，继续行走，不知道何时会停下来。

　　关于易胥，我总觉得人生这么长，我和他总有一天会碰到对方。我不在某一处等他，我在世界的每一处期望他的出现。不变的是我依然热爱自由，即使遇到感情，也不可以困住我。我知易胥不会困住我，如同他每次的消失，和需要他时的每一次重逢，他不卑不亢，永远温和从容，眼眸里，有我的影子。

　　那天是七月十五日，我在家庭旅馆的前台接待了一位也叫作易胥的人，那一个晚上我和他坐在旅馆的天井里，就着两杯不断续上的热茶，聊了一整晚。我好久没有这样跟人聊天了，我一口气讲了我和易胥所有的故事，怎么遇见他，到怎么跟他分离。很过瘾，很痛快，在此期间我并未有太大的情绪起伏，一切于我虽没有过去，但终究变得平静。易胥听完后有些唏嘘，他说好遗憾，原本我跟他完全可以在一起，阴差阳错般地错过了。

我想，大概是我还没有准备好吧，那时候的我一切都太不确定，甚至连自己想要什么都不知道，即使知道，也没有那么果决追逐的勇气，那样的我，遇到了可以相伴一生的他，是时间上没有匹配好。错过，是我和他人生的必经。

但我相信，我一定还能够遇到他，在人生的某一处不期而遇，我不知道自己会不会变得越来越好，但再遇到他时，我一定能够说出一声你好，我叫黎喃，我们曾经见过，但后来分开了。我会对他说，我知道我还会遇到你，我不知道自己有没有准备好，但既然重逢，总需要有一点意义，留个纪念也好。

我能想象他那温和的笑容，如同清晨熹微而温暖的光。

那一晚上我窝在房间里看了安妮·海瑟薇主演的《One Day》，这个电影我已经看过好多遍了，但每一次都还是特别感动。我总在想着，如果当时我们就在一起，而不是各自远扬，会不会幸福得早一点，长一点。我后来有些明白了，真爱挑时间的意思。不是时间的错，也不是我们的错，是一切自有安排。与易胥相遇，与他分开，再或许会与他重逢，或者相爱，或者又会分开，都是时间上的一个一个点，对我们，都有深远而笃定的意义。

七月十五日这个日子，好巧，是《One Day》里男女主角的纪念日，是我和易胥遇见的日子，是我拿到他的衣服、知道他确实离开了学校的日子。我怀念每一年的这一天，而今年的这一天，我写了这样一句话：

即使我们没有在一起，但我知道你在这个世界上，就有和你再相遇的概率。我相信我们终有一天会遇见，我必不再躲闪，不再犹疑。

知道你还在这个世界上，就是一件令人安心的事情。

后记

二〇一八

修订完稿后我出去溜了个弯，这两天北京刮着寒冷大风，今晚推开门，迎面而来的风竟然没有凛冽的寒气，竟然有种南风天的暖和。出去走了很远，虽然打算要戒糖，但还是买了杯奶茶独自庆祝了一下完稿大吉。

2013 年版的后记，我写过一句话："敏感而情绪丰沛的时光很快就会过去的。我们，会在后面的岁月里，沉默无声。"现下我清楚地记得，五年前的冬天完成这本书时，那种萦绕在我胸腔里的悲伤气氛。那是随便哼一哼林宥嘉的《心酸》，都会忍不住掉泪的高压情绪。五年后，我重新修订这本书，一路下来虽然也感觉到这个故事的虐，但更多的是一种释然感、欣慰感。我依然敏感，而随着年岁渐长，现在更喜欢提取残酷现实中的确幸。悲观让我触到命运的轮廓，释怀让我能够在命运里安然随流。这大概就是林子墨和连珏两种感情状态的区别。

这五年发生了什么呢？曾经一起拍微电影的小伙伴们，最后只有我一个人真的进入了影视行业。我从南京去了杭州，又从杭州来了北京。如今再重新拿起这本书，捡起那些模糊了的老日子，这就是我的致青春了。关于这一行的很多话在《等一场七月季风》里说过了，就不再多说，毕竟《等一场七月季风》还有续集，还有更多这个行业的秘辛可以一说。《将爱，遗憾》原先叫《将你遗憾》，是我在五年后依然认定是被低估的一本长篇小说。2013 年写完它时我就对自己说，这真的是我最好的一次了，这五年里我没有写出超越它的作品，回头来看，它依然是我最好的一次。如今可能更多地从一个书评者的角度去评析它，讲了很多比较不那么好下口、很现实的主题。比如爱情的时机，比如劈腿，比如第三者，比如白莲花女主角，比如职业特征给出轨带来的保护伞……从大众视角来说，林子默算不算出轨？算的，但这是生死和道德的碰撞。爱来得太晚，已经没有岁月可浪费，在临终前才等到命中注定的那个人。我很鸡贼地选择了苏小夕这样一个不讨人喜欢的人设，避开了他们感情的厚度，让一切看起来情有可原。但如果苏小夕是个跟安颜一样善良温暖的人呢，局面会变得多复杂。那个命题，对我来说难度太大了，这样的沉重也不适宜出现在一个青春故事里。

从前写的时候不一定想得这么明白，现在回过头去看，连珏和林子默，一个是日子，一个是爱情。爱情故事若要有个结局，大概就只能是分别了。这真是听上去令人灰心的事实。2017 年我写《独孤皇后》的时候，剧组有一个比较大的分歧。导演觉得故事发展到杨坚和独孤伽罗登上王位，开创隋朝就可以了，最多到并称双圣。而我坚持故事要讲完，就必须讲到分别。那时候只是单纯地觉得，停在最高点不是结局。后来《如懿传》的兰因絮果提醒了我，花开花落终有时，原来我当时的坚持，也是在追求这个。弘历和青樱的终，也是杨坚和伽罗的终，同样也是林子默和安颜的终。也许，安颜的爱情停在了林子默这里，就像一阵风停在了鹿岛上。

拍《独孤皇后》的时候，陈晓问我更喜欢古装戏还是现代戏？我说相比之下还是喜欢古装戏，因为古装戏更像是在造梦。戏原本就是造梦。林子默和安颜不能在一起，但有一场戏可以扮作情侣。现实中完成不了的事情，在这场梦里可以。所以演员其实是很幸福的职业，他们可以经历百种人生，去体会那些现实中也许触摸不到的情境。拍戏是所有人一起造一场梦，演员的感受会比较直接，他们直接在那个角色那个人物里，去感受里面的感受，去体会里面的爱和伤。只有演员情真意切才能够打动观众，《会有风停在这里》才那么成功，只是为了衬托，林子默和安颜之间的爱，千真万确。

在筹备《等一场七月季风》的时候，有朋友问我《将爱，遗憾》能不能拍。我那时候印象中总觉得这个故事好像很复杂，如今重温修订，这其实就是一个致青春类的校园爱情故事，没有极端丑陋的人性，没有夸张狗血的情节，满篇都是友谊、温暖和爱，是一本青春纪念册，是一首毕业歌。比起《等一场七月季风》这种大阵仗娱乐圈职场文，这本书简直太好呈现，其实也很讨巧。修订的同时，也开始期待它拍出来是个什么样子。

重新为它取名，不再用遗憾的字眼，也不再强调悲伤，让《风停在了鹿岛上》，她喜欢的那个男生，有着小鹿一样善良的眼睛。她相信他上辈子一定是一只可爱的小鹿，如今大概回到了美丽的鹿岛上。五年了，这个故事依旧感动着我。我从一个文字创作者，变成了一个影视工作者，用不同的维度，重新讲述这个主题尖锐无奈却美好而温暖的爱情故事。这也是年届三十的我，对青春的一次交代。

林深夜默初见鹿，云远风安忽已暮。

今后岁月，不乏思念，却只能欲说还休。

（全文完）

二〇一八年十月二十七日
于北京